신마협도

권용찬 신무협 장편 소설

ORIENTAL FANTASY STORY & ADVENTURE

dream
books
드림북스

신마협도 11
면종복배(面從腹背)

초판 1쇄 인쇄 / 2010년 12월 22일
초판 1쇄 발행 / 2011년 1월 3일

지은이 / 권용찬

발행인 / 오영배
편집장 / 허경란
편집 / 신동철, 문보람, 오미정, 윤상현
본문 디자인 / 신경선
펴낸 곳 / (주)삼양출판사 · 드림북스

주소 / 서울특별시 강북구 송천동 322-10호
대표 전화 / 02-980-2112 팩스 / 02-983-0660
편집부 전화 / 02-980-2116 팩스 / 02-983-8201
블로그 / blog.naver.com/dreambookss

등록번호 / 제9-00046호
등록일자 / 1999년 3월 11일

ⓒ 권용찬, 2011

값 8,000원

ISBN 978-89-542-4109-0 04810
ISBN 978-89-542-3561-7 (세트)

* 지은이와 협의하에 인지는 생략합니다.
* 잘못된 책은 구입한 곳에서 바꾸어 드립니다.

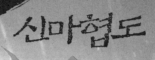

신마협도

11 면종복배(面從腹背)

권용찬 신무협 장편 소설

ORIENTAL FANTASY STORY & ADVENTURE

면종복배(面從腹背)

겉으로는 복종하는 체하면서 내심으로는 배반함.

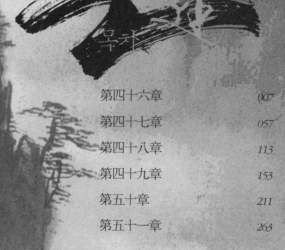

第四十六章

마을의 중심부터 좌우로 불길이 번져가고, 선선한 가을 날씨가 무색할 정도의 뜨거운 열기가 주변을 감싸 안으며 불길과 함께 범위를 넓혀가고 있었다.

반악은 뒤를 돌아봤다. 그를 바라보는 강학청과 당원들의 얼굴은 땀으로 번들거렸다. 열기와 긴장감 때문이리라.

반악은 당원들에게 살짝 고개를 끄덕여 인사를 보내고, 다시 정면의 사령곡 무리를 쳐다보며 말했다.

"너희들의 함정은 실패했다. 이 이상 고집부리며 싸워보았자 절대 우리를 이길 수 없어. 그러니까 미련 버리고 녕국으로 돌아가라."

그의 말에 의아해하고 놀란 것은 사령곡의 무리들만이 아니었다.

당원들에게도 낯설기는 마찬가지였다.

'주군은 우리에게 부상자들이 많아서 싸움을 피하시려는 건가?'

강학청은 그렇게 생각할 수밖에 없었다.

지금껏 아무리 많은 적들이라고 해도 거부하지 않았던, 자신이 볼 때는 불리하다 싶은 상황에서도 거침없이 앞으로 나서서 싸움을 이끌었던 그가 아니던가.

"크하하하!"

고 곡주는 커다랗게 웃음을 터트렸다.

그리고 어이없다는 표정으로 반악을 노려보며 말했다.

"어린놈의 새끼가 누구 앞에서 건방지게 아가리를 놀려! 개소리 말고 덤비기나 해라!"

반악이 대단한 고수라는 걸, 견일 등이 적들에게 큰 전력이 될 거라는 걸 몰라서 하는 말이 아니었다.

조금 전의 궁수들이 당한 상황만 봐도 위험스런 상대라는 걸 모를 수가 없는 것이다.

'하지만 그래봤자 몇 놈에 불과하다.'

아무리 개인의 역량을 중심으로 돌아가는 무림이라고 해도 수십 명이 뒤엉키는 싸움은 전투와 다를 것이 없고, 상대적으로 숫자가 많은 쪽이 유리하기 마련이다.

특히나 지금처럼 숫자와 사기가 현격하게 차이가 나고 승패가 이미 한쪽으로 많이 기울어버린 상황이라면 한두 명이 가세했다고 해서 전세가 뒤바뀔 수 없다는 게 고 곡주의 생각이었다.

'저놈이 삼존에 준하는 고수라면 모를까……'

많이 양보해서 사왕이나 오군에 육박하는 고수라면, 혹은 십괴나 구노 수준에 이른 고수 몇 명을 데리고 있는 것이라면 이대로 포기하고 물러나는 것을 고려할 수도 있을 것이다.

하지만 아무리 봐도 그의 눈에는 반악이 그 정도의 고수로 보이지 않았다. 아니, 저런 젊은 나이로 그만한 고수일 수가 없었다.

'게다가……'

자신 쪽에는 하북삼귀가 있었다. 한 명이 죽으면서 예전만큼의 무게감은 없어졌지만, 그래도 무시할 수 없는 막강한 실력의 고수들인 것이다.

그래서 고 곡주는 자신감 있게 반악의 경고를 무시할 수 있었다.

"애송이, 얼른 덤비지 않고 뭘 하냐!"

"네가 그렇게 나올 줄 알았다. 허면, 더 이상 피할 이유가 없지."

반악은 박도를 치켜들며 앞으로 걸어갔다.

금응쌍도와 당원들도 그 뒤를 따라 움직였다. 강학청은 어쩔 줄 몰라 하는 화전민들에게 가만히 있지 말고 불길이 미치지 않으며 뱀이 보이지 않는 곳으로 서둘러 피하라고 말한 뒤 무리를 쫓았다.

　"그렇게 걸음이 느려서 언제 여기까지 오겠냐!"

　반악의 느릿한 걸음에 코웃음을 친 고 곡주는 수하들에게 적들을 공격해 모두 쓸어버리라고 소리쳤다. 아니, 소리치려고 했다. 그러나 갑자기 좌우에서 동시에 들려오는 신음과 비명소리에 놀라서 말문이 막히고 말았다.

　"악!"

　"억!"

　오른쪽에서 나타난 적수공권의 염서성이 성난 멧돼지처럼 달려들어 팔과 다리, 머리를 가리지 않고 온몸을 사용해 곡도들을 공격했고, 반대쪽에선 서문유강이 모습을 드러내 철봉을 풍차처럼 휘두르고 내리치며 곡도들을 몰아붙이고 있었다.

　'저것들은 또 뭐야!'

　고 곡주는 난데없는 기습에, 특히 서문유강의 등장에 가장 크게 놀랐다.

　무쇠로 만들어진 팔다리를 달고 있기라도 한 듯 도검을 무서워않고 거침없이 날뛰는 염서성도 독특하긴 했지만, 승복처럼 보이는 회색 장삼에 빡빡 깎아 파릇한 머리를 하고 있는 서문유강의 모습은 충격적이라고밖에 표현할 수 없었다.

"웬 동자승이야?"

옆에 있던 무력대 대주 거석무의 의아함 섞인 혼잣말은 고 곡주를 비롯한 곡도들 모두의 심정을 대변하는 것이었다.

하지만 동자승이냐 아니냐는 중요하지 않았다. 알고는 싶지만, 지금은 저 자그마한 손으로 움켜잡고 휘두르는 철봉에 곡도들이 속절없이 쓰러지고 물러나며 당황스러워하고 있는 걸 해결하는 게 더 급했으니까.

"뭣들 해! 저것들을 막아!"

고 곡주는 거석무에게 염서성과 서문유강을 맡으라고 명령하고 뒤로 고개를 돌렸다.

이귀 상조면과 삼귀 송노칠에게 반악을 맡으라고 말하기 위해서였다. 하지만 그는 굳이 말을 할 필요가 없었다. 두 사람은 반악이 등장한 순간부터 이미 투지를 불태우고 있었기 때문이었다.

십여 명의 분타 무사들과 함께 고 곡주의 옆으로 나온 두 사람은 천천히 거리를 좁혀오는 반악을 노려보며 말했다.

"고 곡주, 놈은 우리가 맡겠소."

"그래주시겠소? 그럼 두 분을 믿고 있겠소이다."

"고 곡주."

"왜 그러시오?"

"놈의 뒤에 있는 저 세 놈들을 무시하면 안 되오. 지난번에 손속을 겨루어봤는데, 제법 귀찮은 재주를 가진 자들이었소."

고 곡주는 내심 그래봤자 세 놈뿐인데 걱정할 게 뭐가 있냐고 생각하면서도 겉으로는 조언해주어 고맙다고, 신경 써서 상대하겠다고 말했다.

"공격하라!"

고 곡주는 이귀와 삼귀가 살기어린 얼굴로 분타 무사들을 이끌고 나가자, 곧바로 수하들에게 크게 명령을 내리고 자신도 앞으로 뛰어나갔다.

                    *   *   *

'진짜 저놈들에게 그만한 우애가 있었던 건가?'

반악은 이곳에 도착해 사령곡의 무리 속에 이귀와 삼귀가 있는 걸 알고 적지 않게 놀랐다.

저들이 이곳에 있다는 건 독자적인 행동을 하고 있다는 뜻이었고, 그 이유랄 것이 일귀 하봉의 죽음 때문이라고밖에 설명이 되지 않으니까.

하지만 이상한 쪽으로 마음이 맞아서 악독한 짓거리나 하며 어울려 다니던 놈들이 그 정도로 일귀의 죽음에 분노할 줄은 전혀 몰랐다.

그냥 결과를 받아들이고 이제껏 그래왔던 것처럼 자신들끼리 잘 먹고 잘 살기 위한 방법을 모색할 줄 알았다.

'저런 놈들도 결국 온갖 인간사를 겪으며 정에 매이게 된다는 뜻이겠지.'

그래서 인간은 혼자서 살아 갈 수 없는 것일지도 몰랐다.

"개자식! 그렇게 찾아다녀도 보이지 않더니, 여기서 널 만나게 되는구나!"

"저승에 있는 큰형님이 네가 우리 손에 죽기를 빌고 있는 게 분명하다!"

이귀와 삼귀는 잔뜩 격앙된 음성으로 소리쳤다.

하지만 그들이 목소리만큼 흥분한 상태가 아니라는 건 분타 무사들에게 좌우로 자리 잡으라며 지시를 내리는 것만 봐도 알 수가 있었다.

'내 앞에서 잔머리를 굴리다니……'

반악은 자신을 반원형으로 포위하도록 놔둘 생각이 없었기에, 견일 등에게 이귀와 삼귀의 무리는 자신이 처리하겠다고 말한 뒤 빠르게 앞으로 뛰어나갔다.

이귀와 삼귀의 얼굴이 살짝 굳어졌다. 자신들의 흥분한 모습에 상대가 방심하기를 바랐는데, 그렇게 되질 않았기 때문이었다.

'역시 만만한 새끼가 아니다.'

"제대로 붙어보자!"

이귀와 삼귀는 기세를 높이겠다는 듯 버럭 소리쳤다.

하지만 고함을 지른 것만큼 걸음 속도를 높이지 않고, 여전히 분타 무사들과 보조를 맞추고 있는 걸 보면 둘이서 반악을 상대할 생각이 없다는 걸 알 수 있었다.

사실 그들은 반악이 자신들 쪽으로 뛰어 들어오길 기다리고 있었다. 그래야 수월하게 둘러싸 합공할 수 있을 테니까.

지난번 손속을 나누었을 때 자신들만으로는 반악을 제압할 수 없다는 걸 확실히 깨달은 게 분명했다.

'확실히 일귀가 없으니 생각하는 거나 하는 짓거리나 더 형편없어졌군.'

반악은 내심 코웃음을 치며 단번에 이귀와 삼귀의 정면으로 짓쳐 들어갔다.

"개자식! 널 죽이고 나면 다음으로 너와 붙어먹던 그 계집도 우리 손에 죽게 될 거다! 둘러싸!"

이때를 기다리고 있던 이귀와 삼귀는 뒤로 몸을 빼고, 분타 무사들은 좌우로 늘어서며 호리병처럼 반악을 감싼 형세를 취했다.

적절한 대응이었지만, 문제는 반악이 그들의 상상을 훨씬 뛰어넘는 고수이고, 그들의 의도를 진작부터 꿰뚫어보고 있었다는 점이었다.

게다가 그들이 부용설을 언급하면서 반악의 살심을 부추

졌다.

타탁!

이귀와 삼귀를 따라 정면으로 나아가던 신형을 갑자기 오른쪽으로 꺾은 반악의 박도가 놀란 분타 무사의 가슴을 번개처럼 파고들었다가 뽑혀 나왔다.

눈 깜박할 사이에 당한 분타 무사는 숨 한 번 내쉬지 못하고 앞으로 고꾸라지고, 박도는 어느새 그 옆의 분타 무사를 향해 휘둘러지고 있었다.

'염병할!'

이귀와 삼귀는 내심 욕을 하며 다시 앞으로 뛰어나갔다.

그 짧은 사이에 두 명이 더 당하는 걸 보고 가슴 한쪽이 서늘해졌지만, 두 사람은 지체 없이 좌우로 뛰어올라 각기 반악의 어깨와 허리를 노리고 칼을 휘둘렀다.

카캉!

마치 앞과 뒤가 바뀐 것처럼 순식간에 반회전해 돌아선 반악의 박도가 두 개의 칼을 연달아 쳐내고, 이귀와 삼귀는 칼을 통해 전해지는 반탄력을 상쇄시키기 위해 공중에서 회전하며 땅에 내려섰다.

스사삭―

이때를 틈탄 분타 무사들이 반악의 사방에서 칼을 찔렀다. 그러자 반악은 땅을 차고 위로 뛰어올랐고, 몸을 핑그르르 회전시키며 그를 향해 시선을 올리는 분타 무사들을 향해 발길질을 날렸다.

퍼퍼퍼퍼퍼퍽!

칼들이 튕겨나가고, 그 사이사이를 파고들 듯 내질러지는 발끝에 어깨와 머리를 얻어맞은 분타 무사들이 우르르 뒤로 나동그라졌다.

어깨가 부서지고 머리가 뭉개진 그들은 다시 싸우는 것은 고사하고, 일어서는 것조차 힘들어보였다.

하지만 뒤에 있던 분타 무사들이 곧바로 뛰어들어 빈자리를 채웠고, 땅에 내려서는 반악을 향해 칼을 찌르고 휘두르며 요혈을 노렸다.

'끝이다!'

이귀와 삼귀는 무사들과 보조를 맞추듯 반악의 머리 위로 뛰어올라 칼을 휘두르며 승리를 확신했다.

설사 분타 무사들의 칼을 모두 막아낸다고 해도 자신들의 공격까지 피할 수는 없을 거라고.

번쩍!

반악의 박도가 한순간 빛에 휩싸이고, 그 끝을 따라 기다란 빛의 줄기가 늘어지며 빼곡하게 찔러오는 칼들을 쓸고 지나갔다.

서거거거걱-

연달아서 매끈하게 잘려나가는 소리와 함께 대여섯 개의 칼날조각이 땅으로 떨어지고, 가슴이 절반이나 베어진 분타 무사들이 물에 젖은 짚단처럼 힘없이 고꾸라졌다.

'젠, 젠장!'

이미 승리감에 취해 확인하는 차원으로 칼을 휘두른다고 여겼던 이귀와 삼귀의 얼굴이 창백해졌다.

다수의 무사들을 일거에 쓰러트리는 것과 거의 동시에 자신들을 향해 활짝 펼친 왼손을 내지르는데, 닿기도 전에 얼굴이 욱신거릴 정도의 강력한 바람이 밀려왔기 때문이었다.

"합!"

두 사람은 신호를 주고받은 것처럼 함께 기합을 내지르고, 거미줄을 치듯 공중에서 칼을 마구 휘둘렀다.

장력의 엄청난 파괴력을 어떻게든 상쇄시켜야만 했으니까.

퍼펑!

두 사람은 칼과 어깨에 전해지는 충격에 저항하지 않고 뒤로 날아갔다가 땅에 내려서고, 다시 세 걸음씩을 더 물러난 뒤에야 완전히 멈춰 설 수 있었다.

'이 새끼, 더 강해졌잖아!'

이전에도 강하긴 했었다.

하지만 이 정도로 엄청나진 않았다. 자신들 둘이서 상대하면 부족하지만, 십여 명의 무사들을 데리고 싸운다면 한 번 해볼 만한 싸움이라고 생각했던 것이다.

게다가 자신들이 지금껏 놀고만 있었던 것도 아니었다.

지난번의 열세를 교훈삼아 때를 기다리며 나름대로 열심히 수련을 해왔다.

그런데도 이렇게 압도적으로 밀리다니.

'아니면 그때 우리가 이놈의 진짜 실력을 모두 파악하지 못했던 건가?'

왠지 그런 것 같다는 생각이 들었다.

그리고 그 짐작이 맞는다고 한다면……

'이놈을 우리들의 힘으로만 처리하려고 한 것 자체가 실수다.'

이귀와 삼귀는 심각하게 고민하기 시작했다.

하지만 길진 않았다. 동료들이 처참하게 당하는 걸 본 뒤로 겁을 먹은 분타 무사들이 이전처럼 적극적으로 공세를 취하지 않고 자신들의 눈치를 보는 태도만 봐도 답은 뻔한 것이었으니까.

이귀와 삼귀는 서로 시선을 교환하고 분타 무사들에겐 아무런 경고의 말도 없이 숲속으로 돌아 달렸다.

*   *   *

'이것들은 도대체 뭘 하고 있기에 아직도 오질 않는 거야?'

고 곡주는 이귀와 삼귀가 있는 쪽을 돌아보며 인상을 찌푸렸다.

하지만 궁금증을 풀 수가 없어 더욱 답답하기만 했다. 싸움이 진행되고 이리저리 뒤엉키며 치고받다 보니까 어느새 숲속으로 밀려들어와 있었고, 그래서 시야가 나무에 가려버리는 바람에 바깥 사정이 어찌 돌아가고 있는지를 확인할 수가 없었던 것이다.

'한 명을 상대로 스무 명에 이르는 숫자가 달라붙었는데 왜 이리 오래 걸리는 거야!'

이렇게 시간이 흘러도 나타날 기미가 없는 걸 보면 상황이 예상대로 돌아가고 있질 않는 모양이었다.

'멍청한 새끼들! 하나가 빠졌다고 이름값도 제대로 못하다니!'

고 곡주는 짜증이 나고 분노가 치밀었다.

하지만 냉정히 따져서 그가 두 사람을 욕할 처지가 아니었다. 예상대로 돌아가지 않는 건 이곳의 상황도 마찬가지였으니까.

"곡주님!"

서문유강 쪽을 막고 있던 무력대 대주 거석무의 다급한 음성이 들려왔다.

막기가 힘드니 도움을 청하는 것이리라.

하지만 고 곡주는 도와주고 싶어도 도와줄 수가 없었다. 반대쪽에서 날뛰는 염서성에, 정면에서 쌍으로 짓쳐들어오는 금응쌍도를 상대하기에도 벅찬 상태였기 때문이었다.

　게다가 부상을 입고도 기세등등한 당원들이 짜임새 있게 무리를 이루어 금응쌍도를 뒤에서 효과적으로 받쳐주고 있으니 여간 골치 아픈 게 아니었다.

　분명 수적으로 압도적 우위에 있는데도 불구하고 조금씩 밀리고 있었던 것이다.

　게다가 마을에서부터 번져온 불이 숲에까지 이르러 범위를 넓혀가면서 주변을 온통 매캐한 연기로 채워가고 있었다. 얼마 있지 않아서 눈과 호흡에도 적지 않은 영향을 끼칠 테고, 싸움을 이어가기조차 힘들어질 게 분명했다.

　'이렇게 가다가는……'

　승리는 고사하고 수하들만 왕창 잃고 물러나야 하는 게 아닌가 싶어서 걱정이 되기 시작했다.

　바로 그때, 이귀와 삼귀가 숲속으로 뛰어 들어오는 게 눈에 들어왔다. 대여섯 명밖에 보이진 않았지만, 분타 무사들도 그들의 뒤를 이어 뛰어오는 게 보였다.

　'이제야 나타나는구나!'

　짜증나고 화난 상태였지만 어쩔 수 없이 안도감이 들었다.

　늦기는 했지만 저들이 나타났다는 건 가장 신경 쓰이는 존재가 처리되었다는 거고, 이제는 여기의 상황도 곧 해결될 거라는 의미였으니까.

그러나 안도감은 순식간에 당혹감으로 바뀌었다. 이귀와 삼귀는 그를 쳐다보지도 않고 그대로 중심을 가로질러 지나쳐버리는 게 아닌가.

뒤따르는 분타 무사들도 마찬가지였다. 노루가 호랑이에게 쫓기듯 잔뜩 겁에 질린 표정으로 주변 상황은 살피지도 않고 뛰는 데만 정신이 팔린 얼굴들이었다.

척 봐도 도망치는 것으로밖에 생각할 수 없는 행동들인 것이다.

"이런 개 같은……!"

당장 돌아오라고 고함을 지르려던 고 곡주의 입이 중간에 다물어졌다.

반악이 나뭇가지를 밟으며 머리 위를 빠르게 지나가더니, 어느새 이귀와 삼귀의 앞으로 뛰어내려 그들을 막아섰기 때문이었다.

그러자 이귀와 삼귀는 다시 역으로 돌아서서 달려왔고, 분타 무사들도 그들을 따라 뒤돌아 뛰었다.

"고 곡주!"

이귀와 삼귀의 다급한 외침에 고 곡주는 어이가 없었다. 딱 봐도 도와달라는 표정이 아닌가.

'저것들이 지금 장난하나!'

자신의 어려운 상황은 나 몰라라 하며 도망칠 땐 언제고 다시 돌아와 도움을 바라다니.

하지만 그는 분노와 짜증을 터트릴 틈이 없었다. 반악이 순식간에 나무를 타고 올라 가지의 탄력을 이용해 높이 뛰어오르더니 새처럼 날아서 그를 향해 떨어지고 있었기 때문이었다.

아니, 정확히는 그의 앞에 다다르던 이귀와 삼귀를 노리고 떨어져 내리고 있었다.

츠악!

이귀와 삼귀가 좌우로 몸을 날려 피하고, 그들이 방금 서있던 땅이 고랑처럼 깊이 패여 나갔다.

"……!"

이 장의 거리를 두고 땅에 내려선 반악과 시선을 마주친 고 곡주의 얼굴이 굳어졌다.

반악의 눈빛에서 공격 의지를 읽었기 때문이었다.

'비, 빌어먹을!'

고 곡주는 재빨리 뒤로 물러났다.

하지만 땅을 박차고 그를 향해 몸을 날린 반악의 움직임은 그가 물러나는 것보다 훨씬 빨랐고, 박도가 휘둘러지는 속도도 그의 상상 이상이었다.

채채채채챙―

고 곡주는 힘겹게 박도를 막아내고 연신 뒷걸음치며 소리쳤다.

"이놈을 공격하지 않고 뭣들 하는 거야!"

24

가까이 있던 곡도들이 급히 몰려들어 반악을 향해 칼을 휘둘렀다.

그러나 반악은 머리와 어깨, 허리를 조금씩 움직이는 것만으로 가볍게 피해버리고 고 곡주를 향한 공세를 조금도 줄이지 않았다.

이때, 좌우로 피했던 이귀와 삼귀가 반악의 뒤쪽으로 달려들었다. 조금 전과 달리 고 곡주와 많은 곡도들이 함께 있다는 것에 자신감을 얻은 그들은 반악을 공격해 죽이자는 쪽으로 마음을 바꾼 것이다.

그들은 동시에 목과 허리를 노리고 칼을 휘둘렀다.

스사삭!

반악은 고 곡주를 공격하다 말고 위로 솟구쳐 올랐다. 빈 공간만 베어버린 이귀와 삼귀는 곧바로 땅을 박차고 뒤따라 뛰어오르며 칼을 빠르게 휘둘렀다.

채채채챙!

두 개의 칼과 하나의 박도가 공중에서 연속으로 부딪힌 뒤, 반악은 반탄력 때문에 더욱 위로 밀려 올라가고 이귀와 삼귀는 아래로 뚝 떨어졌다.

"도대체 이게 어떻게 된 거요!"

고 곡주는 이귀와 삼귀를 향해 따지듯 버럭 소리쳤다.

두 사람은 공중에 떠 있는 반악에게서 조금도 시선을 떼지 않고 짜증스런 말투로 대꾸했다.

"보면 모르쇼! 저 새끼의 실력이 우리 생각보다 강해서 여기까지 물러난 거잖소!"

"쓸데없는 말은 그만하고 어서 우리를 도우시오! 그렇지 않으면 이 싸움에서……."

말은 거기서 끊겼다.

반악이 공중에서 몸을 뒤틀어 옆에 있는 나무를 발끝으로 차고 그 탄력으로 빠르게 떨어져 내리고 있기 때문이었다.

우웅!

직선으로 휘둘러지는 박도가 진동하며 그 끝에서 십자 모양의 하얀 빛이 뿜어져 나왔다.

'저건!'

너무 놀란 고 곡주의 눈이 화등만 하게 커졌다.

다시는 볼 수 없을 거라 생각했던 남궁세가의, 그것도 가주만이 익힐 수 있었던 무공의 초식을 보았으니까.

고 곡주는 생각할 것도 없이 급히 뒤로 물러나고, 이귀와 삼귀도 십자광무의 초식을 알아보고 대경실색하며 좌우로 몸을 피했다.

쾅!

멍멍할 정도의 폭발음과 함께 땅이 터져나가고, 그 파편이 사방으로 튀어나갔다.

'어디냐?'

고 곡주는 뒤로 물러나면서 흙이 튀며 생겨난 먼지에 가려졌을 반악의 모습을 찾기 위해 눈에 힘을 주었다.

하지만 보이는 건 그처럼 놀란 얼굴로 반악을 찾기 위해 정신없이 좌우로 고개를 돌리는 이귀와 삼귀, 그리고 당황하는 곡도들의 모습뿐이었다.

'빌어먹을, 도대체 이게 다 어찌된 노릇이냐!'

고 곡주의 머릿속은 혼란스러웠다.

'분명 한 명도 남김없이 모두 죽었고, 무공은 존재감 없이 사라졌는데 어떻게 이럴 수 있단 말인가.'

남궁세가가 무너지자마자 잠시의 미련도 없이 거룡성, 당시 거룡방에 충성을 맹세하고, 곧바로 그들의 힘을 빌려 마가검문을 무너트린 건 남궁세가가 완전히 사라졌다고 확신했기 때문이었다.

그들의 시대는 끝이 났고, 거룡성이 안휘의 주인이라고 믿은 것이다. 그리고 사령곡에, 아니, 자신에게도 커다란 야망을 실현시킬 기회가 온 거라고 말이다.

'그런데……'

사라진 남궁세가의 무공이 눈앞에 나타나다니.

그것도 반룡복고당의 당원이라 생각되는 자에게서.

그렇다면 남궁세가의 생존자, 혹은 생존자들이 있었다는 뜻일까?

알 수 없었다. 지금 고민한다고 결론이 나올 문제도 아니었다.

'일단 물러나야겠다.'

반룡복고당을 치고 강남의 패권을 차지한다는 계획도 다시금 검토할 필요성이 생겼다.

강남에서 남궁세가의 이름은, 존재감은 아직도 거대한 파급력을 가지고 있었으니까.

"모두……!"

도망치라고 외치려던 고 곡주의 시야에 가라앉아가고 있는 먼지를 뚫고나오는 반악의 모습이 들어왔다.

곧장 삼귀를 향해 나아가는 반악의 움직임은 눈 깜짝할 사이라 할 만큼 빨랐고, 좌우로 휘둘러지는 박도는 번개가 치듯 갑작스러웠다.

반악이 목이 베어진 삼귀를 스쳐지나 세 걸음을 더 나아가서 우뚝 멈춰 섰을 때, 삼귀의 머리가 먼저 땅에 떨어지고 몸뚱이는 그 다음으로 목에서 피를 뿜어내며 젖은 집단처럼 무너져 내렸다.

고 곡주는 충격과 두려움을 동시에 느끼며 있는 힘껏 소리쳤다.

"모두 후퇴하라!"

*   *   *

고 곡주의 외침을 듣고 후퇴한 것은 곡도들뿐만이 아니었다. 일귀의 복수를 다짐하며 함께 싸워왔던 이귀 역시도 반악에게 등을 돌리고 도망쳤다.

반악은 서로 반대 방향으로 달리는 이귀와 고 곡주를 한 번씩 쳐다보았지만 고민은 길지 않았다. 어느 쪽을 더 우선적으로 처리해야 하느냐, 하는 문제의 해답은 너무나 명확했으니까.

그래서 지시를 기다리는 견일 등에게 외쳤다.

"사령곡을 쫓는다!"

그리곤 따라오는 걸 확인도 안 하고 사령곡의 무리가 도망치는 방향으로 뛰기 시작했다.

견일 등과 염서성, 서문유강은 당연히 그를 뒤따랐고, 금응쌍도와 강학청, 그리고 움직일 수 있는 당원들도 망설임 없이 그들을 쫓아 달렸다.

*　　*　　*

가장 앞장서서 달리는 고 곡주의 얼굴은 창백하게 질려 있었다.

달리는 게 힘들어서가 아니었다. 거의 완벽하다고 생각했던 그의 계획이 모두 다 망쳐졌다는 충격과 남궁세가의 무공이 등장했고, 그 무공을 펼친 반악이 엄청난 실력의 고수라는 사실에 대한 당혹감과 두려움 때문이었다.

그래서 그는 생각을 제대로 할 수가 없었다. 냉정하게 판단하고 행동할 수도 없었다.

　반악을 선두로 반룡복고당의 무리가 쫓아오고 있다는 걸 알고부터는 더더욱 그러했다. 머릿속이 완전히 텅 비어버렸다. 그는 이성이 아니라 본능을 따라 정신없이 달리는 것이었다.

　하지만 달리고 또 달리다 어디로도 나아갈 수 없는 막다른 협곡에 이르렀을 때, 그는 자신이 가장 최악의 장소로 도망쳐 왔다는 걸 깨닫고 절망하고 말았다.

　기름 냄새로 가득한 이곳은 그가 주도해서 만들어 놓은 함정이었다. 원래 처음의 계획은 반룡복고당의 무리를 이곳으로 몰아넣고 불태워 죽이려 했었던 것이다.

　"곡주님, 도대체 왜 이곳으로 오신 겁니까!"

　뒤늦게 협곡에 들어선 거석무가 노골적으로 화를 내며 따져 물었다.

　그는 이곳으로 오는 동안 몇 번이나 안 된다고 방향을 바꿔야 한다고 소리쳤지만 고 곡주는 들은 척도 하지 않고 계속 달렸고, 곡주만 믿고 따라 달리는 수하들을 외면할 수 없어서 어쩔 수 없이 이곳까지 따라오고 말았던 것이다.

　"……."

　고 곡주는 아무 말도 하지 않았다.

　솔직히 할 말이 없었다. 그도 왜 자신이 이곳으로 왔는지 이유를 알지 못하고 있었으니까.

"곡주님, 어서 이곳을 빠져나가야 합니다. 놈들이 오기 전에……."

고 곡주는 거석무를 보고 있지 않았다. 그의 어깨 너머를 보고 있었다.

거석무는 말을 하다말고 고 곡주의 시선을 따라 뒤를 돌아보고는 얼굴이 굳어졌다. 반악과 견일 등이 협곡의 입구를 막아서고 있었기 때문이었다.

*　　　*　　　*

'무슨 수작이지?'

입구에 멈춰 선 반악은 내심 고개를 갸웃거렸다.

사령곡의 무리가 알아서 막다른 곳으로 도망친 것도 이상한데, 기름 냄새까지 나다니.

아무리 생각해도 뭔가 계략이 숨겨져 있다고밖에 볼 수 없었다.

"주인님, 놈들이 배수진을 친 거 같은데요. 우리가 공격하면 불을 질러 같이 죽어버리겠다는 의도 같습니다."

견일의 말은 황당하면서도 나름 그럴 듯하게 들렸다.

하지만 반악이 의아하게 여기는 점은 저들이 어찌 후퇴하게 될 줄 알고, 그리고 쫓기게 될 줄 알고 이런 곳에 미리 기름을 뿌려 두었냐는 것이었다.

"반 소협, 그렇다면 저들을 막아야 하오. 이미 승패가 갈린 상황에서 의미 없는 죽음은 없어야 하지 않겠소."

반악은 서문유강다운 말이라고 생각했다.

아까의 싸움에서도 치명적인 요혈은 피해서 가격해 뼈를 부러트리거나 기절시키는 방법으로 최대한 목숨을 빼앗지 않게 제압하는 싸움을 했던 그였으니까.

'아마도……'

예전이었다면 그런 서문유강의 행동과 판단을 마음에 들어 하지 않았겠지만, 이제는 그렇게 거부감이 들진 않았다.

물론, 적극 동조한다는 마음이 아니라 한 번 정도는 아량을 베풀 자세가 되었다는 뜻이었다.

"그렇다면 서문 공자가 저들을 설득해 보시오. 하지만 명심하시오. 난 저들을 아무런 명분도 없이 그냥 보내줄 생각이 없소."

"……?"

"확실한 항복과 함께 우리가 입은 피해의 보상으로 그들이 가진 이권의 팔 할 이상을 넘겨받을 것이며, 더불어 사령곡의 십 년 봉문을 약속 받아야 하오."

사실 십 년 봉문도 반악의 입장에서는 많이 양보한 것이었다.

이전의 그였다면 협상도 없이 모두 전멸시켜 사령곡을 폐

문시켜버렸을 테니까.

"알겠소."

서문유강은 무겁게 고개를 끄덕이며 철봉을 네 개로 분리해 허리에 차고 앞으로 나섰다.

헌데, 바로 이때 강학청과 금웅쌍도 등이 도착했다. 강학청은 서문유강이 혼자 앞으로 걸어가는 걸 보고 물었다.

"무슨 일입니까?"

반악이 간단하게 설명하자 강학청은 주위를 둘러보며 굳은 표정으로 말했다.

"아무래도 이곳은 저들이 저희를 노리고 만든 함정인 것 같습니다. 처음 저들이 저희를 몰이하듯 쫓았는데, 그게 바로 이곳의 함정을 이용하려 했던 의도로 보입니다."

"화공을 쓰기 위해서?"

"제 생각은 그렇습니다."

"그렇다면 저들과 협상을 해서는 아니 되네!"

금웅쌍도가 노기어린 표정으로 협상을 반대했다.

자신들과 정정당당하게 싸우려고 한 게 아니라 함정으로 몰아서 불태워 죽이려고까지 했던 극악무도한 무리에게 아량을 베풀 필요가 없다고 말이다. 다른 당원들도 분노를 토하며 두 사람의 의견에 동조했다.

사실 이곳의 함정뿐만이 아니라 화전민 마을에서 뱀을 이용한 것부터도 당원들의 분노를 사기에 충분한 일이었다.

당원들은 반악에게 이목을 모았다. 그들의 마음과 의지는 분명하지만, 결국 결정은 반악의 몫이기 때문이었다.

물론, 책임자는 강학청이고 연륜과 명성, 당에 들어온 시기를 보면 금응쌍도가 위에 있었다. 하지만 모두 다 죽음을 각오했고, 그렇게 될 수밖에 없을 거라 여겼던 싸움을 완전히 뒤바꾼 것은 반악인 것이다.

지금도 사령곡의 무리가 궁지에 몰려 있다고 하지만 반악과 견일 등이 없다면 싸워 이길 가능성은 높지 않았다.

그래서 모두 반악의 대답을 기다리는 것이다.

반악은 협상을 위해 사령곡의 무리가 있는 곳으로 걸어가다가 당원들의 소란을 듣고 멈춰 선 서문유강을 한 번 쳐다보고 입을 열었다.

"여러분들의 분노는 당연한 것이오. 또한 나 역시 크게 다르지 않은 심정이오. 하지만 우린 그래서는 아니 되오."

"……?"

당원들은 이해할 수 없다는 표정을 지었다.

별고정이 모두를 대표하여 왜 안 되냐고 물었다.

"우린 저들과 싸우기 위해서가 아니라, 거룡성과 싸우기 위해 모인 것이기 때문이오. 또한 우린 반룡복고당이고, 거룡성이 아니기 때문이오."

당원들은 여전히 이해할 수 없다는 표정이었다.

반악은 더 설명하지 않고 강학청을 쳐다봤다. 이제 그에게 설명을 해보라는 듯이.

반악의 시선을 따라 당원들의 이목이 모아지자 강학청이
입을 열었다.

"전 반 소협의 뜻을 알겠습니다."

"솔직히 우린 모르겠네."

"우린 앞으로 거룡성과 싸우기 위해 많은 과정을 거쳐야
합니다. 그 과정 중에는 오늘처럼 사령곡의 계략에 빠지는
예상 못한 일들이 일어나겠죠. 하지만 그때마다 분노에 차
서 상대를 모두 죽일 수는 없지 않겠습니까. 우린 안휘의 정
도를 지키기 위해 싸우는 것이지, 거룡성처럼 무조건적인
패권을 위해 싸우는 것이 아닙니다. 우린 살인마들이 아닙
니다. 우린 의도 알고, 협도 알고, 죽음보다 삶이 더 중요하
고 의미 있다는 걸 알고 있습니다. 또 그걸 어떤 상황에서도
잊지 않아야 합니다."

"……."

흥분된 분위기가 가라앉으며 모두 숙연해졌다.

하지만 완전히 승복하고 있지는 않았다. 강학청의 말이
맞다는 걸 알면서도, 죽은 이들을 생각하면 사령곡의 무리
가 쉽게 용서될 수가 없는 것이다.

반악이 다시 입을 열었다.

"우리와 거룡성의 차이가 무엇이겠소? 솔직히 보이는 모
습만 보자면 별 차이가 없소. 삼자들이 보면 거룡성이나 우

리들이나 패권을 차지하기 위한 이익집단으로밖에 보이지 않을 거요. 하지만 우리에겐 있소. 작은 차이일 수도 있으나 너무나 확연히 다른 점이 말이오. 바로 저들에게 살 수 있는 기회를 줄 수 있느냐, 아니냐의 차이 말이오. 한 번의 기회를 주는 것이오, 단 한 번. 저들을 모두 죽일 수 있는 위치에 있으면서도 저들을 모두 살려줄 수 있는 아량을 한 번 보여주는 것. 우리에게 진정 그 정도의 도량과 담력도 없다고 한다면 실망스러울 것이오."

반악의 말은 당원들을 설득하기 위한 거짓과 가식에서 나온 게 아니라 진심이었다.

사실 조금 전의 말은 그 자신에게 한 것과 다름없었다. 그저 죽이고 깨트려버리면 해결되는 거라 믿어왔던 예전의 자신이 아니라는 걸 확연하게 인식하고, 그 이유를 분명하게 표현한 것이었다.

금응쌍도는 당원들과 시선을 하나하나 마주치고 모두 자신들과 같은 생각이란 걸 확인했다.

그리고 마지막으로 반악을 쳐다보며 말했다.

"반 소협의 뜻을 알겠네. 그렇게 하세. 저들에게 살길을 한 번도 열어주지 않는다면 우리가 거룡성과 다를 게 무엇이겠는가."

반악은 결론이 내려지길 기다리는 서문유강을 쳐다보고 고개를 살짝 끄덕였다.

서문유강은 안도의 표정을 지으며 사령곡의 무리가 있는 협곡 안으로 걸어갔다.

*   *   *

"곡주님, 아무래도 저들은 싸울 생각이 없는 것 같은데요. 대화로 해결을 보려는 거 같습니다. 저 동자승처럼 생긴 고수를 내보내는 것도 싸움보다는 말로 풀어보자는 의도가 아니겠습니까."

기대감 섞인 거석무의 말에 고 곡주는 인상을 찌푸렸다.

'대화?'

서로 죽고 죽이며 상처 받을 만큼 받은 마당에 무슨 대화를 한단 말인가.

그가 생각할 때는 다른 속셈이 있었다.

'놈들이 그냥 공격하지 못하는 이유가 있다. 어쩌면 저들도 나처럼 희생을 최소화하기 위해 수작을 부리고 있는 것인지도 모르지.'

하지만 어떤 식으로 수작을 부리려고 하는지는 짐작이 되지 않았다.

그래서 우선 어떤 말이 나올지 들어보고 대응하기로 하고 서문유강을 기다렸다.

"당신이 사령곡의 곡주시오?"

삼 장의 거리를 두고 멈춰 선 서문유강이 고 곡주를 바라보며 물었다.

"그렇다. 내가 사령곡의 곡주 고지청이다. 그러는 너는 누구냐?"

각자의 연배와 지위고하를 떠나 어느 쪽이 우위에 있느냐를 따져볼 때, 고 곡주의 대꾸하는 말투는 상황에 맞지 않게 너무 오만했다. 아무리 서문유강이 외견상 어린아이처럼 보일지라도.

하지만 서문유강은 전혀 기분 나쁜 표정을 짓지 않았다. 오히려 거석무와 곡도들이 내심 곡주의 당당함에 우려와 걱정을 했다.

서문유강은 정중한 자세로 포권을 취하며 말했다.

"본인은 서문유강이라 하고, 날 아는 사람들은 만봉철벽이라 불러주고 있소."

"……!"

잠시 고개를 갸웃하던 고 곡주는 내심 깜짝 놀랐다. 하지만 곧 의심스런 시선으로 서문유강을 쳐다봤다.

'저 꼬맹이가 오인잠룡의 그 봉룡이라고?'

별호와 이름, 그리고 출신에 대해서만 알려졌지 외견에 대해서는 들어본 적이 없기에 의심이 생기는 건 당연했다. 그러나 곧 철봉을 무기로 쓰고 있고, 예사롭지 않은 실력까지 갖추고 있으니 그 이름과 별호가 사실일 수도 있겠다는 생각이 들었다.

곡도들도 봉룡 서문유강에 대한 소문을 기억해내고 크게 놀라며 웅성거리기 시작했다. 오인잠룡에 대한 소문이 난 지는 얼마 되지 않아서 알고 있는 건 거의 없었지만, 천이서 생의 평가란 게 그만큼 무게감이 큰 것이다.

만약 반악도 그 오인잠룡의 한 명이란 걸 알게 되면 곡도들은 경악을 금치 못할 게 분명했다.

"천이서생이 인정했다는 봉룡이 너 같은 꼬마일 줄은 전혀 상상도 못했군. 그 늙은이가 나이 들어서 눈이 나빠진 모양이야. 아니면 원래부터 그의 이목이 알려진 것만큼 대단하지 않은 것인지도 모르지."

서문유강은 별달리 표정 변화가 없었지만, 거석무와 곡도들의 반응은 달랐다.

'저들은 좋게 이야기해보자고 저 대단한 고수를 내세운 거 같은데, 곡주님은 왜 저리 쓸데없이 비아냥거리시는 거야. 정말 답답해 미치겠군.'

솔직히 곡주가 조롱을 할 입장은 아니라는 게 그들의 생각이었다.

서문유강이 외견상 놀려먹을 만한 여지가 있기는 하지만, 소림과 천이서생이 인정한 고수였다. 아까 싸움에서 그 실력을 겪어보았기 때문에 반론의 여지조차 없었다. 그리고 조심스레 예측을 하자면, 언젠가 그는 천하의 고수가 될 수 있을 것이었다.

그런데 그런 서문유강 등에게 패배하여 도망친 끝에 궁지로 몰린 자가 조롱을 하다니. 그것도 자신들의 목숨이 서문유강과의 대화에 달린 마당에.

곡도들의 마음속엔 점차 불만이 쌓이기 시작했다. 하지만고 곡주는 수하들의 심경을 전혀 알아채지 못하고 변함없이시비 섞인 말투로 물었다.

"하남의 사람이 왜 여기까지 왔지? 게다가 녹류산장이 반룡복고당과 손을 잡았다는 소리는 들어본 적이 없다. 혹시저들이 거금을 제시해서 널 파견했나? 오~ 공명정대한 소림의 속가문도 세상 명리 앞에서는 어쩔 수가 없었던 모양이군. 그렇다면 내가 더 많은 돈을 제시하지. 지금 내 밑으로 들어온다면 두 배를 주겠다."

계속되는 고 곡주의 조롱에도 서문유강은 미소를 잃지 않았다.

"고 곡주, 서로 간에 도움이 되지 않는 이야기는 그만하고당면한 문제를 논해보는 게 어떠하겠소."

고 곡주는 내심 실망스런 한숨을 쉬었다.

'소림에서 고련을 쌓았다고 하더니, 아무리 흔들어도 평정심을 잃지 않는구나.'

그가 신경을 건드리는 말로 서문유강을 도발했던 것은 흥분케 해서 어떤 의도를 가지고 있는지 말하도록 만들기 위함이었던 것이다.

서문유강은 단도직입적으로 말했다.

"항복하시오. 이대로는 어떤 결과가 나올지 곡주도 잘 알고 있지 않소. 나는, 아니, 우리는 의미 없는 살생을 원하지 않소."

고 곡주는 울컥했다. 마치 동정을 받는 기분이 들었기 때문이었다. 상황이 이렇게 되긴 했어도 그의 자존심은 아직도 뻣뻣하게 살아 있는 것이다.

"무슨 소리! 아직 싸움은 끝나지 않았다!"

"고집부리지 마시오. 아무리 막다른 길에 몰렸다고 해도, 기름을 뿌려둔 곳에 불을 질러 양패구상을 각오하고 싸우겠다는 건 어리석은 생각이오. 무림의 싸움이란 양날의 칼과 같으니, 이길 생각을 했다면 질 것도 각오했을 터. 결과를 인정하고 곡도들의 목숨을 보전하는 데 힘쓰는 것이 수장된 자의 도리가 아니겠소."

거석무와 곡도들은 서문유강이 적임에도 불구하고 감탄하지 않을 수 없었다.

하지만 고 곡주는 수하들과 달리 전자의 말만 신경 쓰고, 후자의 말은 귓등으로 흘려버렸다.

'왜 바로 공격해오지 않는지 이제야 알겠구나. 저들은 우리가 불을 지르고 대항해 소모적인 싸움이 일어나는 것을 걱정하고 있었던 거야.'

즉, 반룡복고당의 무리도 자신처럼 전력이 소진되는 걸 원치 않고 있다는 것으로 이해한 것이다.

물론 그러한 생각은 고 곡주의 착각이었다. 하지만 어떤 경우에 사람은 자신이 보고 싶은 것만 보고, 이해하고 싶은 대로만 이해하려고 할 때가 있었고, 지금 여러 이유로 판단력이 떨어진 고 곡주가 그러한 경우에 속했다.

"네 말은 우리가 항복만 하면 이대로 그냥 보내주겠다는 것이냐? 아무런 조건도 없이?"

"사령곡이 오늘 행한 불의와 지금의 형세를 감안하면 조건 없이 보내줄 수가 없소. 우선 확실한 항복을 선언하고, 우리가 입은 피해의 보상으로 사령곡이 가진 이권의 팔 할 이상을 넘겨줘야 할 것이며, 더불어 사령곡의 십 년 봉문을 약속 받아야겠소."

"말도 되지 않는 소리 하지 마라! 사령곡의 이권을 거의 다 내주고 봉문까지 하면 멸문하는 것이나 다름없다! 우리에겐 아무것도 얻을 게 없는 이따위 일방적인 요구가 무슨 문제를 해결할 수 있는 논의라는 말이냐!"

반박하기 위해 그냥 하는 말이 아니라 진심에서 우러나온 말이었다. 이권을 내주고 봉문까지 하면 사령곡은 사라지고, 그의 이름도 무림에서 사라질 것이다.

'내가 미쳤냐, 이권을 내주고 봉문까지 하게.'

이대로의 전력을 보전하기라도 해서 귀환하면 최소한 훗

날을 기약할 수 있기 때문에 고 곡주는 절대 받아들일 생각이 없었다.

서문유강은 답답함을 느낀 듯 한숨을 내쉬며 말했다.

"그 대신 삶을 이어갈 수 있지 않소. 밤잠을 설치고 애를 태우며 당신과 곡도들을 기다리는 가족들에게 살아서 돌아갈 수 있게 되는 거요."

"가족? 흥, 개소리하지 마라! 목적도 잃고 희망도 잃고 사는 게 진정 사는 것이더냐! 그렇다면 차라리 지금 당장 입에 칼을 물고 죽는 게 낫다! 아니, 네놈들을 하나라도 죽이고 죽는 게 낫다! 처지가 이리 되었다 해서 사령곡을 무시하지 마라! 나와 곡도들은 싸움에는 졌을지라도 한낱 목숨을 보전하고자 자존심까지 버리지는 않는단 말이다!"

고 곡주는 자신의 말의 흡족함을 느꼈다. 곡도들도 가슴 가득 호기를 느끼고 자신의 의지에 동조하리라 확신을 했다.

'우리가 아직 수적으로 우위에 있으니, 이 기세를 살려 압박을 하면 저들도 그냥 물러날 수밖에 없을 것이다. 만약 그래도 물러나지 않는다면 불을 질러서라도 맞서 싸우면 되는 거다.'

물론 그렇게 되면 적지 않은 수하들을 잃게 되겠지만 적들에게도 타격을 줄 수 있을 것이다. 그리고 그 혼란을 틈타서 도망치고 문파로 돌아가 다시 힘을 키우며 훗날을 기약

할 수 있지 않겠는가.

대를 위해 소를 희생하는 격이라고나 할까.

"곡도들은 들어라! 우린 굴복하지 않고 당당하게 맞서 싸울 것이다!"

자신감으로 가득한 외침을 토해낸 고 곡주는 자신의 말에 기세가 살아난 곡도들의 힘찬 함성을 기다렸다. 하지만 아무리 기다려도 뒤에서 반응이 오질 않았다.

'이 새끼들이 뭘 하는 거야?'

의아함과 짜증을 느끼며 돌아본 고 곡주의 얼굴이 굳어졌다.

곡도들의 표정은 그의 예상과는 너무 달랐다. 그를 쳐다보는 시선은 냉랭했고, 이해할 수 없게도 언뜻 비난과 경멸의 감정까지 엿보였다.

'이것들이!'

"뭣들 하는 것이냐! 적들은 우릴 우습게보고 있다! 우리 사령곡이 결코 쉽게 굽히지 않는다는 걸 보여줘야 한다!"

"곡주님, 저희의 생각은 다릅니다."

"뭐라고?"

고 곡주는 거석무를 매섭게 노려보았다. 그러나 거석무는 겁을 먹거나, 위축되지 않고 시선을 똑바로 마주치며 말했다.

"우리는 졌습니다. 저들도 굳이 싸우지 않고 보내준다 하는데, 더 고집을 부려 무엇을 합니까. 저들의 말대로 의미 없이 죽어갈 뿐입니다. 그것도 저희만 죽을 겁니다, 우리만 요. 그러니 이제 그만 포기하십시오. 곡주님은 아닌지 모르 겠지만, 저흰 살고 싶습니다."

고 곡주는 너무나 화가 나서 말문이 막혔고, 더욱 매섭게 거석무를 노려보기만 했다. 하지만 거석무는 모두의 심경을 대표해서 말한 것이었다. 그를 노려본다고 달라질 수 있는 게 아니었다.

고 곡주는 문득 깨달았다.

'그렇구나. 내가 착각을 하고 있었어.'

방금 그의 말과 행동은 과거 그들이 멸문시킨 마가검문이 그러했고, 아까 궁지로 몰렸던 당원들이 보여주었던 모습들 이었다.

그가 평소 경멸해 마지않던 정파나 혹은 의와 협을 소리 높여 외치는 자들이나 할 법한 행동인 것이다.

하지만 그러한 언행은 수하들에게 통하지 않았다. 지금껏 의리보다는 이익을, 당당한 패배보다는 야비한 승리를 택했 던 그였다. 곡도들 또한 그 모습을 보고 같이 동참하면서 질 리도록 배워왔을 것이다. 그런 그들이 죽음을 각오하고 그 와 문파를 위해 당당히 맞서 싸우라는 말에 감동해서 들고 일어날 리 만무한 것이다.

'그러나……'

고 곡주는 이대로 포기할 수 없었다. 이렇게 끝내버리기에는 지금껏 공들인 노력과 시간들이 너무나 아까웠다.

지금 포기해버리면 그는 아무것도 아니게 되기 때문이었다.

'그래, 네놈들에게 충성심과 동지애를 바란 내가 어리석었다. 애초부터 너희를 움직이도록 만들기 위해 필요했던 건······.'

두려움이었다.

고 곡주는 곡도들의 의지를 등에 업은 거석무를 향해 웃어보였다.

거석무는 흠칫했다. 이 상황에서 곡주가 저리 웃는 건 정상적인 게 아니란 걸 알기 때문에 뭔가 불길한 느낌이 든 것이다.

순간 곡주의 얼굴에서 웃음이 사라졌다.

"날 배반하는 놈은 죽어 마땅하다!"

고 곡주는 번개처럼 몸을 날려 간격을 좁히고 칼을 쭉 뻗어 거석무의 목을 노렸다.

하지만 곡주의 성향을 잘 알고 있는 거석무도 그냥 당하지 않았다. 이미 두 사람 사이는 돌아올 수 없는 강을 건넌 셈이었기에 불길함을 느낀 순간 대응할 마음의 준비를 하고 있었던 것이다.

그는 고 곡주의 칼을 쳐내고, 뒤로 물러나면서도 반격을 하기까지 했다.

채채채챙!

두 사람은 맹렬하게 칼을 맞부딪치고, 놀란 곡도들은 우르르 물러나며 싸울 공간을 만들어주었다.

그러나 처음부터 길게 이어질 싸움이 아니었다. 거석무는 사령곡에서 한 손에 꼽힐 실력이었지만, 고지청은 그보다 우위에 있는 실력을 가졌기에 지금껏 곡주로 남아 있을 수 있었던 것이니까.

거석무는 기교와 공력의 열세를 절감하며 손발이 어지러워졌고 얼마 있지 않아 위기에 처했다.

"죽어라!"

고 곡주의 칼이 세 개의 그림자를 만들어내며 거석무의 칼을 위로 쳐내고 훤하게 열린 가슴으로 찔러 들어갔다.

캉―

가슴에 닿았던 고 곡주의 칼이 찔러 들어가지 못하고 옆으로 튕겨나갔다.

죽는구나 생각했던 거석무는 철봉이 눈앞에서 솟구쳐 올랐다가, 튕겨나간 곡주의 칼을 다시 내리찍어 공격의 흐름을 완전히 끊어버리자 그제야 정신을 차리고 다급히 뒤로 물러났다.

그가 물러난 자리에 서문유강이 철봉 끝을 앞으로 겨누고 섰다.

"포기하시오, 고 곡주."

서문유강의 목소리는 변성기를 겪지 않은 소년의 그것처럼 가늘고 여렸으나, 그에 담긴 기세는 매섭고 준엄하기 이를 데가 없었다.

저도 모르게 어깨를 살짝 움츠렸던 고 곡주는 얼굴을 붉히며 다시 어깨를 폈다. 그리고 입구 쪽을 힐끔 돌아봤다. 특히 가장 신경 쓰이는 반악의 태도를 살폈다.

'개입할 생각이 없는 모양이군.'

그만큼 서문유강을 믿고 있다는 뜻일 것이다.

아니면 그를 무시하고 있거나.

'이유가 무엇이건 간에 이 기회를 놓쳐서는 안 된다.'

고 곡주는 서문유강이 쉽지 않은 상대임을 알고 있었다. 그러나 싸워야 했다. 서문유강을 죽이기만 한다면 적들에게는 큰 타격이 될 것이고, 수하들은 다시 자신을 따르게 될 테니까.

'망설일 거 없다. 경험은 내가 저놈보다 많아.'

고 곡주는 칼을 치켜들고 반의반 보씩 앞으로 움직였다.

서문유강은 그가 싸움을 선택했다는 의미의 행동을 취하자 살짝 고개를 내저으며 타이르듯 말했다.

"그러지 마시오, 고 곡주."

고 곡주는 대꾸하지 않았다. 그는 서문유강의 발끝과 어깨, 눈동자가 향하는 방향, 그리고 철봉의 끝이 자신의 움직임에 어찌 반응할지에 대해서만 집중했다.

파팍!

서문유강의 오른쪽 방향으로 천천히 움직이던 고 곡주는 땅을 박차고 빠르게 간격을 좁히며 칼끝을 좌우로 휘둘렀다.

칭!

철봉이 살짝 움직이며 칼끝을 밀어냈다. 고 곡주는 예상한 듯 밀쳐지는 칼끝을 따라 몸을 낮게 숙이며 회전했다.

츠츠츠츠!

팽이처럼 회전하는 발끝의 움직임을 따라 흙이 튀어 올라 먼지를 일으키고, 고 곡주의 신형은 철봉의 중간 위치까지 빠르게 파고들어갔다.

챙—

벌떡 일어나며 철봉의 중간을 힘껏 올려친 고 곡주는 곧장 앞으로 나아가며 서문유강의 머리를 노렸다. 보통 그 정도의 높이라면 허리나 가슴을 노리게 되는 것이지만, 서문유강의 키 때문에 어쩔 수 없었던 것이다.

슈사사사!

좌우로 빛살처럼 휘둘러지는 칼을 따라 십여 개의 그림자가 만들어지고, 철봉이 위로 튕겨 올라간 상태라 서문유강의 상반신은 훤하게 노출되어 버렸다.

고 곡주는 득의의 미소를 지었다. 그러나 튕겨 올라간 철봉은 그대로 회전해 뒤쪽의 땅을 찍고, 탄력을 받은 서문유강도 공중으로 솟구쳐 오르며 한순간에 이 장이나 뒤로 물러나면서 칼 그림자의 영향권 밖으로 벗어날 수 있었다.

'빌어먹을!'

다 잡았다고 생각했던 고 곡주는 내심 욕을 하며 벌어진 간격을 단번에 줄이고 맹렬하게 칼을 휘둘렀다.

치치치치칭!

칼과 철봉이 맞부딪치고, 두 사람의 싸움은 자연스럽게 곡도들의 중심 공간에 위치하게 되었다.

'병신새끼들, 이럴 때 이놈을 둘러싸버리면 쉽게 처리할 수 있는 것을!'

고 곡주는 분위기를 반전시킬 절호의 기회가 눈앞에 있음에도 구경만 하고 있는 곡도들 때문에 분노가 치밀었다.

솔직한 마음 같아선 당장 공격하라고 외치고 싶었다. 그러나 참기로 했다. 지금만 해도 박빙의 상황이었으니까. 아니, 자신이 더 우위에 있다고 믿었다. 대체로 그가 더 많은 공격을 펼치고 있기 때문이었다.

'그래, 오인잠룡이라고 해도 기껏해야 신진들 중에 골라낸 것이 아닌가. 내가 이기지 못할 이유가 없어.'

고 곡주는 갑자기 기분이 좋아졌다.

이대로 서문유강을 죽이면 결과적으로 자신의 이름도 천하에 널리 퍼져나갈 수 있다는 생각이 들었기 때문이었다.

헌데, 바로 그때 반악의 음성이 들려왔다.

"비무나 하려거든 당장 집어치우시오!"

고 곡주는 어이가 없었다.

비무?

도대체 그게 무슨 뜻이란 말인가?

생사를 목전에 두고 치열하게 싸우고 있는데 비무라고 폄하를 하다니.

하지만 반악의 말이 무슨 뜻인지는 곧 드러났다.

후후후훙!

철봉이 휘둘러지며 생겨나는 소리가 달라졌다. 소리만이 아니었다. 힘과 기세, 좌우로 오가는 움직임, 그리고 무엇보다 서문유강의 눈빛이 변해 있었다.

맑고 차분했던 눈빛이 아니라, 독수리의 그것처럼 매섭게 빛났다.

쩡! 쩡!

좌우로 오가는 철봉과 맞부딪친 칼이 연검처럼 크게 휘어졌다. 고 곡주는 손아귀가 찢어질 듯 아파서 하마터면 신음을 터트릴 뻔했다.

그러나 서문유강의 강맹한 공격은 이제 시작이었다. 철봉이 미세한 간격을 두고 스치는 것만으로도 피부가 쓰려올 정도였다.

게다가 강맹함을 갖춘 채로 그 속도와 기교가 풍부해지더니, 어느 순간 철봉의 그림자가 그의 눈앞을 빼곡하게 뒤덮어버렸다.

'만봉철벽!'

고 곡주는 서문유강이 어떻게 그러한 별호를 얻게 되었는지 절실하게 깨달았다.

깡!

"……!"

피할 수가 없어 어쩔 수 없이 철봉을 막아야 할 때마다 갈대처럼 이리저리 휘청거리던 칼은 결국 반 토막으로 부러져버렸다.

송곳처럼 뻗어오던 철봉 끝이 고 곡주의 목젖 앞에서 딱 멈췄다.

"끝났소."

서문유강은 돌처럼 굳어진 고 곡주를 향해 말했다.

고 곡주는 마른침을 삼키며 알겠다는 듯 고개를 끄덕였고, 서문유강이 철봉을 치우자 그대로 무릎을 꿇으며 주저앉았다. 손에 쥐고 있던 칼도 힘없이 바닥으로 떨어졌다.

서문유강은 반악 등이 있는 곳으로 시선을 돌렸다. 바로 그때, 모든 걸 포기한 듯했던 고 곡주가 재빨리 품에서 화섭자를 꺼내들었다.

"불이다!"

거석무와 곡도들이 놀라 소리쳤다.

고 곡주는 광기에 물든 눈빛을 번뜩이며 웃었다. 서문유강이 다급히 철봉을 휘둘러 막으려 했지만, 이미 고 곡주는 벌떡 일어나 뒤로 몸을 날리며 뚜껑을 열고 화섭자에 입바람을 불고 있었다.

고 곡주는 불씨가 일어난 화섭자를 기름이 가득히 뿌려진 곳으로 던지기 위해 팔을 번쩍 치켜들고 괴성을 질렀다.

"모두 불타……!"

슈삭─

고 곡주는 괴이한 느낌에 소릴 지르다 말고 오른손을 쳐다봤다.

없었다. 화섭자를 들고 있어야 할 손이 보이지 않았다. 견이가 던진 륜에 팔꿈치부터 잘려나가고 땅에 떨어진 것이다.

화르르!

잘린 오른손과 함께 발밑에 떨어진 화섭자의 불씨가 기름에 닿자 불길이 크게 일어났고, 순식간에 하반신을 시작으로 고 곡주의 온몸을 뒤덮어버렸다.

"끄아아─!"

화마에 휩싸인 고 곡주는 끔찍한 비명을 내지르며 미친 듯이 몸부림을 쳤다.

하지만 그것도 길지 않았다. 어느새 다가온 견일이 쌍초겸을 휘둘러 그의 목을 잘라버리자, 비명은 사라지고 나무

토막처럼 쓰러져버린 것이다.

"불이 번지지 못하게 해!"

가장 먼저 정신을 차린 거석무가 상의를 벗으며 불타고 있는 고 곡주의 시신을 향해 달려갔고, 곡도들도 급히 거석무를 따라 시신과 그 옆으로 퍼져가는 불길을 벗은 상의로 후려치면서 끄기 시작했다.

*　　　*　　　*

수십 명이 달라붙은 덕에 불길은 빠르게 잡혔고, 남은 것은 시커멓게 변해버린 고 곡주의 시신과 그 시신에서 풍겨오는 불쾌한 냄새뿐이었다.

"우린 항복하겠소."

거석무는 고 곡주 때문에 혹시라도 마음이 바뀌었을까 걱정이 되었는지, 얼른 서문유강에게 항복을 청했다.

"알겠소. 책임자에게 당신들의 말을 전할 테니 잠시 기다리고 있으시오."

서문유강은 강학청 등에게 돌아가 말했다.

"저들은 항복하겠다고 했소. 자세한 조건은 강 문공께서 직접 대화하여 결정하시오."

"서문 공자, 수고했습니다."

강학청은 금응쌍도 등과 함께 사령곡의 무리가 있는 곳으로 다가갔다.

서문유강은 반악이 그를 쳐다보자 시선을 마주하고 물었다.

"반 소협은 내가 잘못했다고 말하고 싶은 거요?"

"글쎄. 어차피 당신의 선택이니 잘못이라 말할 수는 없겠지. 하지만 솔직히 말해 내 눈에는 바보 같았소."

"죽이고 싶지 않았소. 그냥 인정하고 포기하게 만들고 싶었소."

"알고 있소. 하지만 그래서 바보 같았다는 거요."

"……."

"때론 단호하게 상대하고, 빨리 죽여주는 게 서로를 위해 더 좋을 때가 있소. 고 곡주의 경우가 그러하지. 좋은 이유든 나쁜 이유든 간에, 그러한 인물은 결코 포기를 모르거든."

"그래도 죽이고 싶지 않았소."

"묻고 싶군. 그게 당신을 위해서요, 아니면 상대를 위해서요?"

서문유강은 한숨을 내쉬었다.

"모르겠소. 하지만 아마도 나를 위해서겠지. 반 소협의 생각에는 내가 이기적인 것 같소?"

반악은 고민하는 듯 잠시 침묵하다가 말했다.

"이기적이지 않은 사람은 없소. 좋은 이유든 나쁜 이유든,

모든 사람은 이기적인 거요."

"그럼 내 이유는 어느 쪽인 거 같소?"

"글쎄. 당신이 스스로도 몰라서 묻는 걸 나라고 어찌 알겠소."

서문유강은 씁쓸한 미소를 지었다.

"그렇구려. 정말 멍청한 질문이었던 것 같소."

"꼭 그렇지만도 않소. 단지 계속 생각해봐야 할 문제겠지."

반악을 하늘을 올려다보았다.

내내 흐릿하던 하늘 가득히 먹구름이 형성되어가고 있었다.

"비가 올 것 같군."

서문유강도 하늘을 올려다보며 고개를 끄덕였다.

"곧 떨어질 것 같구려."

견일 등에게는 이상하게만 들리는 두 사람의 대화는 그것으로 끝났다.

강학청 등이 사령곡의 무리와 항복에 대한 논의를 끝낸 뒤 부상당한 이들이 기다리고 있는 화전민 마을로 돌아갈 때까지도, 그리고 그 이후로도 한참 동안 두 사람 사이에는 아무런 말도 오가지 않았다.

第四十七章

와장창!

갑자기 뭔가 크게 깨지는 소리에 놀란 천문당 당원들이 당주의 집무실을 쳐다봤다. 며칠 전 크게 격앙된 성주가 난입했던 특별한 경우를 제외하고는 소란과는 동떨어진 곳이 바로 천문당이었으니, 그들의 얼굴에 의아함이 떠오르는 건 당연했다.

무엇보다 고요함을 선호하는 당주의 집무실에서 저런 소리가 났다는 게 매우 이례적인 일이었다. 그러나 당원들은 곧 시선을 돌려 각자의 업무에 열중했다. 요 며칠간 당주의 상태가 예전 같지 않다는 점도 있겠지만, 관심을 가진다고 해서 그들에게 이득이 될 일은 아무것도 없기 때문이었다.

*   *   *

'이따위로 형편없는 보고서라니!'

집무실에서 단 하나뿐인 고급 장식병을 벽으로 집어던져 버린 홍문한은 그래도 분노를 가라앉히지 못한 눈길로 손에 들고 있는 두툼한 두께의 문서를 내려다보았다.

문서는 합비로 파견된 당원들에게서 보내져온 탐문 보고서였다. 하지만 그가 기대했던 내용이 아니었다. 분량으로만 따지자면 많았지만, 대부분이 아무짝에도 쓸모가 없는 내용으로 가득했다.

간단히 요약하자면 매복이나 기습의 징후는 어느 곳에서도 보이지 않았으며, 엄벽달과 상관미조를 살해하고 지부를 공격한 흉수들과 그 배후를 알아낼 수 없었고, 합비의 암흑가를 지배하다가 엄벽달에 의해 무너진 일성파의 잔존 하오배들이 관여한 듯한 정황이 있기는 하지만, 합비를 떠났는지 찾을 수가 없다는 것이었다.

'어떻게 그리 감쪽같이 사라질 수 있단 말이냐!'

상관미조의 시신을 보자마자 즉각 천문당원들을 보내지 않았던가.

하지만 가만히 생각해보면 충분히 있을 수 있는 일이라는 생각이 들었다.

'합비에 암약시켜 두었던 당원들과 부당주를 따라갔던 당원들까지 모두 죽일 수 있을 만큼의 실력을 가진 자들이라면……'

일단 그들이 모두 죽었을 거란 예상은 반론의 여지가 없었다.

허나, 암습과 은신 등의 비밀스런 기술을 가진 그들이 종적을 들켜 제거당하고 시체조차 찾을 수 없다는 건 흉수와 배후가 결코 하오배 따위의 수준이 아니라는 의미였다.

그 정도로 치밀한 자들이 꼬리가 잡힐 만한 흔적을 남길 리가 없다는 것이다.

'역시 그럴 만한 세력은 반룡복고당밖에 없겠지……'

안휘에서 자신들을 상대로 그렇듯 공격적이고 대범한 짓을 저지를 세력이란 게 더 있을 수가 없는 것이다. 그리고 있어서도 안 되는 일이었다.

만약 그런 세력이 더 있다고 한다면 거룡성에게는 이제까지와 비교할 수 없이 매우 심각한 문제가 되는 것이니까.

'내일이면 성주께 약속했던 날짜가……'

또한 이대로 더 시간을 보내다가는 아직까진 조용히 지켜보고 있던 안휘의 문파들이 표면적으로 거룡성의 힘과 지도력에 의구심을 드러낼지도 몰랐다.

'아무리 단단한 얼음이라도 한 번 균열이 생기기 시작하

면 깨지는 걸 막을 수가 없게 된다.'

홍문한은 잠시 고민하다가 집무실을 나섰다.

그는 건물을 나와 보룡무사들이 지키고 있는 빙창실에 당도했고, 무사들의 인사를 받으며 계단을 내려가 두꺼운 철문 앞에서 멈춰 섰다.

약간 망설이던 그가 철문을 열고 안으로 들어가자 통로가 나타났다. 안쪽으로 좁고 길게 이어진 통로는 중간 중간 벽에 꽂혀 있는 횃불에 의해 흐릿하게 시야를 밝혀주고 있었다.

통로를 가득 채우고 있는 냉랭한 기운과 흐릿한 시야까지, 모든 게 그의 기분을 가라앉게 만들었다.

하지만 그러한 기분이 드는 진짜 이유는 통로 저 안쪽에 조성된 빙창실에 상관미조의 시신이 있기 때문이었다. 그리고 홍문한 스스로도 그걸 잘 알고 있었다.

그는 일정한 속도로 걸음을 옮겨 통로를 지나고, 족히 십여 명이 들어갈 수 있을 만한 공간에 일정한 크기로 네모지게 잘려 있는 얼음덩이가 가득 쌓인 빙창실에 들어섰다.

정중앙에 놓인 탁자 위에 하얀 천이 덮여져 있었다. 홍문한은 탁자에 다가가 천의 한쪽을 잡고 천천히 들어올렸다.

상관미조의 얼굴이 있었다. 생전과 다름없이 아름답지만, 핏기 하나 없이 너무나 창백하게 얼어 있는 얼굴이.

홍문한의 어깨가 잘게 떨렸다. 그의 눈동자에 슬픔이 맺혔다. 뭔가 터져 나오지 않도록 참기 위해서 입술을 깨물기까지 했다.

'미조야······.'

이렇게 가슴이 아플 줄 몰랐다.

처음 상관미조의 시신을 목도하고 지금껏 한 번도 빙창실을 찾지 않았는데, 돌이켜보니 너무나 괴롭고 힘들어 평정심을 잃을까 두려웠기 때문이었다.

그리고 그 모습을 다른 누군가에게, 특히 성주에게 보이고 싶지 않았던 것이다.

"네가 죽다니······.'

홍문한은 상관미조의 차가운 뺨을 손끝으로 만져보았다. 손을 타고 전해오는 냉기가 심장을 깊게 찔러오는 것처럼 섬뜩했다.

"그립구나."

음심을 자극하면서도 생동감 넘쳤던 상관미조의 미소가 그리웠다. 격정적이고 달콤했던 숨결도, 달빛처럼 하얗게 빛나던 그녀의 나신을 꼭 끌어안을 때마다 느껴지던 흥분어린 따스함도.

그리움에 이어 분노가 끓어올랐다. 꾹꾹 억눌러 두었던 살기가 치솟아 올랐다.

홍문한은 상관미조의 얼굴을 아련한 눈길로 내려다보며 말했다.

"널 이렇게 놔두지 않겠다."

상관 성주는 복수를 끝내기 전까지 장례를 치르지 않겠다고 공언했다.

그렇다는 건 흉수의 배후가 분명한 반룡복고당을 무너트리고, 그 구성원들을 완전히 멸살해버리기 전까지 상관미조는 차갑게 얼어붙은 채로 이 초라한 빙창실 구석에 방치되어야 한다는 의미였다.

그럴 수는 없었다. 그렇게 놔둘 수는 없었다.

"더 이상 합비 따위에 연연하지 않겠다. 안휘를 온통 피바다로 만드는 한이 있더라도 기필코 반룡복고당을 쓸어버리고 말겠다."

홍문한은 결심을 굳혔다. 그리고 지금 당장 준비를 갖춰 구화산으로 진격하리라 마음먹고 빙창실을 나섰다.

그는 동쪽 길을 따라 빠르게 걸어갔다. 그 길로 쭉 가다보면 오행궁의 삼궁주 요월홍의 거처가 있고, 그곳에서 무엇을 하고 있는지 모르지만 나흘 동안 밖으로 나오지 않고 있는 성주를 만날 수 있을 것이었다.

헌데, 가는 도중에 천문당원이 그에게 달려왔다.

"급보입니다."

"급보?"

홍문한은 당원이 건넨 서신을 받아서 펼쳤고, 그 내용을 읽는 순간 얼굴이 일그러졌다.

'기습을 당했다고?'

서신에는 거룡성이 관리하는 하나의 상단과 두 개의 표국이 하루 이틀 차이로 각기 하남과 강소 쪽으로 물건을 운송하다가 경계를 넘기도 전에 공격을 당했다는 내용이었다.

게다가 물건은 모두 강탈당하고, 단 한 명의 생존자도 남아 있지 않다는 것이다.

하지만 가장 큰 문제는 현장에 남아 있던 몇 가지의 증거를 통해 짐작되는 범인들의 정체였다.

'혈우림과 황보세가, 그리고…….'

녹류산장.

각각 강소, 산동, 하남에서 무시할 수 없는 위세를 떨치고 있는 문파들이었다. 그것도 모두 안휘와 인접한 지역에 근거지를 두고 있었다.

'어떻게 이런 일이…….'

믿기지가 않았다.

한 지역의 문파들이 힘을 합쳐 일을 벌였다고 해도 믿기 힘든 마당에, 서로 그렇게 멀리 떨어진 지역의 문파들이 거의 동시에 도발을 해오다니.

'반룡복고당의 짓인가?'

사전에 세 문파와 교류를 하고 맹약을 맺어 공격 시기를 맞춘 것인지도 몰랐다.

'하지만 그들이 왜?'

최근 주변 정세에 신경 쓸 여력이 없어 지금은 어찌 돌아가고 있는지 알 수 없지만, 그가 알기로 세 문파는 자신들을 공격할 이유도, 여유도 없었다.

일단 혈우림은 강소의 다른 두 정파문과 오랫동안 힘겨루기를 하고 있는 상황이고, 황보세가는 신흥 세력인 천부교를 상대하느라 정신이 없으며, 녹류산장의 경우에는 성향 자체가 호전적이지 않았다.

물론 성향이란 건 상황과 이득에 따라 이리저리 바뀔 수도 있는지라, 그들이 절대 그럴 리 없다고 단정 지을 수는 없겠지만.

어쨌든 그 세 문파가 거룡성의 행사를, 그것도 안휘까지 들어와 기습을 했다는 건 이해가 가지 않는 일이었다.

'혹시 반룡복고당이 저질러 놓고 고의로 그 세 문파와 연관된 증거를 남겨 우리 쪽을 혼란케 한 게 아닐까?'

오히려 이쪽이 더 그럴듯하게 여겨졌다.

합비에서 일어난 사건의 대범함과 은밀함, 교묘함을 생각하면 충분히 가능성이 있었다.

'그렇다면…….'

이번 기습을 무시해야 할까?

구화산을 목표로 적극 대응하겠다는 계획은 달라질 수 없지만, 아예 무시해서도 안 되었다. 뒤를 불안케 하고 정면으로 치고 나가는 건 병가의 상식으로는 있을 수 없는, 있어서도 안 되는 어리석은 일이니까.

'오행궁을 써먹어야겠군.'

상관미조의 죽음에는 도의적인 측면에서 소궁주도 일정 부분 책임이 있으니, 오행궁에게 한 손을 보태라고 압박을 준다 해서 반발이 생길 일은 없을 것이다.

게다가 그들과 자신들은 연합을 한 사이였다.

이제까지는 그들을 끌어들임으로써 거룡성의 체신이 떨어지게 될까 우려하여 아무 요구도 하지 않았지만, 지금은 그런 체신 따위는 무시할 만큼 상황이 달라져버렸다.

그렇다고 구화산으로 가는 여정에까지 오행궁을 끌어들이려는 건 아니었다. 단지 오행궁의 무사들을 강소, 산동, 하남과 이어진 경계 지역에 파견하여 혹시 모를 도발에 대비하도록 만들 생각인 것이다.

'그리고 우리에 대한 오행궁의 충성도를 확인할 수도 있겠지.'

이번 일을 수행하는 태도로 그들이 얼마나 적극적인지 알아볼 수 있을 것이었다.

'흠, 그렇다면 다른 문파들도 비슷한 방법으로 충성도를 확인해도 될 것 같군.'

잠시 고민을 하고 생각을 정리한 홍문한은 명령을 기다리는 천문당원에게 성내에 있는 모든 대주들과 외부로 나간 대주들, 그리고 호법들에게까지 소집령을 내리라 지시하고,

삼궁주의 거처 방향으로 서둘러 걸어갔다.

* * *

요월홍의 거처로부터 두 번째 담장 주변은 보룡대가 철통같이 지키고 있었다. 오 일 동안 방해하지 말라는 성주의 명령이 있기는 했지만, 적당한 거리를 두고 호위를 서는 것까지 불허한 것은 아니었으니까.

홍문한은 동상이라도 된 듯 담문 앞에 굳건하게 서 있는 맹강배에게 다가갔다.

"맹 대주, 성주님을 뵈러 왔소."

"오 일간 아무도 방해 말라 하셨소."

"성주님께서 기다리시던 대답일 테니, 날 들여보낸다고 해도 맹 대주를 탓하진 않으실 거요."

"결심하신 것이오?"

맹강배는 성주에 대한 충성도가 매우 깊었다. 하지만 거룡성의 모든 안건들이 홍문한의 판단과 의지에 따라 좌지우지된다는 걸 알 만큼 충분히 현실적인 면도 가지고 있었다.

"결심은 성주님께서 내리실 문제가 아니겠소. 난 단지 내가 할 수 있는 만큼 조사를 하고, 그 내용을 근거로 최선을 다해서 조언해 드릴 뿐이오."

맹강배는 맞는 말이라는 듯 고개를 끄덕이고는 옆으로 물러나 길을 열어주었다.

두 개의 담문을 지나 삼궁주의 거처 앞에 이른 홍문한은 눈살을 찌푸렸다.

삼궁주의 처소는 처음이었지만, 이전에 오행궁을 방문한 적이 있는지라 아예 낯선 광경은 아니었다. 하지만 그에게 는 다시 봐도 익숙해 질 수 없는 광경이었다.

삼궁주의 거처는 그가 건축을 허가했던 처음의 모습과 완 전히 달라져 있었다. 건물의 모양은 그대로였지만, 벽면 가 득히 그려진 기괴하고 요사스런 그림들과 창문에서 안개처 럼 흘러나오는 기묘한 색깔의 연기, 기분을 이상하게 만드 는 음악들은 전혀 그렇지 않은 것이다.

'여긴 경비를 서는 무사도 없나?'

보통 건물 주변에는 최소 무사 한두 명이 경계를 서는 게 일반적이었지만, 이곳은 아니었다. 그래서 홍문한은 곤란함 을 느꼈다. 그가 왔다는 기별을 안으로 전할 방법이 없었기 때문이었다.

홍문한은 잠시 누군가 나오길 기다리다가 어쩔 수 없이 직접 건물의 정문을 열고 안으로 들어섰다.

그의 얼굴이 더욱 찌푸려졌다. 그에게는 불쾌감만 느껴지 는 연기와 향이 몇 배로 짙어지고, 음악 소리도 더 크게 들 렸으니까.

그리고 복도 벽면에 그려진 그림은 건물 외벽에 있던 그림과도 비교할 수 없이 음란했다. 사람들뿐만 아니라, 괴이한 형상을 하고 있는 귀신들과 짐승들이 갖가지 형태로 뒤엉킨 채 교합을 갖는 그림이었던 것이다.

"어머, 홍 당주님이 오셨네요."

옷을 입은 듯 안 입은 듯 음란한 차림의 여인이 복도 끝에서 빠르게 걸어와 허리를 숙여 인사했다.

삼궁주의 측근이랄 수 있는 앙소라는 이름의 여궁도였다.

'주인을 닮아 모두 요망한 것들만 모여 있구나.'

홍문한은 내심 욕을 하며 고개를 돌렸다. 앙소가 허리를 숙일 때 깊게 파인 상의 때문에 젖가슴이 모두 드러났기 때문이었다.

"성주님을 뵙기 위해 왔다."

"성주님은 삼궁주님과 함께 안락하고 평화로운 시간을 보내고 계신답니다."

"안내해라."

"먼저 안으로 가서 홍 당주님이 오셨다는 기별을……."

앙소는 말을 하다 말고 흠칫하며 입을 다물었다. 지금까지 본 적이 없던 홍문한의 매서운 시선에 놀란 것이다.

"당장 안내해라."

"하지만 아무 기별 없이 홍 당주님을 모셔갔다가는 삼궁주님께 크게 혼이 납니다."

"그래? 허면, 내가 직접 찾을 수밖에."

홍문한은 앙소를 지나쳐갔고, 문이 보이는 족족 발로 걸
어차 열었다. 그리고 그때마다 방 안에 있던 여궁도들의 놀
란 비명이 터져 나왔다.

앙소는 당황했다. 저리 소란 피우는 걸 가만히 보고만 있
을 수도 없고, 그렇다고 방으로 안내할 수도 없었으니까.

그래서 얼른 홍문한을 지나쳐 삼궁주의 방으로 달려갔다.

'저쪽이군.'

홍문한은 앙소가 달려간 방향을 따라 빠르게 걸어갔다.
그리고 그녀가 들어간 문을 거침없이 열고 들어갔다.

"읍!"

그는 방 안에 들어가자마자 소매로 코와 입을 막았다. 방
안을 가득 채운 향이 너무나 기묘하고 자극적이었는데, 뭔
지는 모르지만 흡입해보았자 이로울 것이 전혀 없다는 생각
이 든 것이다.

본의 아니게 그를 안내하게 된 앙소는 크게 놀라고 당황
한 표정이었지만, 그만 나가보라는 삼궁주의 명을 받고 얼
른 밖으로 사라졌다.

"홍 당주가 내 방을 찾아오다니, 오늘은 해가 서쪽에서 뜬
모양이군요."

삼궁주의 음성은 얇은 천이 드리워진 커다란 침상 쪽에서
들려왔다.

'실망스럽군.'

사실 홍문한이 소란을 피우며 이렇게 쳐들어온 것은 괜히 먼저 기별을 보냈다가 삼궁주가 이상한 수작을 부릴 수도 있다는 우려와 그녀가 놀라고 당황하는 모습을 보고 싶다는 마음 때문이었다.

그러나 침상을 가리고 있는 천 때문에 얼굴을 볼 수가 없으니, 그녀가 놀라고 당황했는지 확인할 수가 없는 것이다.

"홍 당주가 처음으로 내 거처를 방문해준 것은 기쁘고 고마운 일이나, 기별도 없이 부녀자의 방에 들어온 것은 예의에서 벗어난 일이 아닌가요?"

"예의를 잊어버릴 만큼 중한 일이 있어 그런 것이니, 삼궁주께서 너그러이 이해해주시길 바랍니다. 그런데 성주님은 어디 계십니까?"

"여기 나와 함께 있어요. 방금 잠이 드셨답니다."

"그럼 깨워주시겠습니까?"

"많이 피곤하실 거예요. 한두 시진 있으면 자연히 깨어나실 테니 기다리세요."

"기다릴 시간이 없습니다. 삼궁주께서 깨우지 못하시겠다면 제가 하지요."

홍문한은 침상으로 걸어갔다.

"난 실오라기 하나 걸치고 있지 않아요. 그리고 성주님도 그러하죠."

침상에 드리워진 천을 잡으려던 홍문한은 그대로 굳어졌

다. 그러나 이대로 그만둘 생각은 조금도 없었다.

"결례를 저지르고 싶지 않습니다. 삼궁주께서 성주님을 깨워주십시오."

"……."

"제 말을 듣지 않으시면 결례를 저지르는 한이 있더라도 이 천을 치울 겁니다."

"그렇게 내 몸을 보고 싶다면 마음대로 해요."

천을 사이에 두고 두 사람 사이의 냉랭한 기운이 오갔다.

그러나 자고 있는 줄 알았던 상관 성주의 음성이 두 사람의 긴장감을 끊어버렸다.

"시끄러워서 잠을 잘 수가 없군."

"성주님, 더 주무세요. 홍 당주는 제가 내보내도록 할게요."

"아니오. 이제 일어나야 할 때가 되었소. 잠은 언제라도 잘 수 있지만, 결단은 지금이 아니면 내릴 기회가 없을 거 같거든."

조금 뒤 하의만 입고 있는 성주가 천을 밀쳐내며 침상 밖으로 빠져나왔다.

그때 천 사이로 삼궁주의 농염한 나신이 보였지만, 홍문한은 못 본 척 아무런 내색도 하지 않았다.

"하루가 더 남은 걸로 아는데, 왜 왔지?"

의자에 털썩 주저앉아 찻물을 벌컥벌컥 들이마신 성주의

물음에 홍문한은 약간의 서운함을 느꼈다. 고개를 숙인 채 쳐다보지도 않는데다, 목소리가 냉랭했기 때문이었다.

'아직도 기분이 상해 있으시군.'

"대주들과 호법들에게 소집령을 내려놓았습니다."

성주는 그제야 고개를 들고 홍문한을 올려다보았다.

'저 요망한 것이 성주님께 무슨 짓을 한 거야?'

성주의 눈동자는 살짝 흐리터분했다. 기력이 빠지고 집중력이 흐트러져 있다는 느낌이 든다고 할까.

지나친 교합 때문이거나, 아니면 방 안 가득히 퍼져 있는 이 기묘하고 자극적인 냄새 때문일 수도 있다는 생각이 들었다.

"합비로 가는 건가?"

"아닙니다. 곧장 구화산으로 가십시오."

성주는 의외라는 표정을 지었다. 우선 합비를 거친 다음에 갈 수 있으리라 여겼던 것이다.

"갑자기 마음을 바꾼 이유가 뭐냐?"

"우선 합비에서 아무것도 찾을 수 없었습니다. 그러나 이로써 흉수의 배후가 반룡복고당이란 게 명확해졌다 할 수 있습니다. 그렇다면 더 이상 기다릴 이유가 없지요."

"네가 우려한 기습이나 매복은?"

"징후는 아무것도 없었습니다."

콰드득!

성주가 찻잔을 꽉 움켜쥐자 가루가 되어버렸다.

"그렇다면 네 우려는 그냥 시간 낭비에 불과했다는 뜻이 아니냐?"

홍문한은 성주의 노기어린 시선을 받으며 고개를 끄덕였다.

"결과적으로는 그렇습니다."

성주의 낯빛이 붉어졌다. 홍문한의 담담한 말투에 더욱 화가 난 것이다.

이때 나삼을 걸친 삼궁주가 침상 밖으로 나와 성주의 어깨를 부드럽게 쓰다듬었다.

"흥분은 몸에 좋지 않아요. 그리고 홍 당주가 고의로 잘못을 저지른 것도 아니니, 그만 역정을 푸세요."

홍문한은 변함없이 교묘한 화술로 자신을 깎아내리는 삼궁주가 마음에 들지 않았지만 내색하지 않고 말했다.

"결과적으로 제 우려는 무의미하게 되긴 했습니다만, 다시 한 번 같은 상황이 되더라도 전 성주님께 지난번과 같은 조언을 드릴 겁니다."

"……."

잠시 침묵이 돌고 성주는 일어섰다.

"좋다. 지나간 일은 모두 잊고 반룡복고당을 쓸어버리는 데 집중하자."

"그 전에 한 가지 더 드릴 말씀이 있습니다."

"이번엔 또 뭐냐?"

홍문한이 또 일을 복잡하게 만들고 시간이 지연될까 싶어서인지 성주의 반문하는 음성엔 짜증이 섞여 있었다.

"삼궁주에게 부탁드릴 일이 있습니다."

"저한테요?"

삼궁주는 의아한 표정을 지었다.

"다름이 아니라……."

홍문한은 산하의 표국 등이 운송 중에 공격을 당했는데, 그 흉수들로 혈우림 등이 의심되고 있다는 이야기를 했다.

"그래요? 참으로 안타까운 일이군요."

'뭔가…….'

홍문한은 문득 이상한 느낌을 받았다.

삼궁주의 반응이 짐작했던 것보다 약했기 때문이었다. 거룡성이 피해를 입은 것이지만, 혈우림 등의 문파들은 오행궁과도 멀지 않은 곳에 있으니 더욱 놀라고 우려 섞인 반응을 보일 거라 예상했던 것이다.

'잠깐.'

갑자기 표국을 공격한 자들이 오행궁일 수도 있겠다는 생각이 들었다.

그가 거룡성의 발전을 위한 직언을 하려고 하면 방해만 하던 삼궁주의 행태도 그렇거니와, 오행궁의 성향 자체가 매우 기괴하고 음란하며 종잡을 수 없다는 점을 고려하면 사실 그들은 믿을 수 있는 동료가 아니었다.

그래서 처음 연합을 맺을 때 안전장치로써 정혼을 추진했던 게 아니던가.

'반룡복고당에만 신경을 쓰느라 오행궁을 너무 등한시했다.'

물론 지금으로선 증거가 없는 추측에 불과했다. 그런 식으로 따지면 합비를 공격하고 상관미조까지 죽게 만든 사건의 배후가 오행궁일 수도 있다는 상상까지 가능하니까.

'이쪽도 조사를 해봐야겠어. 그리고…….'

혈우림 등을 견제하는 데만 써먹으려고 했지만 생각을 바꾸었다. 더 적극적으로 호응하도록 직접적인 요구를 할 필요성이 생긴 것이다.

"오행궁에 조력을 청하고자 합니다."

"조력이요?"

"이번 일에 무사들을 파견해주십시오."

일단 조사를 해봐야 알겠지만, 만약 오행궁이 배후라고 한다면 대거 무력대가 빠진 거룡성의 후방을 텅 비워둘 수는 없지 않겠는가.

최소한 오행궁의 전력도 약화시켜 둘 필요가 있는 것이다.

상관 성주가 마음에 들지 않는다는 듯 말했다.

"놈들을 치는 데 굳이 오행궁의 도움까지 받아야 한단 말이냐?"

"확실한 승리를 위해서입니다. 그리고 오행궁과 우린 가족이나 마찬가지니, 궁주님들도 그냥 방관만 하고 있지는 않으리라 생각합니다. 그렇지 않습니까, 삼궁주님?"

"당연하지요. 하지만 만약 혈우림 등의 도발이 안휘를 노리기 위한 전조라고 한다면 그에 대한 방비도 해야 하지 않을까요?"

"물론입니다. 최소한 그들을 견제할 수 있는 수단은 강구해 두고 갈 것입니다. 그러나 오행궁이 우리와 함께 싸워준다면 더 빨리 반룡복고당을 괴멸시킬 수 있을 테고, 혈우림 등이 진짜 안휘를 노리는 것이라면 이번 싸움의 결과로 우리 두 문파의 강력한 전력과 공고한 관계를 과시하여 마음을 접게 만들 수 있다고 봅니다."

"……."

"삼궁주님은 그리 생각하지 않으십니까? 혹시 오행궁이 이번 구화산 원정에 무사들을 파견하는 것이 내키지 않는다면 굳이 강요는 하지 않겠습니다. 그냥 각 경계 지역에 무사들을 파견해 혈우림 등을 견제해주는 것만 해도 도움이 되긴 하니까요."

홍문한의 말을 들으면서 미미하게 표정이 굳어졌던 삼궁주는 상관 성주의 시선을 받자 얼른 고개를 내저으며 미소를 지었다.

"그럴 리가 있나요. 반룡복고당이 미조를 죽게 한 원흉의 배후라고 한다면 우리 오행궁의 적이기도 해요. 고작 혈우림 등을 견제 하는 역할에 만족할 리가 없지요. 지금 곧 경석산으로 서신을 보내도록 할게요."

"그렇다면 참으로 고마우신 말씀입니다. 염치없지만, 되도록 많은 무사들을 파견할 수 있게 조치해주십시오. 일단 구화산을 목표로 이동할 테지만, 중간에 어떤 일이 일어날지 알 수가 없으니 이왕이면 많으면 많을수록 좋지 않겠습니까."

"알겠어요. 서신에다가 홍 당주의 당부를 자세히 적어 보내도록 하죠."

홍문한은 삼궁주가 겉으로 웃고 있지만 진심으로 좋아서 웃고 있는 게 아니란 걸 알고 내심 비웃음을 지었다.

설사 그들이 합비 사건의 배후가 아니라고 해도, 피해가 클 반룡복고당과의 싸움에 무사들을 파견하는 일이 기분 좋을 수가 없는 것이다.

"그럼, 부탁드리겠습니다."

홍문한은 내심 만족스런 미소를 지으며 삼궁주를 일별하고 상관 성주와 함께 방을 나섰다.

그리고 두 사람이 나가고 홀로 남은 삼궁주는 주먹을 꽉 쥐고 입술을 깨물며 불쾌한 심사를 억누르기 위해 노력했다.

'대사형이 홍 당주의 요구를 전해 들으면 분명 난리가 날 텐데.'

거룡성에 파견된 그녀의 역할은 상관 성주를 방탕하고 나태하게 만드는 것이었다.

그리고 얼마 전까지는 자신의 임무를 잘 수행하고 있다고 확신하고 있었다. 그런데 상관미조의 죽음을 기점으로 모든 게 틀어져버렸다. 이전의 상관 성주로 돌아간 것이다.

이번만 해도 자신을 찾아와 즐길 건 다 즐겼으면서, 일이 터지자 즉각 정신을 차려버렸다.

하지만 이제 그녀가 더 어찌할 수 있는 일은 없었다.

조금 뒤, 밖에서 대기하고 있던 궁도가 들어와 삼궁주에게서 서신을 받아들고 오행궁의 총단으로 가기 위해서 급히 건물을 빠져나갔다.

*　　*　　*

오행궁 성찰동.

동굴 밖에선 어제 밤부터 내린 비가 아침이 되도록 그칠 기미를 보이지 않고 있었다. 폭우까지는 아니었지만 밖으로 고개를 내밀어도 모든 시야가 어렴풋하게 보일 만큼 지속적이고 세차게 내렸다.

새벽부터 침상에 가부좌하고서 운기행공을 하고 있던 백

염비는 누군가 동굴 쪽으로 다가오고 있다는 걸 느끼고 눈을 떴다.

"소궁주님."

우의를 벗으며 동굴 안으로 들어온 이는 삼별궁 여궁도 미항이었다.

"무슨 일이냐?"

"팔공산에서 일궁주님께 보내온 소식을 알려드리려고 왔어요."

여항이 중간에 특별히 손을 써서 알아낸 것이 아니라, 삼 궁주가 홍문한의 요청을 두 개의 종이에 적어 하나는 일궁 주에게, 또 다른 하나는 소궁주에게 전해지도록 조치를 해 두었던 것이다.

백염비는 여항이 공손히 건넨 서신을 받아들어 읽었다.

'홍 당주가 무사들의 파견을 요청했다면……'

이상한 낌새를 눈치챘을 가능성이 높았다.

그렇지 않고서야 연합을 맺었음에도 불구하고 지금껏 오 행궁이 그들의 일에 개입하는 걸 꺼려하던 홍문한이 갑자기 조력을 요청할 리가 없는 것이다.

'혈우림 등이 공격했다고 믿게 만드는 계략이 먹혀들어가지 않고 오히려 우리 쪽을 의심하게 되었다는 뜻이겠지. 그리고 이번 조력 요청을 통해 우리 쪽의 반응도 살펴보려는 생각일 테고.'

"사부님들은?"

"일궁주님께서 본궁 회합을 소집하셨고, 지금 한창 논의를 하고 있는 것으로 알고 있습니다."

아마도 무척 당혹스러워하고 있을 게 분명했다.

거룡성을 혼란시키면서 반룡복고당에 대한 반격을 늦추려고 했는데, 전혀 효과를 얻지 못하고 오히려 무사들을 파견해 달라는 요청까지 받았으니까.

'아무리 논의를 해보았자 결론은 뻔한 거지.'

거룡성의 요구를 거절하지 못하고, 무사들을 대거 파견해야 할 것이다. 그렇게 하지 않으면 의구심을 품은 홍문한에게 확신을 주는 것과 다름없기 때문이었다.

'평생 잔머리만 굴리다가 늙어 죽을 멍청이들.'

백염비는 냉소를 머금었다.

오행궁은 남궁세가를 무너트리고 안휘를 제패한 거룡성이 싸움보다 연합을 선택했을 정도로 강한 힘을 가지고 있었다. 그럼에도 북쪽 구석에만 웅크리고 앉아 있는 궁주들의 행태는 오래전부터 그를 짜증나게 만들었다.

물론, 그들도 나름의 야망을 가지고 있다는 건 알고 있었다. 하지만 지금처럼 소심한 태도로는 결코 거룡성을 넘어설 수 없다는 게 백염비의 생각이었다.

궁주들이 오행기의 경지가 십성에 이르면 천하에 당할 자가 없을 거라고 귀가 닳도록 말했음에도 믿지 않는 것도 궁주들에 대한 불신에서 기인한 것이었다.

생각에 잠겨있던 백염비의 시선이 동굴 입구를 향했다.

'빨리 끝났군.'

누군가 동굴로 다가오고 있었는데, 느껴지는 발걸음이 여인의 것이라고 하기에는 약간 무거웠던 것이다.

'내게 뭘 시키려는 거겠지.'

논의가 끝나고 궁주들이 내린 결론을 백염비에게 알려주기 위해 사람을 보냈으며, 그 결론에는 백염비와 연관된 내용이 있을 게 분명했다.

그렇지 않고서야 근신령을 받고 성찰동에 있는 그에게까지 사람을 보낼 이유가 없었으니까.

"소궁주님, 소인 본궁의 감옹입니다. 일궁주님의 명을 전하기 위해 왔습니다."

일궁주의 측근 감옹은 바로 들어오지 않고 밖에서 허락이 떨어지길 기다렸다.

백염비는 미항에게 눈짓을 했고, 미항은 옷을 모두 벗은 뒤 침상으로 올라와 이불을 허리까지 덮고서 돌아누웠다. 어떤 특별한 목적이 있어서 이곳에 있는 게 아니라 단지 밤시중을 들고 잠들어 있는 것처럼 보이도록 한 것이다.

"들어와라."

짚을 엮어 만든 우산을 밖에 내려놓고 안으로 들어온 감옹이 먼저 보인 반응은 황당함이었다.

고생하라는 목적으로 만든 성찰동이 안락한 객실처럼 꾸며져 있었고, 더할 수 없이 푹신해 보이는 침상엔 벌거벗은 여인까지 누워 있으니 황당해하는 게 당연했다.

'소궁주에게 빠진 여궁도들의 짓인 모양이군. 저년도 그중 하나일 테고. 하여튼, 모두 넋이 빠져가지고……'

하지만 불편한 심기를 얼굴에 드러내지 않고 공손히 머리를 숙였다.

"소궁주께 인사 올립니다."

"용건이나 말해라."

"거룡성에서 무사들의 파견을 요청하는 서신이 왔습니다. 궁주님들은 각 궁에서 분할 차출하여 백 명을 모아 보내기로 결정하셨고, 소궁주님을 책임자로 임명하셨습니다. 내일 아침 출발할 것이니 준비를 해두셔야 할 것입니다."

백염비는 내심 코웃음을 치면서도 겉으로는 무심한 척, 특유의 무미건조한 음성으로 물었다.

"부상을 입은 내가 책임을 맡아서 가야 하는 이유가 무엇이냐?"

"그저 명을 전하는 일을 하는 소인이 어찌 궁주님들의 깊은 뜻을 알 수가 있겠습니까."

"일궁주님을 지척에서 보좌하는 네가 모른다고 하면 누가 안단 말이냐? 고하라."

"소인이 말씀드릴 필요도 없이, 내일 출발하기 전에 일궁주님께서 직접 그 연유를 알려주실 겁니다."

"지나가는 똥개도 믿지 못할 말을 하는구나. 난 지금 들어야겠으니, 고하라."

백염비의 싸늘한 시선을 받으며 잠시 침묵하던 감옹은 어쩔 수 없이 입을 열었다.

"홍문한이 직접 조력을 청한 만큼 요구를 거절할 수는 없으나, 궁도들 또한 잃어서는 안 된다는 판단에 따라 내리신 결정입니다. 소궁주님께선 부상을 핑계로 싸움에 적극 개입하지 않을 수 있고, 그에 따라 궁도들의 피해를 최소화할 수 있으니까요. 또한 궁주님들 중 한 분이 직접 나서서 무게감을 싣지 않는다고 해도 백 명이라는 숫자와 약혼녀를 잃었다는 명분을 가지고 계신 소궁주님이 책임을 맡는다면 홍문한도 반발하지 않을 것이라 보고 있습니다."

백염비는 내심 비웃음을 지었다.

'또 잔머리들을 굴리는군. 아무리 일이 터져도 변할 줄 모르는 답답한 인간들.'

"알았다, 그만 가봐라."

"내일 아침에 모시러 올까요?"

"내가 알아서 내려갈 것이다."

"알겠습니다. 그럼 소인 물러가겠습니다."

감옹은 침상 위에 누워 꼼짝도 않고 있는 미항의 새하얀 등판을 힐끔 쳐다보고는 동굴 밖으로 사라졌다.

'혹시 저놈……'

미항이 동굴에 있는 걸 이상하게 여기는 게 아닐까, 하는 생각이 들긴 했지만 그것으로 끝이었다. 의심을 하든, 미항을 비롯한 많은 여궁도들이 그의 눈과 귀 역할을 하고 있다는 것을 알게 되든 두려울 것이 없었으니까.

게다가 지금은 다른 감정이 그의 머릿속을 가득 채우고 있었다.

'짜증나는군.'

백염비는 너무나 짜증나고 화가 났다.

부상을 치료하고, 심신을 바로잡고, 무공 연마에 온 힘을 기울일 생각이었는데, 심부름이나 해야 하다니.

물론 반룡복고당을 공격하려는 거룡성의 무리에 합류하게 되면 자신에게 굴욕감을 준 자를 다시 만날 수 있을지도 몰랐다.

하지만 문제는 아직 그를 만날 준비가 되지 않았다는 점이었다. 설사 몸 상태가 정상이라고 해도 솔직히 지금으로선 싸워 이길 자신이 없었다.

"소궁주님, 무슨 생각을 그리 골똘히 하세요?"

감옹이 동굴을 떠나고 나서도 침상에 그냥 누워있던 미항은 백염비의 등을 어루만지며 물었다. 표정과 손짓, 그리고 기대감 섞인 음성만으로도 그녀의 바람이 무엇인지를 알 수가 있었다.

하지만 백염비의 반응은 싸늘하기만 했다.

"나가."

미항은 한 번 더 유혹의 손짓을 보내려다가 얼음처럼 차갑게 변한 백염비의 눈동자를 보고는 퍼뜩 정신을 차렸다. 그리고 황급히 침상에서 내려와 옷과 우의를 챙겨 입고 공손히 인사를 한 뒤 빠르게 동굴 밖으로 사라졌다.

'더 이상 못 참겠다.'

백염비는 요 며칠간 생각하고 있던 걸 실천해야겠다고 결심했다. 더는 배울 것도, 두려울 것도 없는 궁주들을 제거하고 오행궁을 자신의 손아귀에 넣기로.

'하지만 지금 이런 몸으로는 두 명 이상을 처리하는 것도 쉽지 않다는 게 문제야.'

궁주들을 호위하는 궁조무사들의 존재감도 신경 써야만 했다.

'그렇다면 어쩔 수 없이 출정을 나가고 몸이 완전히 나을 때까지 참아야만 한다는 건데…….'

절로 한숨이 나왔다.

결국 지금으로선 궁주들의 명령에 굴복해야만 한다는 자신의 처지가 한심스럽게 느껴졌던 것이다.

"네가 한숨을 쉴 정도라면, 뭔가 해결하기 어려운 근심거리가 생긴 모양이구나?"

백염비는 깜짝 놀라 동굴 입구를 쳐다보았다.

조금 전 미항이 동굴을 빠져나갈 때까지만 해도 아무도 없었던 그곳에 한 사람이 서 있었다. 백의무복에 허리에 검을 차고 눈만 뚫린 하얀 가면을 쓰고 있었는데, 목소리만 들어보면 중년 이상의 사내였다.

백염비는 그가 들어오는 기척조차 느끼지 못했기에 심각한 상황이라 할 수 있었다. 그러나 처음에만 놀랐을 뿐, 백염비의 얼굴에선 당혹감이 보이지 않았다. 오히려 반가워하는 기색을 드러냈다.

헌데, 이상한 점은 사내의 옷이 전혀 젖어 있지 않다는 점이었다. 우의를 입고 있지 않았고, 우산을 쓰지도 않았는데 말이다.

그에겐 우의나 우산이 없어도 비를 맞지 않을 수 있는 능력이라도 있는 것일까?

이를테면, 엄청난 경지의 무공과 막강한 공력을 바탕으로 무형지기를 발출하여 비를 튕겨낼 수 있는 그러한 종류의 능력을.

백염비는 침상에서 일어나 공손히 머리를 숙이고 포권을 취하며 말했다.

"제자 백염비가 사부님께 인사 올립니다!"

사부?

궁주들이 새삼스레 가면을 쓸 리가 만무하니, 사부라고 부를 사람은 한 명밖에 남지 않았다.

한 때는 옥면검객(玉面劍客), 옥면염라(玉面閻羅), 옥면검룡 (玉面劍龍)이라 불리었지만, 이제는 삼존(三尊)의 일인인 옥 존(玉尊)으로 더욱 유명한 천하의 고수 중의 고수, 초모용.

헌데, 그는 왜 가면을 쓰고 있는 것일까?

초모용은 고개를 끄덕이며 안쪽으로 걸어왔고, 동굴 내부 를 둘러보며 침상에 앉았다. 그리고 자신의 옆자리를 두드 리며 말했다.

"그리 서 있지 말고 이리로 와서 앉거라."

"예, 사부님."

백염비는 궁주들 앞에서 보였던 모습과 비교할 수 없이 공손한 태도로 초모용의 옆에 앉았는데, 평소와 달리 표정 과 음성에서 젊음의 활기가 느껴졌고, 한편으로 너무나 다 소곳하여 마치 딴사람을 보는 듯했다.

왠지 초모용의 앞에서는 더 작고 여려지는 것 같았다.

게다가 두 사람 사이의 분위기는 보통의 사제 간에서 느 낄 수 있는 분위기와는 뭔가 달랐다. 서로를 바라보는 눈빛 이 뜨겁고 끈적끈적하다고나 할까.

"다쳤구나. 어쩌다 그리되었느냐?"

"다름이 아니라……."

백염비는 궁주들에게 숨겼던 것과 달리 초모용에게는 사 실을 모두 이야기 했다.

"그런 일이 있었구나."

초모용은 안타까운 일이라는 듯 고개를 흔들었다. 그리고 백염비의 어깨에 손을 올리고 부드럽게 쓰다듬으며 위로의 말을 건넸다.

"널 당혹케 만들 정도의 신진고수가 있다고 하니, 무림엔 기인이사가 모래알처럼 많다는 말이 그냥 우스갯소리는 아닌 모양이야. 그건 그렇고, 별것도 아닌 계집 하나 때문에 네가 마음고생이 심했구나."

그는 백염비가 자신의 안위만을 걱정해 약혼녀를 버리고 도망친 것이나, 진실을 은폐하고 왜곡한 언행들이 전혀 잘못되었다고 생각하지 않는 모양이었다.

오히려 백염비가 진실을 감추기 위해 스스로 자해를 하고, 벌을 받아 성찰동에 들어와 있는 게 참으로 억울하고 안타까운 일이라는 듯 위로를 하고 있지 않은가.

무림인들이 보았다면 그가 진정 초모용인지 의심할 수밖에 없는 광경인 것이다.

중립적인 성향이기는 하지만 누구도 부정하지 않는 호남의 명문 초씨세가 출신으로 지금까지 쌓아온 명성과 세간에 퍼져있는 소문에 비추어볼 때 너무나 어울리지 않는 언행이기 때문이었다.

혹시 그에 대해서 알려진 건 진실이 아니었던 걸까, 아니면 아무도 모르게 제자로 삼은 백염비를 아끼는 마음이 그 모든 것들보다 더 깊고 강하기 때문인 걸까.

"아닙니다, 사부님. 당시의 사건과 이 부상은 제 능력의 부족과 어리석은 판단으로 생긴 일이니 크게 신경 쓰고 있지 않습니다."

"그럼 네 얼굴에 드리운 근심은 어찌된 연유이더냐?"

"사실은……."

백염비는 이번 일을 기점으로 표면화된 궁주들에 대한 짜증과 분노를 조금 과장되게 표현하며 토로했다.

"이유가 무엇이건 간에 이왕지사 부상을 입은 몸이니, 심기일전하는 마음으로 초심기와 초검결을 수련하는 데 매진하려고 하였습니다. 그런데 이렇게 방해를 받으니 너무나 화가 나고, 그들의 말을 따를 수밖에 없는 제 자신이 한심스럽게 느껴져서 참기가 힘이 듭니다."

가만히 듣고 있던 초모용이 물었다.

"궁주들을 죽이고 싶으냐?"

"예, 사부님."

"그럼 죽여야지. 고민할 것이 무엇이 있느냐."

그는 마치 배가 고프니 닭이라도 잡자고 말하는 것처럼 쉽게 이야기를 했다.

"마음이야 굴뚝같지만 부상까지 입어 당장은 어려울 듯합니다."

"허허, 사부를 앞에 두고서 섭섭하게 그게 무슨 말이냐."

백염비는 얼굴에 기대감을 드러냈다.

"사부님이 도와주실 수 있으십니까?"

"제자가 힘들어하는데, 어찌 사부가 가만히 있을 수 있을까. 언제 죽일 생각이냐?"

"오늘 밤에 모두 처리하고 싶습니다."

"그래? 그럼 지금 나갔다오마."

지체할 것도 없다는 듯 초모용이 일어나자 백염비도 따라 일어섰다.

"제가 앞장을 서겠습니다."

"그 몸으로 괜찮겠느냐?"

"한두 명 정도는 충분히 상대 할 수 있습니다. 그리고 반발하는 궁도들을 설득하기 위해서는 제가 있어야 할 겁니다."

"허허, 그렇다면야 막을 이유가 없지. 자, 앞장 서거라."

"예, 사부님."

겉옷을 걸치고 검을 챙겨든 백염비가 먼저 성찰동을 나서고, 초몽용이 산보라도 나서는 듯 여유로운 걸음으로 그 뒤를 따랐다.

*   *   *

사시(巳時: 오전9~11시) 말.

아침임에도 하늘에 구름이 짙게 깔려 시야는 어둑했고,

칼날처럼 삐죽이 튀어나온 바위와 급격하게 깎아지른 절벽들을 따라 물결처럼 퍼져 있는 안개 위로 비까지 내리고 있어서 경계를 서는 이들에겐 매우 불편한 날이었다.

오별궁을 둘러싼 담장 초입에 우의를 입은 채 경계를 서고 있는 두 명의 오궁도들에게도 사정은 마찬가지였다. 그들은 담문 지붕의 짧은 처마를 이용해 조금이라도 비를 피할 생각으로 칼을 옆구리에 끼고 어깨를 웅크린 채 문에 바짝 붙어 서 있었다.

아랫것들은 윗사람을 닮아가는 법이라 했던가.

충분히 잠을 자고 나서 조금 전에 교대를 했음에도 잠기운을 완전히 떨치지 못한 두 오궁도는 경계에 집중하지 않는 불량스런 자세로 연신 하품을 해댔다.

"춥고 배고프고 졸리기까지 하니 정말 미치겠구만. 지금쯤 안에서는 신나게 배를 채우고 있겠지. 아, 부럽다. 응?"

한 명이 툴툴거리면서 졸린 눈을 비비다가 저 멀리 위로 올라가는 길목 쪽을 가리키며 동료의 어깨를 툭 쳤다.

"저쪽에 어렴풋이 뭔가 보인 거 같은데 말이야. 자네는 뭐 안 보여?"

"모르겠는데. 안개 때문에 잘못 본 거 아니야? 이런 날에 돌아다닐 사람이 있겠어?"

"아니라니까. 분명히…… 아, 저기 봐 누가 오고 있잖아."

"어라, 진짜네. 어? 소궁주님이다. 성찰동에서 근신하고 계신 걸로 아는데, 어찌된 거지? 부상으로 거동도 불편하시다고 들었는데, 그런 것 같지도 않고."

"이야기 못 들었냐? 내일 거룡성으로 파견되는 무리의 책임자로 임명되셨대. 그런데 우의도 안 입고, 우산도 안 쓰고 비를 맞고 다니다니 전혀 소궁주님답지가 않은데."

"쉿, 오신다."

그들은 잡담을 멈췄다. 그리고 웅크리고 있던 상체를 바로하고 손에 칼을 꼭 쥐고서 경계에 만전을 기하고 있는 것처럼 보이기 위해 노력했다.

두 사람은 소궁주가 가까이 다가오자 공손하게 포권을 취하며 인사를 했다.

"소궁주님을 뵙습니다."

"길을 열어라."

오궁도들은 인사도 받지 않는 백염비의 오만한 태도에 내심 욕을 하면서 물었다.

"오궁주님과 점심약속이 있으셨습니까?"

아직 정오도 되지 않았지만 오궁주는 오시(午時: 오전11~1시) 내내 점심을 먹는 독특한 습관을 가지고 있었다. 그리고 식사를 할 때 방해받는 걸 싫어해서 미리 약속이 잡혀 있지 않는 이상엔 일궁주라고 해도 방문을 받지 않았기 때문에 묻는 것이었다.

"약속이 있다."

"하지만 저희는 그런 말을 듣지 못했습니다. 게다가 지금 연회실에서 꽤 크게 판을 벌이고 있는데요. 잠시 기다려주십시오. 들어가서 알아보고 오겠습니다."

괜히 백염비의 말만 믿고 들여보냈다가 사실이 아니게 되면 피해를 보는 건 자신들뿐이기 때문이었다.

하지만 백염비는 안으로 들어가 자신이 찾아왔다는 걸 알리도록 놔둘 수 없었다. 그는 불쾌한 표정을 지으며 싸늘하게 노려보았다.

"내 말을 못 믿겠다는 거냐?"

"그런 것이 아니라……!"

당황하며 변명을 하려던 두 오궁도는 그대로 굳어버렸다. 백염비가 순식간에 손을 뻗어 점혈을 한 것이다. 그리고 마지막으로 목젖을 강하게 찔러 숨통을 끊어 놓았다.

"죽일 생각까지는 없었지만, 네놈들의 태도가 너무 마음에 들지 않았다."

백염비는 몸이 굳어버린 두 오궁도의 팔다리를 이리저리 꺾어서 혹시 누가 보더라도 경계를 서고 있는 것처럼 보이도록 조치를 취해두었다.

안개 속에 모습을 감춘 채 기다리고 있던 초모용이 가까이 다가왔다. 그는 백염비와 달리 조금도 비에 젖지 않았는데, 호신강기처럼 온몸에서 기를 발출하여 빗물을 퉁겨내고 있었던 것이다.

천하의 고수 중에서도 수위에 꼽힐 만큼의 고수는 되어야 가능한 경지였다

"언제나 일처리가 꼼꼼하구나."

백염비는 칭찬을 받자 진정 기쁘다는 듯 미소를 지었다.

두 사람은 다른 별궁에 비해 지저분한 풍경의 앞마당을 지나 본 건물로 들어섰다. 그런데 그때까지 마주친 오궁도들은 아무도 없었다.

모두 어디로 간 것일까?

"이쪽입니다."

백염비가 가리킨 방향 쪽에서 와자지껄한 소리가 들려왔다. 주변에 가득 퍼져있는 기름진 음식 냄새도 그쪽에서 풍겨오고 있었다. 오궁주와 오궁도들 대부분이 한곳에 모여 점심을 먹고 있는 것이다.

두 사람이 문을 열고 연회실로 들어가니 오십 명도 넘는 오궁도들이 모여서 잔치라도 벌이는 것처럼 시끌시끌하게 떠들어대며 먹고 마시고 있었다.

이들 중 절반은 내일 거룡성으로 떠나는 오궁도들이었는데, 언제나 먹고 마실 핑계만 찾고 있던 오궁주가 사기를 높여준다는 취지를 내세워 특별히 거하게 차린 점심을 먹이는 중이었다.

원래는 저녁에 연회를 벌이려고 했으나, 일궁주가 내일 출발시간으로 잡은 시각이 너무 일러서 어쩔 수 없이 일찍

자야 하기 때문에 점심때로 시간을 바꾼 것이다.

오궁도들은 먹고 마시며 떠들기 바빠서 백염비와 초모용이 벽을 따라 움직여 오궁주가 앉은 상석까지 이르도록 아무도 두 사람의 존재를 인식하지 못했다.

만약 오궁주가 술병을 잡기 위해 고개를 옆으로 돌리지 않았다면 끝까지 온 줄도 몰랐을 것이다.

"응? 넌 염비가 아니냐. 네가 여긴 어쩐 일이냐?"

오궁주의 눈동자는 흐리멍덩하게 풀려 있었다. 발음도 불명확한 걸 보면 술기운이 적지 않게 올라 있음이 분명했다.

'이런 쓰레기 같은 자가 궁주이기 때문에 오행궁에 발전이 없지.'

"사부님께 드릴 말씀이 있어 왔습니다."

"그래? 무슨 말? 아, 그러지 말고 한 잔 받아라."

오궁주가 한 손에 술병을 또 다른 손엔 술잔을 들어서 흔들자 백염비는 미소를 지으며 가까이 다가가 손을 내밀었다. 마치 잔을 받으려는 것처럼.

하지만 백염비는 술잔을 받기 위해 손을 내민 게 아니었다. 그는 손을 칼날처럼 세우고 번개처럼 오궁주의 목을 향해 찔렀다.

쿵!

백염비의 손이 절반이나 파고들었다가 빠져나오자, 비명조차 지르지 못하고 숨이 끊긴 오궁주의 육중한 몸뚱이가 큼직한 소리를 내며 의자 옆으로 쓰러졌다.

그의 목에서 흘러나온 붉은 핏물이 바닥을 넓게 적시는 것도 순식간이었다.

연회실은 침묵에 휩싸였다. 모두 입을 다물고 석상처럼 굳어버린 채 오궁주의 빈자리와 그 옆에서 손을 닦고 있는 백염비만 쳐다보고 있었다.

너무도 갑작스럽게 벌어진 일이라 그들은 정신적 공황상태에 빠져버린 것이다. 천장에 모습을 감추고 있던 오궁조 무사들도 반응을 못하고 나오지 않고 있으니 오죽하겠는가.

"소궁주가 우리 궁주님을 죽였다."

오른쪽 뒤편에 앉아 있던 한 오궁도의 입에서 흘러나온 말이었다.

동료들을 선동하기 위함도, 분노에 차서 외친 것도 아니라, 이 믿기 힘든 상황이 너무도 황당하고 어이가 없어서 그냥 혼잣말처럼 중얼거린 것이었다.

하지만 오십여 명의 오궁도들은 그 말로 인해 정신을 차렸고, 모두 일제히 칼을 빼들며 한 목소리로 크게 외쳤다.

"소궁주가 우리 궁주님을 죽였다!"

오궁주의 옆자리에 앉아 있던 두 명의 측근이 가장 먼저 백염비를 향해 달려들었다. 하지만 어느새 움직인 초모용이 그들의 진로를 막아섰다.

둘은 의아했고 초모용이 누군지 궁금했지만 묻지 않았다.

앞을 막아선 것은 백염비의 사람이란 뜻이니 그냥 두 동강 내버리면 되는 것이니까.

그러나 그들은 초모용보다 느렸다.

슈슈슈슉—

초모용이 눈에 보이지도 않을 속도로 검을 뽑아 번개처럼 몇 번을 휘두르고 백염비의 뒤쪽으로 물러났다.

"……."

다시금 침묵이 연회실 안을 가득 채웠다.

두 측근의 머리와 양팔이 땅에 떨어지고 두 개의 육신이 피를 뿜으며 나무토막처럼 바닥으로 무너지는 광경을 보았으니 당연했다.

초모용이 보여준 압도적인 검공과 잔혹함에 모두가 질려버린 것이다.

백염비가 앞으로 나섰다. 그리고 천장을 한 번 올려다보고 다시 오궁도들을 향해 시선을 내리며 말했다.

"모두 보았듯이 오궁주는 죽었고, 너희들에겐 두 가지 선택만이 남았다. 지금 내게 충성하고 오행궁이 최강이 되는 날까지 함께해서 부귀영화를 누릴 테냐, 아니면 능력이 없어 허망하게 죽어버린 패배자와의 의리를 지켜 쓰레기처럼 목숨을 내던지겠느냐."

오궁도들은 잠시 동안 어찌할 바를 몰라 했다. 죽기는 싫었지만 오궁주가 다른 궁주들에 비해 몇 배나 좋은, 그래서 불평거리가 거의 없었던 윗사람이었다는 기억으로 인해 생겨난 망설임이었다.

그러나 갑자기 칼을 **빼든** 수십 명이 문과 창문을 통해 나타나 포위하자 고민은 쉽게 해결 되었다. 포위한 이들은 삼궁도들과 사궁도들이었고, 그중에는 사궁주 육관명도 있었기 때문이었다.

성찰동을 나선 백염비는 가장 먼저 그를 추종하는 삼별궁의 여궁도들을 불러 모았고, 곧장 사별궁으로 가서 육관명을 제압한 뒤, 소심하면서도 영리해서 쓸모가 있는 그를 죽이기보다는 수하로 만드는 걸 선택했던 것이다.

초모융의 엄청난 무력에 이미 압도당한 그를 설득하는 건 그리 어려운 일이 아니었다.

백염비의 눈짓을 받은 육관명은 오궁도들을 향해 외쳤다.

"힘과 능력이 있는 자가 주인이 되는 게 무림의 이치이다. 난 궁주로서의 한계를 느끼고, 부족함이 많아 오행궁을 최강의 길로 이끌지 못한 것을 안타까워하는 마음에 궁주에서 물러나기로 했다. 그러나 그냥 물러나는 건 너무도 무책임한 일이기에 진정 자격이 있는 이를 보좌하여 새로운 오행궁을 일으켜 세우는 데 이 한 목숨을 바치기로 한 것이다. 모두 오행궁의 새로운 주인에게 충성하라."

육관명은 오궁도들을 쭉 둘러보고 돌아서며 백염비를 향해 한쪽 무릎을 꿇었다. 그리고 머리를 숙이고 포권을 취하며 크게 소리쳤다.

"이 육 모는 새로운 궁주님께 목숨을 다 바쳐 충성하겠습니다!"

오궁도들을 포위하고 있던 삼궁도들과 사궁도들도 육관명처럼 백염비를 향해 무릎을 꿇고 머리를 숙이며 일제히 충성을 바치겠다고 외쳤다.

그러자 눈치를 살피던 오궁도들은 이 기괴하고도 돌이킬 수 없는 상황에 승복하며 하나둘씩 무릎을 꿇더니 백염비를 향해 충성을 바치겠다는 맹세를 하기 시작했다.

초모용은 흡족한 미소를 짓고 있는 백염비의 옆으로 다가가 물었다.

"다음은 어디지?"

*　　　*　　　*

수십 명이 들어앉을 수 있는, 그러나 의자나 탁자 하나 없이 휑하게 넓고 캄캄한 대전 안에 일궁주 홀로 눈을 감은 채 앉아 있었다.

그는 운기행공 중이었다. 보통은 살아있는 나무를 끌어안거나 혹은 등지고 앉아서 목의 기운을 흡수해야 할 터이지만, 지금은 비가 오고 있는지라 온통 나무로 가득한 대전 안에서 수련하는 것으로 만족하고 있었던 것이다.

삐꺽.

일궁주의 미간이 바닥에서 난 소리에 반응하여 내 천자를 그렸다.

단순히 소리가 들려서가 아니었다. 허락을 받지 않은 자들이 은밀히 들어와 접근하지 못하게 바닥 상태를 고의로 그렇게 만들었지만, 지금껏 그의 이목을 피해 접근한 자가 한 명도 없으니, 그만큼 소리를 만들어낸 자의 능력이 뛰어나다는 의미이기 때문이었다.

게다가 대전 주변에 매복하여 은밀히 지키고 있는 일궁조들은 침입자가 나타날 때까지 뭘 하고 있었단 말인가.

일궁주는 눈을 떴다. 그리고 소리가 들려온 오른쪽을 쳐다봤다.

해가 창창한 대낮일 때도 밝지 않은 대전 내부는 촛불조차 켜두지 않아 매우 어두웠지만, 일궁주는 보통 사람과 비교할 수 없이 좋은 시력을 지닐 만큼 공력이 높고, 이미 어둠에 익숙해진 덕분에 방문자의 모습을 확인하는 데 어려움이 거의 없었다.

우선 들어올 구멍조차 없는데 자신의 이목에 걸리지 않고 어떻게 대전 안으로 들어온 것인가, 하는 의문이 생겨났다. 하지만 이미 들어온 자에게 묻기에는 구차한 질문 같아서 하지 않았다.

'살수인가?'

"행색을 보아하니 궁도는 아니고, 허락도 받지 않고서 가면을 쓰고 나타났으니 그 의도가 좋지는 않을 터. 네놈은 누구냐?"

초모용은 피식 웃었다.

일궁주의 눈동자에 노기가 어렸다. 가면을 쓰고 있어 초모용의 웃는 얼굴을 볼 수가 없었지만, 소리만으로도 비웃고 있다는 것 정도는 알 수가 있었으니까.

"뭐가 우습지?"

"네가 하는 꼴이 지지리 궁상처럼 보여서."

"뭐라!"

초모용은 옆에 놓아두었던 칼을 집어 들고 벌떡 일어나며 버럭 소리쳤다.

"화냥년이 수절 타령한다더니, 얼굴도 드러내지 못하는 겁쟁이 개호로 새끼가 감히 누구보고 아가리를 놀려!"

"오호, 그 급작스런 성질머리가 목행기의 특성 때문인가? 거참 신기하군."

"……"

"하지만 참 한심스럽네. 오행기의 각 기운이 독특하기는 해도 극성에 이르면 결국 그러한 성향에 구애받지 않는 무심의 경지에 이를 수 있는데, 그렇지 못하다는 건 아직 한참 멀었다는 뜻이잖아."

흥분해서 잔뜩 붉어졌던 일궁주의 얼굴이 차갑게 굳어졌

다. 그냥 침입자라고 하기에는 오행기에 대해 너무 잘 알고 있었으니까.

"거룡성에서 왔나? 아니면 반룡복고당? 네놈의 정체가 뭐야!"

일궁주가 다시 흥분하여 소리치자 초모용은 어깨를 으쓱였다.

"내 정체는 별로 중요하지 않아. 다만, 내가 여기에 와서 뭘 하려고 하느냐가 중요한 거지."

"날 죽이려고 왔을 게 뻔한데 뭔 개소리냐!"

일궁주는 천장을 향해 손짓했다. 매복해 있을 일궁조들에게 초모용을 공격하라고 신호를 보낸 것이다. 하지만 아무런 반응도 없었다. 그들은 이미 사궁조 등의 다른 궁조 무사들에게 제압되어 있는 상태였기 때문이었다.

일궁주는 짜증과 의문이 섞인 시선으로 천장을 올려다보았다.

이때, 꼭 닫혀 있던 정문이 열리고, 충분하진 않지만 대전을 어렴풋하게 밝힐 만큼의 흐릿한 빛이 흘러들어왔다.

시선을 돌려 정문을 쳐다본 일궁주의 표정이 밝아졌다. 밖에는 수십 명의 궁도들이 가득히 모여 있었고, 가장 앞에는 사궁주와 백염비까지 있었기 때문이었다.

하지만 곧 그들이 어찌 침입자가 있는 줄 알고 왔는가, 해서 의아했다.

"어떻게 알고……."

일궁주의 말문은 중간에 막혔다. 앞으로 나선 백염비가 손에 들고 있던 두 개의 머리통을 던졌기 때문이었다.

바닥을 데구루루 굴러 발치에 이르러 멈춘 두 머리통은 이궁주 사마심모와 친동생이자 오궁주인 백오신의 것이었다.

"도대체……."

일궁주는 놀라고 슬프기보다 황당하고 어이가 없었다.

아침 무렵까지만 해도 함께 머리를 맞대고 논의를 하던 두 사람이 머리만 덩그러니 남아 자신의 앞에 던져진 이 상황이 너무나 비현실적으로 느껴졌기 때문이었다.

"이궁주는 쓸데없이 고집만 셌지, 대세는 조금도 읽지 못하는 멍청이였소. 하긴 그러니까 오행궁의 꼴이 이 지경이겠지만."

"너…… 무슨 짓을 한 거냐?"

"보면 모르겠소? 난 오행궁을 위해 청소를 한 거요. 그리고 마지막으로 당신만 남았소."

일궁주는 사궁주를 쳐다봤다가 다시 시선을 백염비에게 향했다.

"나보고 네 밑으로 들어가라는 말이냐?"

"그럴 리가. 육관명과 달리 당신은 내게 필요 없소. 그냥 조용히 사라져주면 되는 거요. 스스로 끝낼 마음이 없으면 내가 직접 치워주는 거고."

"이놈!"

콰직!

일궁주가 발을 구르자 나무로 만들어졌음에도 단단하기 이를 데가 없던 바닥이 힘없이 부서져버렸다.

"네놈을 친자식처럼 키우고 가르쳤거늘 이런 식으로 뒤통수를 친단 말이냐!"

백염비는 코웃음을 치며 대전 안으로 성큼 들어왔고, 사궁주에게 문을 닫고 이 장 이상 뒤로 물러나 기다리라고 말했다.

문이 닫히자 대전 안은 다시 어두워졌으나, 초모용이 어찌 손을 썼는지 벽에 걸려 있던 등잔에 불이 붙어 타오르고, 붉은 빛이 감돌게 된 내부의 시야가 밝아졌다.

"이왕 이렇게 된 마당이니 서로 솔직해집시다. 날 양아들로 삼은 것은 당신 자신을 위해서지 날 위해서가 아니질 않소. 날 잘 키워서 행세 좀 하겠다는 거 아니오."

"네게 모든 걸 해주었다! 아무것도 가진 거 하나 없던 네게 무공도 돈도 배경도 모든 걸 주었단 말이다! 그리고 어차피 오행궁은 네가 물려받게 되어 있었어! 그런데 배신을 한단 말이냐!"

백염비는 맞는 말이라는 듯 고개를 끄덕였다.

"그렇기야 하지. 하지만 너무 늦어. 지금도 짜증이 나는데

수년을 더 명령이나 받으며 살고 싶지는 않거든. 게다가 내겐 당신들과 비교도 되지 않는 훌륭하신 사부님이 계시는데, 이제 배울 것도 하나 없는 당신들에게서 왜 명령을 들어야 하냔 말이지."

"사부?"

일궁주는 고개를 돌려 초모용을 쳐다봤다.

"너냐, 저 호로새끼가 말하는 훌륭하신 사부라는 게?"

초모용은 고개를 끄덕였다.

일궁주는 이를 바드득 갈았다. 그리고 칼을 뽑아들어 초모용을 가리켰다.

"그럼 너부터 먼저 죽여주지."

그리고 곧장 몸을 날렸다.

초모용은 꼼짝하지 않았다. 검을 뽑지도 않고, 피하기는커녕 방어할 생각조차 없어 보였다.

챙!

하지만 일궁주의 칼은 막혔다. 어느새 옆으로 다가온 백염비가 검을 휘둘러 막은 것이다.

"당신의 목숨은 내 몫이요."

"호랑이를 주워온 줄 알았더니, 굶주린 여우새끼였구나!"

일궁주의 비난에도 백염비는 코웃음을 치며 살짝 뛰어올라 복부를 향해 발끝을 내질렀다. 일궁주는 재빨리 뒤로 물러나고 칼끝을 짧고 빠르게 휘둘러 백염비의 다리를 노렸다.

휘리릭!

내질렀던 다리를 당겨 한 바퀴 돌며 칼끝을 피한 백염비는 그대로 검을 위에서 아래로 내리그었다.

쩡!

일궁주는 칼을 통해 전해지는 엄청난 힘에 놀라 하마터면 헛바람을 내지를 뻔했다. 분명 심한 부상을 입고 있음에도 이 정도로 강력한 검력을 뿜어내다니.

하지만 무엇보다 일궁주를 놀라게 한 것은 백염비가 발출하는 기운이었다.

'오행기가 아니다.'

완전히 다른 특성을 가진 기운이었다.

일궁주가 왜 놀라고 있는지 눈치챈 백염비는 검을 휘두르며 말했다.

"그깟 오행기 따위는 진작 내다버렸소! 지금 내가 펼치는 무공은 그것과는 비교도 할 수 없이 강한 천하제일의 무공이란 말이오!"

"말도 안 되는 소리!"

일궁주는 맹렬히 칼을 휘두르며 반박했다. 주인을 잘못 만나 제대로 위력을 발휘하지 못할 뿐이지, 오행기는 어떤 무공에 견주어도 뒤지지 않는 무공이었다.

게다가 천하제일의 무공이라니. 작금의 무림에서 그만큼

광오한 자신감을 드러낼 정도의 무공은 많지 않았다. 기껏해야 삼존의 무공 정도일까.

"이래도 믿지 못하겠다는 거요!"

백염비의 검이 등불의 빛을 받아 빠르게 솟구쳤다가 수십 개로 늘어나며 퍼져나갔다. 그에 따라 백염비의 신형도 하나 이상으로 분리되며 시야를 어지럽혔다.

화려했다. 그리고 검 끝에서 서늘한 기운이 넘실거리며 강력한 검기를 넓고 빼곡하게 뿌려댔다.

일궁주의 얼굴이 창백해졌다. 있는 힘껏 칼을 휘둘러 막고 있었지만, 모든 것에서 밀리고 있었다. 그로서는 한 번도 경험한 적이 없는 화려하고 강력한 검공이었다.

츠악!

결국 일궁주의 오른팔이 팔꿈치부터 잘려나가 칼과 함께 바닥으로 떨어졌다.

백염비는 최후의 일격을 가하지 않고 공세를 멈췄다. 그럴 수 있음에도 하지 않았다. 대신 빠르게 간격을 좁히고 일궁주의 전신 혈도를 찌른 뒤 목을 틀어잡았다.

"주, 죽여라."

"그럴 거요. 하지만 그 전에……."

백염비는 뭔가 알 수 없는 말을 중얼거리기 시작했다. 흡성대법을 사용하기 위해서 심법을 운용하고 있는 것이다. 순간 그의 팔을 따라 괴이한 기운이 타고 올라와 손끝에 이르렀다.

"컥!"

일궁주의 동공이 크게 확장되었다. 목을 시작으로 힘줄이 팽창하여 피부를 뚫고 나올 것처럼 돌출되었다.

"무, 무슨 짓을 하는 거…… 끄아악!"

일궁주가 끔찍한 고통을 참아내지 못하고 비명을 내지르자 백염비는 음침한 미소를 지으며 다른 손으로 입을 틀어막았다.

"그냥 죽이기에는 당신의 공력이 너무 아까워서, 내가 흡수해 써먹어볼까 하고 말이야. 이궁주와 오궁주는 상황이 급박하고 보는 눈도 많다보니 빨리 죽일 수밖에 없었는데, 이제 당신밖에 남아 있지 않으니 서두를 필요가 없잖아."

일궁주의 눈동자는 흐릿해지고, 급속도로 빛을 잃어가고 있었다. 얼굴에서도 생기가 사라져갔다. 거뭇하게 변해가는 피부는 마른 풀처럼 쪼그라들었고, 호흡도 미약해서 금방이라도 끊어질 듯했다.

그에 반해 백염비의 눈동자는 강력한 빛을 뿜었다. 온몸에서 불이 붙은 듯 열기가 뿜어졌다.

그리고 어느 순간, 모든 것이 멈춰버렸다.

목내이(木乃伊)처럼 변한 일궁주의 몸은 물에 젖은 솜처럼 축 쳐졌고, 백염비는 거칠게 헐떡거리며 고통을 억누르듯 온몸을 부르르 떨었다.

일궁주의 공력을 강제적으로 흡수한 후유증이었다.

어느 정도 몸이 진정된 백염비는 거칠어진 호흡을 길게 내쉬어 바로잡은 다음 손에 힘을 주어 일궁주의 목을 부러 트렸다. 그리고 공중으로 던진 뒤 검을 뽑아 빠르게 휘둘렀다.

검의 움직임을 따라 생겨난 수십 개의 날카로운 그림자가 일궁주의 몸을 난자해버렸고, 피와 살로 이루어진 비가 내리듯 바닥으로 쏟아졌다.

백염비는 검을 집어넣으며 묵묵히 지켜보고 있던 초모용을 향해 고개를 돌렸다.

더 이상 자신의 진정한 성향을 숨길 필요가 없다는 듯, 그의 얼굴은 어둡고, 음침하고, 음산하게 물들어 있었다. 하지만 그런데도 그는 여전히 아름다운 미남자였다.

백염비는 잔인할 만큼 환하게 웃으며 말했다.

"사부님, 이제 오행궁은 제 것입니다."

第四十八章

정덕에서 사령곡의 무리를 격파한 반룡복고당의 무리는 곧장 구화산으로 향했다.

무리의 이동속도는 빠르지 않았다. 사령곡과 싸울 당시의 상황이 매우 불리했던 걸 감안하면 죽은 이는 많지 않았지만, 팔할 이상의 당원들이 크고 작은 부상을 입어 중간 중간 마을에 들러서 의방을 찾아가 치료를 받아야 했기 때문이었다.

게다가 그들로 인해 삶의 터전을 잃어버린 남녀노소 삼십여 명의 화전민들까지 데리고 이동하는지라 더욱 느릴 수밖에 없었다.

                    *   *   *

　앞쪽에서 말을 타고 가는 반악과 이야기를 끝낸 강학청은 금웅쌍도 등이 있는 뒤쪽으로 돌아왔다.

　"강 문공, 이렇게 느긋이 가도 괜찮을지 모르겠구만."

　일도 별고정은 부상자를 태운 마차와 시신을 실은 마차의 뒤쪽에 붙어서 우르르 걸어오고 있는 화전민들을 돌아본 뒤 우려를 표했다. 그들은 남녀노소 할 것 없이 짐을 바리바리 짊어지고 있었는데, 강학청이 구화산에 집과 땅을 마련해주 겠다는 말을 믿고 따라오는 것이었다.

　"총단이 걱정되십니까?"

　"그럴 수밖에 없지 않은가."

　앞장서서 그들에게 항복한 거석무의 설명에 의하면 사령 곡이 그들을 정덕으로 끌어들여 괴멸시키려 한 것은 총단을 공격하기 위한 사전 작업이었다고 한다.

　그러니 지금쯤 사령곡에 동조한 안휘의 다른 문파들이 총 단을 포위, 혹은 공격하고 있을지도 모르는 것이다.

　"제 생각에는 크게 염려하실 필요가 없을 것 같습니다. 우 선 우리를 적대하는 문파들은 공격의 구심점이 되어야 할 사령곡이 나타나지 않는 것에 당황할 것이기 때문이죠. 그 리고 설사 사령곡과 상관없이 구화산 근방에 집결하여 때를 기다리고 있다고 해도, 지금쯤 총단에 도착했을 금 소협이 사령곡의 계략을 알려 기습에 대비하고 있을 게 분명합니다. 또한 조금만 시간이 지나면 사령곡이 패하여 곡주가 죽었으며 우리에게 항복함과 함께 봉문을 하지 않는 대신 협력을 맹세했다는 소문이 퍼져 나갈 것이고, 그로 인해 사기가 떨어진 문파들은 기세를 잃고 뿔뿔이 흩어지게 될 것입니다."

"정말 그렇게 될 것 같은가?"

이도 배추심은 너무 긍정적으로만 보고 있는 게 아니냐는 뜻으로 물은 것이었다.

"팔 할 이상은 그렇게 되리라 믿고 있습니다. 하지만 어떨 때는 예상을 뛰어넘는 변수가 생기기도 하는지라 무조건 그렇게 될 것이라 확신할 수는 없군요."

"그렇다면 이대로 있을 수가 없군. 우리 둘이라도 먼저 구화산으로 가야겠네."

"정 불안하시면 그러시는 게 좋겠습니다."

강학청은 굳이 두 사람을 말리지 않았다. 자신이 어떤 말을 하더라도 두 사람의 마음을 돌릴 수 없다는 걸 알기 때문이었다.

게다가 그가 지금 신경 써야 할 것은 그런 문제가 아니었다. 상관미조가 죽었다는 반악의 이야기를 들은 이후, 그는 거룡성이 지금까지와는 달리 본격적인 반격에 나설지도 모른다는 점 때문에 걱정이 컸던 것이다.

금웅쌍도는 다른 당원들에게 사정을 이야기하고 앞쪽으로 갔다. 그리고 반악에게도 자신들의 생각을 이야기하며 같이 가지 않겠냐고 물었다. 불의의 사태가 생겼을 때 반악이 함께한다면 큰 힘이 될 테니까.

그러나 반악은 잠시 생각하다가 고개를 내저었다.

"저들에게도 내가 필요하오."

반악이 말하는 저들이란 부상을 입은 당원들뿐만 아니라, 자신들만을 믿고 뒤따라오는 화전민들을 가리키는 것이었다. 혹여 이동 중에 강도나 산적을 만날 수도 있는 일이 아닌가.

게다가 그는 강학청의 말대로 총단이 위험해질 일은 없을 거라 보고 있었다. 거석무도 고 곡주가 거룡성의 이름을 내세워 협박에 가까운 강요를 했기 때문에 다른 문파들이 움직인 것이라고 했었으니까.

만약 이 할의 변수가 작용하여 공격을 당하는 일이 있더라도 마찬가지였다. 총단에 있는 인원만으로도 충분히 막아낼 수 있고, 또 반드시 그래야 한다고 생각하기 때문이었다.

'그 정도의 전력도 되지 않는다면 거룡성과의 싸움은 아예 가능성이 없다 해야겠지.'

금웅쌍도는 되도록 같이 가주길 바랐지만 더는 강요하지 않았다.

'헌데, 반 소협이 이런 성향의 사내였던가?'

금웅쌍도는 반악이 뭔가 달라졌다는 느낌을 받았다. 화전

민들까지 챙기는 것도 의외였고, 왠지 이전보다 분위기가
부드러워졌다고 할까.

"그렇다면 우리에게 말을 내어주게."

반악의 눈짓을 받은 염서성과 견삼이 두 사람에게 말을
넘겨주고, 금응쌍도는 그 말들을 타고 곧장 북쪽으로 빠르
게 달려갔다.

＊　　＊　　＊

구화산 반룡복고당의 총단.

심각한 표정으로 정문에서부터 뛰어온 하총평의 넷째 제
자 섭무백은 지나치는 당원들의 인사를 흘려 넘기며 급하게
당주의 거처로 뛰어 들어갔다.

안에는 당주와 소장삼, 소장오, 그리고 공추결과 묵담향
이 함께 있었다.

그는 곧장 당주에게 다가가 보고했다.

"석태의 동쪽 언덕에서 백 명이 넘는 무림인들이 모여 있다
고 합니다. 크고 작은 규모로 모여 있는 무리의 복장과 지닌 무
기로 판단해볼 때, 최소 일곱 문파가 힘을 합친 것 같답니다."

정덕에서 홀로 탈출하던 중에 반악과 만나 화전민 마을의
위치를 알려주고, 곧장 구화산으로 달려온 금장거로부터 상
황을 듣자마자 주변 각 지역으로 당원들을 내보내 동태를

살핀 결과였다.

"그렇다면 역시 정덕에서 사령곡의 무리가 올라와 합류하면 우릴 공격할 셈이었던 거군."

하 당주는 잠시 고민을 하다가 결심을 굳힌 듯 말했다.

"저들이 우릴 포위해 공세를 취하기 전에 우리가 먼저 선수를 쳐야겠네."

"하지만 당주님, 만약 정덕에서 사령곡이 패한다면 저들은 우리를 공격할 수 없을 거예요."

묵담향의 말에 하 당주는 안다는 듯 고개를 끄덕였다.

하지만 그는 사령곡이 단단히 준비를 하고 함정으로 끌어들였는데 당원들이 이길 수 있으리라 믿지 않았다. 아무리 반악과 그 일행이 합류하여 도왔다고 해도 결과에 영향을 주지는 못했을 거라고 말이다.

'기껏해야 금웅쌍도 등의 무공이 높은 몇 명만이 간신히 도망쳤을 테지.'

금장거가 계략에 빠진 상황을 전한 뒤 당원들을 이끌고 다시 정덕으로 가겠다고 했을 때, 총단의 안위가 더 중요하다고 반대하고 설득한 것도 사실은 가보았자 아무런 소용도 없을 거라고 생각했기 때문이었다.

하지만 그러한 속내를 노골적으로 드러낼 수는 없는 일.

"그렇게 되지 않길 바라지만 사령곡이 저들과 합류하는 경우를 대비해야 하지 않겠느냐. 또한 네 말대로 사령곡이

오지 않는다고 해도 저들이 그냥 있으리란 법도 없다."

"물론 총단이 공격당할 경우에 대한 대비는 해야겠지요. 그러나 제가 짐작해볼 때, 저들 대부분은 사령곡이 선동하여 움직인 문파의 사람들일 것입니다. 숫자가 생각보다 적다는 것은 전력을 다 쏟지 않고 생색을 내는 수준으로 무사들을 파견했다는 뜻이니까요. 그냥 지켜만 보고 있으면 나중에 거룡성으로부터 비난과 불이익을 당할 것이라는 협박을 받아 어쩔 수 없이 움직인 것이지요. 그러니 그들의 불안감을 조성하고 선동한 사령곡이 패하여 오지 않는다면 우릴 공격할 리가 없습니다. 제 생각에는 총단 주변의 감시를 강화하고, 혹시 모를 기습을 염두에 두어 방비만 하는 것으로도 충분하다고 봅니다. 이대로 그냥 두어도 저들은 스스로 흩어지고 승복하게 될 것이니까요. 설사 사령곡이 승리하여 저들과 합류하는 일이 발생한다 해도, 이곳에서 굳건히 자릴 지켜 싸우는 것이 우리에게 유리하다고 생각합니다."

하 당주의 낯빛이 살짝 굳어졌다. 그의 결정에 자꾸만 반대를 하니 기분이 상한 것이다. 하지만 그녀가 잘 몰라서 하는 말이라 여기며 차분하게 다시 설명을 했다.

"네 말뜻은 알겠다만, 무림이란 곳은 그렇게 상식적으로만 움직이는 곳이 아니다. 또한 방비보다는 공격을 해야만 살아남을 수 있는 곳이지."

그도 예전에는 묵담향처럼 생각했다가 가문이 멸문당했

기 때문에 잘 알고 있었다.

하지만 묵담향은 수긍할 수 없었다.

"이대로 저들과 피 튀기며 싸웠다가는 다시는 돌이킬 수 없을 테고, 강남의 문파들을 모두 우리의 적으로 삼게 될 거예요."

공추걸이 그녀의 소매를 당기며 그만하라고 조용히 만류했지만 묵담향은 듣지 않고 계속해서 말을 이었다.

"예부터 손자를 비롯한 대부부분의 병가에서는 전쟁은 신중해야 하니 어쩔 수 없는 경우에만 하라고 했습니다. 또한 전쟁을 하는 방법은 적국을 온전한 채로 두는 것이 상책이며 적국을 파괴하는 것은 차선책이고, 그러므로 백 번을 싸워서 백 번을 다 이기는 것이 최선의 방법이 아니요, 싸우지 않고 적군을 굴복시키는 것이 최선의 방법이라 했습니다. 당주님, 아직까지 우리에겐 싸우지 않고 굴복시킬 시간이 있어요. 그러니 결정을 조금만 뒤로 미뤄주세요. 최소한 반소협이 돌아올 때까지만이라도 기다려……."

탕!

"그만!"

하 당주는 탁자를 내리치며 일갈을 터트렸다.

"난 결정을 내렸다. 아무리 내 양녀라고 해도 계속 억지 주장을 펼치며 반대를 한다면 용서치 않을 것이다."

묵담향은 하 당주가 이렇게 화를 낸 적이 처음인지라 매우 놀랐다. 사실 그녀가 하 당주의 결정에 지금처럼 강하게 반대를 한 적도 없었지만.

하 당주는 더 이상 지체하고 싶지 않다는 듯 소장오 등에게 지시를 내렸다.

"나도 함께할 것이니, 각 무리의 수장들에게 문도들 중 실력 있는 이들만을 가려 뽑아 연무장에 모이도록 하라고 전해라."

"예, 사부님."

"장삼만 남고 모두 나가거라."

묵담향은 이대로 포기할 수 없다는 듯 아쉬움 섞인 시선으로 하 당주를 쳐다봤지만, 소장삼의 눈짓을 받은 공추걸이 그녀의 손을 잡고서 억지로 끌고 나갔다.

"향이가 반 소협에게 너무 마음이 쏠려 있는 것 같구나."

하 당주는 그의 결정에 대해 묵담향이 반대하는 이유를 반악 때문이라 보고 있었다. 그렇지 않고서야 매우 영리한 그녀가 누가 봐도 가만히 있을 상황이 아닌데 병법을 들먹이기까지 하며 기다리자는 주장을 한다는 게 말이 되지 않는 것이다.

"반 소협이 묵 소저에게 안 좋은 영향을 주는 것 같습니다. 그를 너무 맹신하고 있습니다."

"향이야 결국엔 셋째와 짝이 될 것이니 크게 걱정할 것이 없지만, 당원들까지 저렇게 반 소협을 추종하면 안 될 것인데……."

"치우치면 중심을 잡아줄 사부님께서 계시니 그리될 일은 없을 것입니다. 게다가 그가 살아 있는지도 알 수 없는 상황이 아닙니까."

소장삼은 노골적으로 말을 하진 않았지만 반악이 죽었다고 생각하는 것이다.

하 당주는 가타부타 아무 말도 하지 않고 잠시 생각에 잠겨 있다가 말했다.

"갈 길이 머니 서둘러 나갈 채비를 하거라."

"예, 사부님."

*　　　*　　　*

총단의 거대한 정문이 활짝 열리고 당원 백여 명과 거룡성을 적대하게 되면서 동성의 근거지를 버리고 합류한 패왕보의 무리 오십여 명까지, 도합 이백에 가까운 숫자가 오와 열을 맞춰 밖으로 나왔다.

무리의 끝에는 하 당주를 태운 마차가 뒤따랐는데, 특별히 엄선하여 뽑은 실력 있는 당원들이 둘러싸 호위를 서고 있었다.

총단을 빠져 나온 무리는 석태를 향해 빠르진 않지만 결코 느리지도 않은 일정한 속도로 이동해갔다.

＊　　　＊　　　＊

하 당주 등의 무리가 떠나고 한 시진 뒤, 총단에 도착한 금응쌍도는 상황을 전해 듣고서 곧장 석태를 향해 말을 몰아갔다.

그리고 그로부터 다시 두 시진 뒤에 당도한 강학청 등은 묵담향으로부터 설명을 듣고 당황할 수밖에 없었다.

특히 강학청의 당혹감이 가장 컸다.

"사령곡을 제압하여 그들과 충돌 없이 관계를 풀어갈 수 있게 되었는데⋯⋯."

과정이야 어찌되었든 좋은 결과를 얻은 것이다. 헌데, 좋았던 상황이 어그러지고 잘못하면 사방에 적을 만들어 버릴 수도 있게 되었다.

"저도 그 점이 걱정되어 만류를 했지만 당주님께선 전혀 듣지 않으셨어요."

"어찌 당주님을 탓할 수 있겠소. 나도 반 소협이 오기 전까지는 살아 돌아올 수 없다 생각하고 죽을 각오까지 했었으니, 최악의 상황을 염두에 두고 그러한 결정을 내린 당주님의 마음은 충분히 이해할 수 있소. 다만⋯⋯."

안타까워서 그런 것이다. 세 시진만 더 빨리 왔다면 막을 수 있었을 거라는 아쉬움이었다.

그리고 무엇보다 가장 크게 걱정되는 점은, 강남의 문파들을 모두 적으로 돌리게 되면 거룡성이 그 기회를 그냥 놓치진 않을 거라는 점이었다.

그래서 강학청과 묵담향은 심각한 얼굴로 고민에 빠졌다.

이때, 가만히 듣고만 있던 반악이 그들이 타고 온 말을 묶어놓은 곳으로 돌아서며 말했다.

"뭘 고민하는 거요. 우리가 싸우지 못하게 막으면 되잖소."

"……?"

"그들은 도보로 이동 중이라 하니, 말을 타고 열심히 쫓아가면 일이 터지기 전에 당도할 수도 있을 거요."

"하지만 이미 결심을 굳힌 당주님의 마음을 돌릴 수 있을까요?"

당주가 여러 그럴듯한 이유를 들긴 했지만, 어쩌면 애초부터 싸우기를 원했기 때문인지도 모르기 때문이었다.

게다가 자존심 때문에라도 결정을 번복하지 않을 수도 있는 것이다.

"글쎄. 당주의 마음을 바꿀 수 있을지에 대해선 나도 잘 모르겠소. 하지만 시도조차 하지 않고 가만히 있는 것보다는 낫지 않겠소."

반악이 말에 오르자 견일 등도 두말 않고 나머지 말에 올라탔다.

서문유강과 염서성은 올 때처럼 견일 등과 같이 타려고 했지만 반악이 고개를 내저었다.

"쉬지 않고 달려 일이 터지기 전에 도착하려면 무게를 최대한 줄여야 하오. 두 사람은 강 문공과 함께 마차를 타고 오시오."

반악 등은 곧장 서쪽으로 말머리를 돌려 달렸다.

빠르게 멀어지는 반악 등을 잠시 바라보던 묵담향은 강학청에게 같이 가겠다고 말했다.

그러나 강학청은 고개를 내저었다.

"만약 싸움이 벌어지면 우리도 개입을 해야 하고, 묵 소저를 지킬 수가 없을 거요. 그러니 이곳에 남아서 기다려주시오."

묵담향은 아쉬움이 들었지만 계속 고집을 피우지 않았다.

강학청 등은 마차를 끌고 나오기 위해 서둘러 마구간이 있는 곳으로 뛰어갔다.

*   *   *

석태의 동쪽 언덕.

넓게 보면 백여 명의 무림인들이 한곳에 있는 것처럼 보이지만, 가까이 살펴보면 모두 여덟이나 되는 문파들이 짧게 간격을 벌리고 따로 무리를 형성하고 있다는 것을 알 수 있었다.

여덟이나 되는 문파들이 무사들을 파견했음에도 인원이 고작 백오십 명 정도에 그친 것은, 수장들이 직접 이끌고 나오긴 했어도 문파의 안위를 염려해 절반만 데리고 나왔기 때문이었다.

물론 남녀노소를 가리지 않고 따져서 문도 수가 많게는 백 명, 적게는 칠팔십 명에도 미치지 못하는 수준 정도밖에 되지 않는 중소문파들이었으니 이 정도로 모인 것도 성의가 없다고 폄하할 순 없었다.

이들 문파들의 서열을 굳이 따지자면 세력의 크기로, 황산파(黃山派), 맹가장(孟家莊), 대붕파(大鵬派), 금도방(金刀幫), 삼봉파(三峰派), 오가장(誤家莊), 비응방(飛鷹幫), 기산검관(岐山劍館)으로 나열이 되었다.

그래서인지 지금의 상황에 가장 먼저 불만을 터트린 사람도 이중에서 세력이 제일 큰 만큼 가장 많은 무사들을 이끌고 온 황산파의 장문인이었다.

"무슨 일이 있어도 오늘까지는 반드시 모이라 당부를 할 땐 언제고 소식조차 없다니, 고 곡주는 우릴 너무 무시하는 게 아닌가!"

"맞소. 우린 어제 도착하여 기다리고 있는데 이렇게 늦다니, 고 곡주가 너무 오만방자한 거 같소!"

두 번째로 큰 세력인 맹가장 장주가 맞장구를 치자 다른 문파 수장들도 하나둘씩 불쾌감을 드러내며 목소리를 높였다.

"아직까지 소식이 없는 걸 보면 정덕의 일에 문제가 생긴 걸 수도 있지 않소. 반룡복고당을 쳐야 한다고 그렇게 주장

을 해놓고 늦는다는 건 상식적으로 이해가 가지 않는 일이
니까 말이오.”

기산검관의 말에 수장들은 마음에 들지 않는다는 시선으
로 그를 쳐다봤다.

모두가 그렇다고 할 때 혼자 아니라고 하면 튀어 보일 수
밖에 없는 법.

다들 사령곡에 대해 불만을 이야기하는데, 얍삽하게 혼자
서만 아닌 것처럼 해서 나중에 빠져나가려는 속셈으로 비춰
졌기 때문이었다.

사실 그에게 곱지 않은 시선을 보내는 데는 세력도 가장
약하고, 문도도 열다섯 명밖에 데려오지 않았다는 점에서
그를 무시하는 마음이 어느 정도 작용을 하기도 했다.

황산파 장문인이 제일 먼저 핀잔을 주었다.

“지금 약속에 늦은 고 곡주를 옹호하겠다는 거요?”

기산검관 관주는 내심 욕을 했다. 이렇게 불만을 토로하다
가도 막상 고 곡주가 나타나면 언제 그랬냐는 듯 그 앞에서 쥐 죽
은 듯 입을 다물거나 아부를 떨 게 뻔하기 때문이었다.

하지만 그런 속내를 드러낼 수는 없는 일.

“무조건 옹호하겠다는 게 아니니 곡해하지 마시구려. 난
그저 고 곡주와 사령곡에 문제가 생기면 우리가 이곳까지
온 게 헛수고가 된다는 뜻으로 한 말이었소. 그렇다고 사령
곡이 마음을 바꿔 우리의 뒤통수를 쳤다고 생각할 수도 없

는 일이 아니겠소."

"그건 또 무슨 말도 안 되는 소리요? 상식적으로 정덕에서 문제가 생길 리가 없지 않소. 단단히 함정을 파놓고 많지도 않은 인원을 끌어들여 멸살하기로 했다는데, 문제가 생기면 그게 더 이상한 일이지."

"그렇소. 고 곡주가 사령곡의 정예무사들에다가 하북삼귀와 분타의 생존자들까지 이끌고 공격했을 텐데, 설마 그들이 패배하기라도 했다 말하고 싶은 거요?"

기산검관 관주는 속에서 울화가 치밀어 올라 하마터면 버럭 고함을 내지를 뻔했다. 의견을 내자 핀잔을 주고, 동조를 하니 생각이 부족하다는 식으로 몰아가다니.

하지만 속내가 어떠하든 겉으로는 웃음을 지었다.

"바보가 아닌 이상 그렇게 생각할 리가 없지 않소. 그저 사령곡에서 이렇게 늦을 만한 이유가 있을 거고, 당장 떠오르는 이유가 정덕의 일밖에 없어 한 말이오."

그는 괜히 또 다른 비난을 받을까 싶어서 입을 다물고 고개를 돌려 수장들의 시선을 외면했다.

황산파 장문인은 코웃음을 치며 대표라도 된 듯이 일어나 모두에게 말했다.

"어쨌든 이런 식으로 계속 기다리고만 있을 순 없소."

"그럼 우리끼리라도 구화산을 치자는 것이오?"

"못할 게 뭐가 있겠소."

"하지만 우리만으로 반룡복고당을 이기기는 힘들지 않겠소?"

"구화산을 치자는 게 꼭 공격하자는 의미는 아니오. 우리가 먼저 가서 구화산을 포위하고 압박하자는 뜻이오. 고 곡주가 언제 올지 알 수도 없는데, 이렇게 넋 놓고 기다리고만 있을 수도 없는 일이 아니오."

황산파 장문인의 말도 일리가 있기는 했지만, 수장들은 별로 내켜하지 않는 표정들이었다.

이번 출정도 자의가 아니라 강요에 의해 어쩔 수 없이 나선 것인 만큼, 되도록 피해 없이 무사하게 돌아가고 싶은 마음이었으니까.

물론 황산파 장문인도 그들과 다르지 않은 심정이었다. 단지 피할 수 없는 상황이라면 어느 정도는 구색을 맞추고 노력하는 모습을 고 곡주에게 보여야 한다는 생각에서 비롯된 의견일 뿐이었다.

잠시 말하기를 머뭇거리던 대붕파 장문인이 조심스레 의견을 냈다.

"신시(申時: 오후3~5시)까지만 기다렸다가 그래도 사령곡이 오지 않으면 돌아가는 게 어떠하겠소."

"신시까지는 대략 반 시진 정도밖에 남지 않았는데 너무 빠르지 않소?"

"그래도 유시(酉時: 오후5~7시)까지는 기다려봐야 할 거 같은데."

"요즘 같은 때 유시면 해가 떨어져 어두워지는 터라 영 내
키지 않는 구려."

수장들은 너도 나도 하나 둘씩 의견을 냈지만, 그들의 말을
요약해 보면 적당히 기다렸다가 그냥 돌아가자는 것이었다.

이때, 핀잔을 받은 뒤로 입을 다물고 있던 기산검관 관주
가 참지 못하고 물었다.

"우리가 떠나고 나서 고 곡주가 도착하면 어쩌시겠소?"

순간 침묵이 감돌았다. 그리고 잠시 동안 아무도 그에 대
한 대답을 하는 이가 없었다.

결국 황산파 장문인이 어쩔 수 없는 일이라는 듯 말했다.

"신시(申時: 오후3~5시)까지 기다렸다가 고 곡주가 오지
않으면 우리끼리라도 구화산으로 갑시다. 도착하면 밤이 될
테니까, 공격은 하지 말고 적당히 거리를 두고 포위하여 고
곡주가 도착할 때까지 기다리는 것이오. 그러다 내일 오전
안에도 오지 않으면 그때 돌아가는 것으로 합시다. 우린 약
속을 지켰고 이틀을 기다렸으니, 그 정도만으로도 고 곡주
의 체면을 세워준 게 아니겠소."

"그럴 수밖에 없겠구려."

수장들은 내심 한숨을 내쉬며 그의 제안에 동의했다.

물론 사령곡이 오지 않을 이유가 없으니 결국 반룡복고당
과 싸우게 될 거란 생각은 하고 있었다.

하지만 그들은 모르고 있었다. 백오십 명이 넘는 반룡복고당의 무리가 어느새 반 식경 거리 안에 도착하여 그들을 공격하기 위해 차근차근 접근해 오고 있다는 것을.

남궁세가가 무너질 때는 저항 한 번 안 하고 너무 쉽게 거룡성에 머리를 숙였고, 이후 수년 동안 별다른 어려움 없이 안주하는 생활을 계속하다보니 이런 상황에 대처할 능력을 상실해버린 것일까?

알 수 없었다. 어떤 이들은 평화에 길들여지고, 어떤 이들은 그렇지 않은 경우도 있기 때문이었다.

그렇지만 누구 한 명이라도 약간의 병법 지식을 가지고 있었다면, 혹은 이런 대규모 싸움에 조금이라도 경험을 가졌다면 이곳에 도착하자마자 수하들을 보내서 주변을 감시하도록 했을 텐데, 안타깝게도 이들 중에는 그런 이가 아무도 없었던 것이다.

어쨌든 한 가지는 분명했다.

이들은 거룡성에 반기를 들고 이때까지 버티다가, 분타 두 곳을 연달아 격파한 반룡복고당의 저력이란 게 얼마나 대단한 것인지를 제대로 인식하지 못하고 있었다.

*　　*　　*

황산파 등의 무리가 있는 곳으로부터 동쪽으로 한 식경

거리에 있는 산자락.

반룡복고당의 무리는 잠시 이동을 멈춘 상태였다. 적들이 있는 위치는 진작 파악되었으나, 그동안 다른 변화는 없었는지 척후를 보내 확인하기 위해서였다.

반 시진 전에 금응쌍도가 합류하면서 사령곡을 상대로 항복을 받아내며 승리했다는 걸 알았지만 혹시 그들의 예상을 벗어난 조력자들이 있을지 모르니 신중을 기하고자 하는 것이다.

조금 뒤 척후가 돌아왔고, 앞쪽에서 기다리고 있다가 정찰 내용을 전해 받은 소장오가 뒤쪽으로 와서 당주에게 보고를 했다.

"사부님, 숫자는 이전과 다름없다고 합니다. 그리고 기다리는 모양새를 볼 때, 그들은 사령곡이 패한 것을 전혀 모르고 있는 것 같다고 합니다."

"잘 되었군. 이대로 나아가 적들이 보이면 지체 없이 공격해야 한다고 모두에게 주지시켜두어라."

"알겠습니다."

소장오는 다시 앞쪽으로 가면서 각 무리의 수장들에게 당주의 지시를 전달했다.

선두 무리에 있던 패왕보 보주 간명은 그의 옆쪽에 있던 금응쌍도에게 다가갔다.

"어르신들, 여쭙고 싶은 게 있습니다."

"……?"

"사령곡이 패했고, 대주 거석무란 자는 스스로 곡주가 될 욕심으로 협력 맹세까지 한 상태이니 결국 강남의 정세는 우리 쪽으로 완전히 기울었다고 봐야 하지 않겠습니까?"

"그렇다고 할 수 있겠지."

"헌데, 왜 이 싸움을 해야 합니까? 저들이 사령곡에 동조했다고는 하지만 이제까지의 움직임을 감안할 때 적극적이라고 볼 수는 없고, 우리에 비해서는 숫자와 실력을 비롯한 모든 것이 열세이니, 약간의 압력을 주는 것만으로도 마음을 돌릴 수 있을 텐데요."

패왕보만 해도 처음의 적대적인 관계를 청산하고 그 과정이 자의였든 타의였든 간에 상관없이 함께 행동하고 있지 않은가.

금응쌍도는 대답은 않고 씁쓸한 미소를 지었다.

사실 두 사람도 무리와 합류하고 나서 간명과 크게 다르지 않은 이유를 들어 몇 명을 먼저 보내 설득을 해보자는 이야기를 했었다. 그들의 생각으로는 협상의 여지가 충분했기 때문이었다.

하지만 당주는 단박에 거부했다. 저리 모여서 사령곡을 기다리고 있는 것만으로도 적으로 규정지을 이유가 되고, 이때까지 자존심을 버리고 강남의 분위기가 자신들을 받아들이는 쪽으로 변화하길 기다렸음에도 아무런 소용이 없었다는 점을 감안할 때, 일벌백계의 심정으로 단호히 징벌하여 힘을 보여줄 필요성이 있다는 것이다.

그의 의지가 너무나 단호했고, 그래서 금웅쌍도는 자신들의 주장을 계속 내세울 수가 없었다.

사실 금웅쌍도도 당주의 심정이 이해되지 않는 건 아니었다. 하지만 이번 일엔 그가 조금 더 마음을 넓게 가질 필요가 있다는 생각이 들었다.

이렇게 힘만을 앞세워 타문파를 굴복시키고 패권을 차지한다면 거룡성과 자신들이 다를 게 뭐가 있느냐는 의문이 들기 때문이었다.

하지만 자신들의 생각이 다르다 해서 당주의 결정을 거스를 순 없었다. 분명 그의 말에도 일리는 있고, 명성과 연륜의 고하를 떠나 위계질서가 무너지는 상황을 야기할 수는 없었으니까.

그런 상황은 여러 무리가 섞여 있는 반룡복고당에 있어서 독과 같았다.

일도 별고정은 말했다.

"무림이기에 말보다는 채찍이 더 효과적일 수도 있지 않겠는가."

"그렇기는 하지만……."

"당주에게도 나름의 생각이 있는 것이겠지. 일단 그를 믿고 따르도록 하세나."

알겠다는 듯 고개를 끄덕인 간명은 다시 자신의 자리로

돌아갔다. 금응쌍도의 굳어진 표정을 보고 있자니 더 말할
필요성을 느끼지 못한 것이다.

 굳이 말로 표현하진 않았지만, 금응쌍도 역시 그와 다르
지 않은 생각을 하고 있는 게 분명했다.

 문득 한 사람이 그의 머릿속에 떠올랐다.

 '만약 반 소협이라면……'

 당주의 마음을 돌리게 했을지도 모른다는 생각이 들었다.

 물론 냉정하고 거친 성정을 감안하면 오히려 더욱 적극적
으로 동조했을 지도 모르지만.

 하지만 그렇다 해도 나쁘지 않았다. 어쨌든 반악이 이곳
에 있다면 그 엄청난 실력을 발휘해서 크게 활약해주었을
거고, 덕분에 죽고 다치는 수하들의 숫자는 훨씬 줄어들게
될 것이니까.

*　　*　　*

 반룡복고당의 무리가 다가오는 걸 가장 먼저 발견한 것은
비응방 방주였다.

 만 하루 동안을 아무것도 안 하고 기다리고만 있자니 좀
이 쑤신다면서, 몸이나 풀겠다고 방도들과 함께 무리와 떨
어져 나와 경신법을 수련하던 중에 나무 위로 뛰어올랐다가
보게 된 것이다.

그는 다급히 다른 수장들이 있는 곳으로 달려가 말했다.

"적들이오! 인원도 우리보다 많아 보이는데, 아무래도 반룡복고당의 무리 같소이다! 게다가 반 각도 되지 않는 거리에 있단 말이오!"

모두 깜짝 놀라 일어났다.

황산파 장문인은 믿기지 않는다는 얼굴로 되물었다. 여기서는 아무것도 보이지 않기 때문이었다.

"그게 정말이오? 혹시 고 곡주가 무리를 이끌고 온 건 아니었소?"

"고 곡주라면 어찌 내가 알아보지 못했겠소! 사령곡의 무리는 분명히 아니었소!"

"하지만 반룡복고당이 여길 어찌 알고서……."

그만이 느끼는 의문은 아니었다.

오가장 장주가 굳어진 얼굴로 모두를 둘러보며 물었다.

"혹시 사령곡이 우릴 배반한 거 아니오?"

"반룡복고당을 치기 위해선 우리가 반드시 필요한데, 고 곡주가 왜 배반한단 말이오! 그건 말도 안 되는 소리요!"

"맞소! 사령곡이 그럴 리가 없소!"

"그럼 저들이 어떻게 여기까지 올 수 있었단 말이오?"

대화는 다시 원점으로 돌아갔다. 하지만 지금은 그런 문제를 걱정할 때가 아니었고, 계속 목소리 높여 대화를 한다고 해도 지금은 답을 얻기가 불가능한 일이었다.

그래서 황산파 장문인이 이런 이야기는 그만 하자면서 대화를 끊어버렸다.

"이제 어쩌지요?"

수장들은 서로의 얼굴을 쳐다봤지만 아무도 적당한 해답을 내놓는 이가 없었다. 상황이 이런 식으로 돌아갈 줄 전혀 예상도 못했으니까.

기다리다 못한 맹가장 장주가 말했다.

"일단 물러납시다. 저들이 진짜 반룡복고당이라고 한다면 사령곡과 우리의 의도를 진작 알아채고 있었다는 뜻이 아니겠소. 단단히 준비를 하고 왔을 테고, 사령곡이 없는 상황에서 싸우면 우리에겐 이득도 승산도 없을 거요."

모두 그의 말에 공감했다.

이때 기산검관 관주가 조심스레 끼어들었다.

"그냥 항복을 합시다."

항복이란 말에 수장들의 표정이 일그러졌다.

대체로 호전적인 성향을 가지고 있는 무림인들에겐, 그리고 세력의 크기를 떠나 자존심이 강할 수밖에 없는 수장들에게는 매우 불쾌한 말이기 때문이었다.

게다가 충분히 물러날 시간이 있는데 왜 항복을 한단 말인가.

"우리가 왜 항복까지 해야 한단 말이오?"

기산검관 관주는 이번엔 비난 섞인 말과 시선에도 굴하지 않았다.

"와야 할 사령곡은 오지 않고 반룡복고당이 왔다는 건 뭔가 대단히 안 좋게 돌아간다는 뜻이 아니겠소. 내 생각엔 지금 강남의 패권은 반룡복고당 쪽으로 기울었고, 우리가 지금 취해야 할 행동은 그 흐름에 거스르지 않고 따르는 것이오."

솔직히 기산검관 관주의 입장에선 이대로 물러난다고 상황이 달라질 것 같지가 않았다. 강북의 거룡성과 맞서 싸울 반룡복고당으로서는 주변에 불안 요소를 남겨두고 싶지 않을 것이기 때문이었다.

지금 자신들이 물러나 근거지로 돌아간다고 해도 조만간 그들이 치고 들어와 압박을 할 게 분명하고, 다른 문파들은 어찌할지 모르겠지만 기산검관의 경우에는 생각해볼 것도 없이 그들에게 머리를 숙일 수밖에 없는 처지인 것이다.

그럴 거면 차라리 이곳에서 항복하고, 조금 더 좋은 대우를 받는 게 나았다.

황산파 장문인은 말도 되지 않는다고 목소리를 높였다.

"당신이 뭘 안다고 패권이 기울었다는 말을 하는 거요? 사령곡이야 모르겠지만 거룡성은 아직까지 건재하단 말이오! 항복? 아무것도 안 해보고 항복? 난 싫소이다! 그렇게는 못하겠소!"

다른 수장들도 그의 말에 동감한다는 듯 고개를 끄덕였다.

하지만 기산검관 관주는 그들과 생각이 달랐다.

"그럼 당신들은 가시오. 나와 관원들은 여기 있다가 항복할 테니까."

황산파 장문인을 비롯한 수장들은 그를 매섭게 노려보았다. 마치 그가 배반자라도 된다는 것처럼.

허나 기산검관 관주는 당당하게 그 시선을 마주하며 말했다.

"살아남기 위한 내 나름의 선택이니, 그런 눈으로 보지 마시오. 그리고 애초에 여기까지 오게 된 이유를 생각해보면, 당신들 중 누구도 날 비난할 자격이 없소."

모두 거룡성이 두려웠고, 사령곡의 요구를 거부할 수 없어 어쩔 수 없이 참여했다는 점을 말하고 있는 것이다.

그러나 수장들은 인정할 수 없다는 듯 소리쳤다.

"비겁한 변명이오!"

"마음대로 생각하시오. 난 당신들만큼의 힘이 없으니 따로 살길을 찾겠소."

기산검관 관주는 불안해하는 관원들을 다독이며 무리로부터 떨어져 나갔다.

"어쩔 거요?"

기산검관 관주가 너무나 자신감 있게 물러나자 삼봉파 장문인과 오가장 장주는 마음이 흔들리는지 황산파 장문인 등의 눈치를 살폈다.

"어쩌긴 뭘 어쩐단 말이오. 항복하고 싶으면 마음대로 하시오. 각자 알아서 살길을 찾는 거니까."

황산파 장문인은 짜증스럽게 반응하며 문도들을 불러 모았다. 반룡복고당을 피해 떠나려는 것이다. 그러자 다른 수장들도 그처럼 수하들을 모이도록 했다.

 삼봉파 장문인과 오가장 장주는 결심을 굳히지 못한 듯 그들과 기산검관 관주를 번갈아 쳐다보았다.

 헌데, 바로 그때 반룡복고당의 무리가 그들의 눈에도 보일 만큼 가까운 곳에 나타났다.

 "젠장! 반 각은 걸린다더니, 벌써 저리 가까이 왔잖소!"

 크게 당황한 수장들은 비응방 방주를 원망스레 쳐다보았다. 하지만 비응방 방주도 이렇게 빨리 올 줄 몰랐던지라 당혹스럽기는 마찬가지였다.

 '이제는 물러난다고 해도 순식간에 따라잡혀 포위될 게 분명하다.'

 수장들은 동시에 같은 생각을 했다. 그리고 작심하고서 무기를 땅에 내려놓는 기산검관 관주와 관도들을 보며 시선을 교환했다.

 결국 자신들도 항복을 선택할 수밖에 없다는 공감대가 형성된 것이다.

 하지만 조금 뒤, 그들의 생각은 완전히 달라졌다.

 "빌어먹을! 저들은 우리와 대화할 생각조차 없는 것 같소!"

 황산파 장문인은 기산검관 관주처럼 무턱대고 무기를 내려놓을 생각은 없었지만, 적들이 포위를 시도하면 그때 항복할 생각이었다.

헌데, 적들의 달려오는 기세와 표정을 보니 포위는 생각
도 않고 다짜고짜 공격해올 태세가 아닌가.

반룡복고당이 정파적 성향을 가졌다고 알고 있던, 그래서
대화할 여지 정도는 있을 줄 알았던 수장들은 혼란에 빠졌
다. 그들의 수하들도 마찬가지였다. 심지어 항복할 마음을
굳히고 있던 기산검관의 무리들도 당황한 기색이 역력해 보
였다. 관주는 계속 가만히 있을지, 아니면 생각을 바꿔야 할
지 고민스럽다는 얼굴이었다.

결국 황산파 장문인은 칼을 뽑아들고 수하들을 돌아보며
소리쳤다.

"무기를 들고 맞설 준비를 해라!"

가만히 있다가 개죽음을 당하느니 맞서 싸우기로 결심한
것이다.

다른 수장들도 그와 같은 생각을 한 듯, 아니면 그의 외침
을 듣고 용기를 얻은 듯 무기를 빼들고 수하들에게도 역시
싸울 준비를 하라고 소리쳤다.

"관주님!"

기산검관 관도들은 울상을 지으며 관주를 쳐다봤다.

관주는 이를 악물었다가 고개를 흔들었다.

"가만히 있어라! 내 명령이 있기 전까지는 절대 움직이지
말아야 한다!"

관도들은 땅에 떨어진 무기와 싸울 태비를 갖춘 다른 문파들쪽으로 자꾸만 시선이 갔지만, 이때까지 내세울 것이 거의 없던 약체의 기산검관을 망하지 않게 유지해왔던, 그리고 그들을 친족처럼 대하고 이끌어주었던 수장을 믿기로 하고 꼼짝도 하지 않았다.

그사이 반룡복고당의 무리는 함성을 지르며 십여 장의 거리까지 거리를 좁힌 상태였다. 이대로는 눈 깜짝할 사이에 지척까지 밀고 들어와 피와 살이 튀기는 싸움이 일어날게 분명해 보였다.

그러나 두 무리의 간격이 오 장여로 급격히 줄어든 순간 엄청난 울림의 장소성이 그들 사이로 울려 퍼졌다.

우우우-

공격 의지로 가득 차 달려오던 무리는 일제히 멈춰 섰고, 잔뜩 긴장한 채 방어할 준비를 갖췄던 무리는 돌처럼 굳어졌다.

그리고 두 무리는 마치 짜 맞춘 것처럼 소리가 들려온 곳을 찾기 위해 주위를 두리번거렸다. 소리의 울림이 워낙에 크고 메아리처럼 어지러워서 어느 방향으로부터 시작된 것인지를 알아챈 사람이 아무도 없었던 것이다.

*　　　*　　　*

마차 안에 있던 하 당주는 창문을 열고 고개를 내밀었다. 다른 이들이 소리가 들려온 곳을 찾기 위해 주위를 두리번거리는 것과 달리, 그의 얼굴은 정확히 오른쪽 저 멀리 숲을 향하고 있었다.

그는 소리의 방향을 정확히 파악한 걸까?

장님이라 보통 사람보다 청각이 예민하게 발달되었기 때문에?

이유는 알 수 없지만, 그가 방향을 정확히 파악한 것은 분명했다. 그가 바라보는 방향에서 반악이 말 그대로 숲 위를 달려오고 있기 때문이었다.

*　　　*　　　*

놀라운 수준의 경공을 펼쳐 나무 꼭대기를 밟으며 달려온 반악은 숲이 끝나는 곳에서 높이 날아올랐고, 그 엄청난 도약력을 본 이들은 경악할 수밖에 없었다.

그리고 땅에 내려선 그가 먼지바람을 일으키며 달려와 격돌하기 직전이었던 두 무리 사이에 멈춰 서자, 적아를 떠나 모두 마른침을 삼키고 경탄과 두려움으로 가득 찬 표정을 지으며 쳐다봤다.

반악은 일단 거칠어진 호흡을 가다듬었다.

타고 오던 말이 너무 지쳐서 거품을 물고 쓰러진 이후부터 한 시진 넘게 온 힘을 다해서 경공을 펼쳤으니, 아무리 막대한 공력을 몸에 지닌 그라도 지치는 게 당연했다.

하지만 호흡은 순식간에 진정되었고, 그는 반룡복고당의 무리와 황산파 등의 무리를 번갈아 쳐다보았다.

다른 이들만큼은 아니지만, 역시 그가 만들어낸 장소성과 경공 수준에 놀라고 있던 일도 별고정이 물었다.

"반 소협, 어찌된 건가?"

자신들보다 한참이나 늦게 총단에 도착했을 그가 이렇게 나타날 줄은 생각도 못했기에 물은 것이었다.

게다가 그의 행동은 결코 싸움을 독려하기 위한 게 아니었다. 오히려 그 반대처럼 보이고 있지 않은가.

'젠장, 역시 아니구나.'

별고정의 반응을 보고 황산파 장문인 등은 실망감과 좌절감을 동시에 느껴야 했다. 사령곡에서, 혹은 거룡성에서 자신들을 돕기 위해 온 고수가 아닐까, 하고 조심스레 기대를 했기 때문이었다.

'반룡복고당에 저런 엄청난 고수가 있었다니……'

그들에겐 암담함을 느낄 수밖에 없는 상황이었다.

반악은 별고정을 한 번 쳐다보고, 저 뒤쪽에 있는 마차를 향해서 말했다.

"난 이 싸움을 막기 위해 왔소."

"지금 무슨 말을 하는 것이오?"

당주의 명을 받고 급히 내려온 소장오가 당황한 표정으로 소리치듯 물었다.

"이 싸움은 무의미하오. 사령곡 곡주가 암계를 쓰다가 도리어 우리의 역습을 받아 죽었고, 결국 그 무리는 항복과 더불어 협조까지 약속하였소."

반악은 고개를 돌려 사령곡 곡주가 죽었다는 말에 놀란 황산파 장문인들을 쳐다봤다.

"불의하기 그지없는 거룡성의 이름을 빌어 우릴 음해하고 적대하도록 선동한 자가 사라졌으니 더 이상의 유혈사태는 무의미하오."

그리고 다시 마차 쪽으로 시선을 돌려 말을 하는데, 음성에 공력을 실어서 멀리까지 퍼지도록 했다.

"이 싸움은 당주님께서 사정을 전해 듣지 못해 내린 결정이실 테니, 아마도 지금은 내 말에 깊이 동감하며 대의를 위해 마음을 돌리시리라 믿어 의심치 않소."

당주가 이미 모두 알고도 싸움을 선택했는데 반악이 이런 식으로 말을 하는 것은 그의 체면을 깎아내리지 않고 생각을 바꾸도록 하기 위해서였다.

반악답지 않은 배려심이랄까.

소장오는 기다리라 말하고는 마차 쪽으로 달려갔고, 당원들 모두 당주의 지시가 떨어지길 기다렸다.

조금 뒤, 당주로부터 대답을 들은 소장오가 내려오지 않고 마차 옆에서 크게 소리쳤다.

"당주님께선 반 소협과 같은 생각이시나, 지금껏 우리 반룡복고당을 적대했던 저들이 앞으로 어떤 태도를 취할지에 대해 확실한 대답을 듣고자 하시오!"

대답여하에 따라 가부를 결정하겠다는 것이다.

그러자 반악은 황산파 장문인 등을 향해 돌아서서 포권을 취하며 말했다.

"본인은 반룡복고당의 당원이기 이전에 남궁세가의 진전을 이어받은 반악이라 하오."

황산파 장문인들이 어리둥절한 표정을 짓는 건 너무도 당연했다.

이제까지 그가 남궁세가를 거론할 때마다 사람들의 반응이 모두 이러했으니까.

반악은 차분하게 말을 이어갔다.

"반룡복고당은 어느 한 문파가 이룬 단체가 아니오. 거룡성의 공격으로 일족과 터전을 잃은 안휘의 많은 무림인들이 당주를 중심으로 힘을 합해 세운 것이고, 나 또한 그러한 마음으로 당원이 되었소. 그러니 반룡복고당이 구화산 분타를 무너트리고 남궁세가가 이전에 소유했던 것들을 되찾겠다고 하는 건 진전을 이었기에 확고한 명분을 지닌 나의 의지인 것이오. 그래서 묻겠소. 당신들은 남궁세가의 뜻을 이어받은 나와 반룡복고당을 새로운 강남의 패자로서 인정을 하겠소?"

수장들은 선뜻 대답할 수가 없었다.

자신들의 처지는 둘째 치고서 일단 남궁세가의 이름이 나왔고, 아무런 증거도 없는 반악을 그 후인으로 생각해야 할지 고민스러웠기 때문이었다.

이때 기산검관 관주가 조심스런 표정으로 물었다.

"당신이 남궁세가의 후인이라 하는 것에는 우리가 가타부타 따질 일이 아닌 것 같소. 하지만 우리보고 반룡복고당에 항복하고 동참하여 거룡성과 맞서 싸우기까지 하라는 것은……."

"아니오."

"……?"

"거룡성과 싸우는 것은 반룡복고당의 몫이오. 솔직히 말하면 당신들에겐 그만한 자격이 없소."

수장들의 얼굴이 붉어졌다. 하지만 틀린 말도 아니고, 할 말도 없기에 아무 말도 하지 못했다.

"우리가 당신들에게 요구하는 것은 뒤로 물러나란 것이오. 지금처럼 사령곡이 같이 하자고 해서, 거룡성의 협박에 겁을 먹고 당연하다는 듯 굴복하지 말란 뜻이오."

"……."

"당신들의 태도를 무조건적으로 비난하려는 건 아니오. 거룡성의 힘과 안휘의 정세를 감안하면 당신들만의 잘못이라 할 수는 없으니까. 진작 그들의 패도를 저지하지 못한 책임은 모두에게 있고, 힘이 없어 머릴 숙일 수밖에 없던 당신들은 피해자라고 봐야 하오. 그러나 우린 당신들에게 한 번의 기회를 더 주려 하오. 어떤 결정을 내리든 간에 분명히 말하시오. 앞으로 또다시 거룡성에 붙어서 우릴 적대하거나 음해하려고 한다면 이유 여하를 떠나서 이번처럼 그냥 넘어가지는 않을 테니까."

반악의 매서운 시선에 수장들은 감히 마주하지 못하고 고개를 숙였다.

반악은 고개를 들라는 듯 '쿵' 소리가 날 만큼 강하게 땅을 밟았다. 그리고 물었다.

"어떻게 하겠소?

땅의 울림에 깜짝 놀라 고개를 든 수장들은 서로 눈빛을 교환하고, 일제히 반악을 향해 정중하게 포권을 취하며 머리까지 숙였다.

"우린 앞으로 거룡성과 반룡복고당의 일에 개입하지 않겠소."

반악 역시 마주 포권을 취해 인사를 받았고, 눈도 깜빡하지 않고서 지켜보고 있던 당원들과 패왕보의 무리를 향해 돌아섰다.

그는 단호한 음성으로 말했다.

"오늘은 싸움이 없을 것이니, 모두 무기를 거두시오."

　　　　*　　　*　　　*

"모두에게 총단으로 돌아갈 것이라 전해라."

하 당주의 명령을 받은 소장오는 반악을 중심으로 모여 있는 당원들이 있는 곳으로 내려갔다.

"괜찮으십니까?"

소장삼의 물음에 하 당주는 아무 말이 없었다.

변화가 나타나지 않는 표정과 초점 없는 회색빛 눈을 통해서는 의중을 읽어낼 수도 없었다.

"잠시 혼자 있고 싶으니, 나가 있거라."

"예, 사부님."

소장삼이 군말 없이 마차 밖으로 나가자 무표정하던 하 당주의 얼굴이 일그러졌다. 그리고 어깨를 부들부들 떨기 시작했다.

그는 분노하고 있는 것이다.

'반악!'

하 당주의 가슴을 할퀴고 있는 것은 모욕감이었다.

'감히 내게 도전을 하다니!'

반악은 그의 결정을 정면으로 막아섰고, 결국 허울만 번드르르하게 포장했을 뿐, 그의 체면과 위신을 깔아뭉개버린 것과 다름없었다.

이번뿐만이 아니었다. 묵담향의 경우를 보더라도 반악의

능력을 너무 높이 평가하고 의지하는 경향이 컸다. 강학청은 두말할 필요도 없이 반악을 추종하고 있고.

똑똑한 두 사람이 그러할진대, 나머지 당원들이야 오죽하겠는가.

'당원들은 이번 일을 계기로 해서 나의 판단력과 통솔력에 크든 작든 간에 의구심을 품게 될 것이 분명하다.'

하 당주는 거룡성을 무너트리기 위해서는 수단 방법을 가리지 않을 생각이었다. 하지만 그 중심은 자신이어야 한다는 확고한 전제가 깔려 있었다.

자신의 이름을 앞세워 거룡성을 무너트려야만 하는 것이다.

'이런 일이 다시 일어나게 해서는 안 된다.'

즉, 당원들에 대한 반악의 영향력을 약화시킬 필요가 있었다. 어쩌면 그 이상의 강력한 조치가 필요할지도.

하 당주는 창문을 열고 장삼을 불렀다.

"날이 지기 전에 총단에 도착하도록 출발을 서두르거라."

"알겠습니다, 사부님."

장삼은 당주의 말을 전하기 위해 무리들이 모여 있는 곳으로 달려갔다.

第四十九章

　석태에서 출발한 무리는 해가 떨어지기 직전에 구화산 총
단에 도착할 수 있었다.

　당원들은 매우 고무되어 있는 상태로 총단에 들어섰다.
치열하게 싸움을 한 것도 아니고, 명확하게 승패를 결한 것
도 아니었지만, 강남을 자신들의 영향력 아래로 끌어들인
것과 다름없는 결과를 얻은 것이니까.

　노심초사하며 그들이 돌아오길 기다렸던 사람들이 기뻐
하고 환호성을 지르며 반긴 것은 당연지사.

　하지만 기쁨의 열기로 가득한 분위기도 잠시였다. 하나의
급보가 총단의 모든 것들을 한순간에 냉각시켜버렸기 때문

이었다.

남하를 목적으로 한 거룡성의 출정.

분타들이 무너진 상황에서도 전체적으로 차분한 대응으로 일관하고 있던 거룡성이 대외적으로 반격을 선포하고, 엄청난 규모의 무력대를 조직하여 팔공산을 떠났다는 소식이 전해져온 것이다.

게다가 상관 성주가 직접 이끌고 있고, 오행궁에까지 조력을 요청했다는 이야기가 전해지고 있어 상황이 더욱 심각하게 들릴 수밖에 없었다.

하 당주는 곧바로 수장들과 중진들의 회합을 소집했고, 모두 당주의 거처로 모여들었다.

*   *   *

이제 한 식구와 다름없는 패왕보 보주 간명과 그의 대주들까지 포함한 반룡복고당의 주요 인물들이 모두 모인 회의실 안은 너 나 할 것 없이 흥분하고 걱정하는 사람들의 대화로 들끓어서 시장바닥을 연상케 할 만큼 시끌시끌했다.

간간이 석태에서의 일과 반악의 놀라운 활약에 대한 이야기들이 흘러나오기도 했지만, 대부분 거룡성의 남하와 그에 대응하는 방식 등에 대한 이야기들이 주를 이루었다.

물론 소란스런 분위기와 어울리지 않는 이들도 있기는 했다.

거룡성의 갑작스런 남하 원인이 상관미조의 죽음 때문이라 짐작하고 있는 반악과 강학청, 그리고 당주가 회의실에 들어와 주도하기 전에는 어떤 대화들도 의미 없다고 생각하고 있는 묵담향, 상대적으로 연륜과 경험 등이 많아 차분히 관조할 줄 아는 금옹쌍도 등이 그에 해당하는 사람들이었다.

잠시 뒤, 하 당주가 제자들과 함께 회의실로 들어오자 소란은 잦아들었고, 모두가 상석에 앉은 당주에게 이목을 집중했다.

하 당주는 잠시 침묵하다가 입을 열었다.

"이미 모두 들었다시피, 거룡성이 이곳을 목표로 삼아 남하하고 있소. 해서, 우린 이 위급한 상황을 헤쳐 나갈 대응 방안을 논의해야만 하오. 하지만 그전에 한 가지를 짚고 넘어가지 않을 수가 없소이다. 거룡성이 왜 갑자기 이렇게 빨리 남하를 결정했는가 하는 점을 말이오."

모두 내심으로 고개를 갸웃했다.

어차피 분타를 공격하고 구화산을 근거지로 삼을 때부터 거룡성과의 전면전을 예상하지 않았던가.

오히려 지금까지 이렇다 할 반격을 해오지 않은 것이 이상한 것이지, 그들이 남하한다고 해서 그 이유에 대해 따질 필요는 없다고 생각하는 것이다.

하지만 하 당주는 그런 분위기에 개의치 않고 하고자 하는 말을 이어갔다.

"반 소협, 우리에게 할 말이 있지 않은가?"

반악은 회색빛으로 물들어 있는 당주의 눈을 쳐다보았다.

당주가 뭘 듣고자 하는지는 짐작하고 있었다. 이런 질문을 받을 줄 예상하고 있었기에 강학청에게도 나서지 말라고 미리 말을 해두었다. 괜히 이런 일에 강학청이 나선다면 문공에까지 오른 그의 입지에 좋지 않은 영향을 미칠 수도 있었으니까.

반악은 차분하게 입을 열었다.

"당주께선 거룡성 성주의 여식이 죽은 것에 관해 묻고자 하시는 것이오?"

"거룡성의 남하를 알려온 육 동주의 서신에는 자네가 그 여식을 죽였다고 적혀 있더군. 사실인가?"

"그렇소."

망설임 없는 반악의 대답에 모두 크게 놀랐다. 거룡성 성주의 딸을 죽였다는 건 너무나 심각한 문제였으니까.

당원들은 반악의 행동이 너무 성급했다 생각하고 있었다. 거룡성의 전력에 타격을 준 것도 아니고, 고작 여자 하나 죽이고 적들의 분노와 기세만 높여준 것이라 여긴 것이다.

하지만 반악은 당원들의 살짝 원망어린 시선에도 별 표정 변화 없이 견일 등과 탐문을 목적으로 합비에 갔고, 그곳에서 상관미조를 비롯한 청포검객 엄벽달, 그리고 다수의 백

룽무사들을 공격하여 죽였으며, 그 과정 중에 합비의 하오문인 일성파의 도움을 받았다는 걸 이야기했다.

물론 월은과의 만남과 같은 개인적인 인연 등에 관한 건 말하지 않았다.

반악의 설명이 끝나자 당원들은 모두 자그맣게 탄성을 터트렸다. 상관미조를 죽였을 때는 기회가 왔다 하여 너무 생각 없이 행동한 게 아닌가 싶었지만, 단순히 쉽게 여자 하나를 죽인 게 아니란 걸 알고 나니 새삼 반악과 그 수하들의 능력에 대해 감탄하게 된 것이다.

하 당주는 당원들의 반응이 예상과 달리 긍정적이고 우호적으로 변하자 자신이 실수했다는 걸 깨달았다.

육 동주의 서신에는 그렇게까지 자세한 설명은 되어 있지 않았기에 그 정도로 대단한 성과를 이루었다고는 생각도 못했던 것이다.

'따로 만나 먼저 자세한 내용을 알아두었어야 했던 것을…….'

하지만 이미 돌이키기에는 늦은 일.

하 당주는 속내의 불편함을 드러내지 않고 입가에 미소를 지었다.

"듣고 보니 반 소협이 정말 큰일을 해주었구만. 하지만 사전에 미리 알리지 않고 독단적으로 행동하여 위험을 자초했다는 점에 대해서는 한마디 하지 않을 수가 없네. 자넨 우리 반룡복고당에서 없어서는 안 될 사람이 아닌가. 앞으로는 조금 더 고민하면서 신중히 행동해야만 할 것이야.”

반악은 당주의 말에서 거슬리는 점이 있었지만 내색하지 않고 수긍하는 태도를 취했다.

“앞으론 조심하겠소.”

“그럼, 이제부터 거룡성이 남하하는 문제에 대해 논의해 보도록 하겠소.”

적당히 칭찬하고 질책하면서 서둘러 화재를 전환한 하 당주는 강학청을 불렀다.

“자네의 생각을 먼저 들어보고 싶네.”

강학청은 자리에서 일어나 모두의 시선을 자신에게 모이게 했다.

“우선적으로 우리가 고민해야 할 것은 거룡성과 전면전을 선택하느냐, 아니면 지금보다 더 힘을 모으기 위해 물러나느냐 하는 점입니다. 솔직히 책사의 입장으로 말씀드리자면 후일을 도모하기 위해 물러나는 쪽을 권하고 싶습니다.”

그러자 당원들이 절대 물러날 수 없다고, 당연히 싸우는 것이지 무슨 고민이 필요하냐고 목소리를 높였다. 당주도 고개를 끄덕이며 당원들과 같은 마음이라는 뜻을 드러냈다.

강학청은 그렇다면 다음으로 고민할 것은 세 가지라고 했다.

“그들이 강을 넘어오기 전에 공격하느냐, 아니면 그들이 강을 건넜을 때를 노리느냐, 또는 이곳까지 끌어들여 방비하느냐, 하는 것 중에 어느 것을 택할지 정해야 합니다."

이도 배추심이 물었다.

"강 문공은 어떤 방법이 가장 낫다고 보는가?"

"전 세 가지를 혼합해야 한다고 봅니다."

"하지만 그 세 가지 모두를 쓰기에는 우리의 숫자와 전력이 거룡성에 비해 부족하지 않은가."

"세 가지를 모두 쓰되, 각 방법에 경중을 두어야겠지요. 강을 건너기 전에는 적당히 귀찮게 하는 정도로, 강을 건너고 나서는 불처럼 화끈하게 기습하여 혼란을 주는 정도로, 그리고 이곳에서 방비를 할 시에는 모두 힘을 합해 철벽처럼 막아야만 할 것입니다. 물론, 상황에 따라서 약간의 변화를 줄 수도 있습니다."

강학청의 막힘없는 설명에 당원들은 모두 고개를 끄덕거렸다.

사실 그들 대부분은 거룡성에 대응할 방법에 대해 막막함을 느끼고 있었다. 보통의 무림인들에게 싸움이란 서로 얼굴을 맞대고 온 힘을 다해 무기를 휘두르는 것일 뿐, 전술이나 전략의 개념을 적용하는 이는 거의 없었으니까.

당주가 물었다.

"강을 건너기 전에 혼란을 준다는 것부터가 쉽지 않을 듯싶은데?"

"그렇습니다. 엄청난 규모의 적들을 상대로 혼란을 줄 정도의 타격을 입힌다는 건 쉽지 않은 일이니까요. 하지만 너무 무리수를 둘 필요는 없습니다. 우리가 쉽게 당하지 않을 것이며, 어느 곳이든 우리가 있고 또 공격할 것이란 점을 부각시키는 정도로도 충분하니까요. 다르게는 그들이 강을 넘어 오고 나서도 강북 쪽에 신경을 쓰도록 만들겠다는 의도가 있습니다. 특히 성주를 비롯한 중진들의 신경을 분산시켜 판단력에 문제가 생기도록 하겠다는 겁니다. 하지만 그러한 성과는 바람일 뿐, 그들에게 별다른 영향을 주지 못할 수도 있다는 점을 감안하고 되도록 기대감을 갖지 않는 게 좋을 겁니다. 그렇다고 낙담하지는 마십시오. 저들에게도 쉬운 싸움은 아닙니다. 병가에서 이르기를 성을 공격하는 건 최하의 방법이고, 열 배의 병력이 되었을 때나 포위하라 했습니다. 우리의 전력이 저들에 비해 부족하다고는 해도, 힘껏 방비하여 맞서 싸우면 충분히 승산은 있습니다."

"맞소이다!"

"우린 지지 않을 것이오!"

당원들은 탁자를 내리치며 지지 않을 자신이 있다고, 죽을 각오로 싸우겠다고 호기롭게 소리쳤다.

당주는 마음에 든다는 듯 고개를 끄덕이며 다른 의견이 있는 사람은 말을 해보라고 했다.

하지만 아무도 입을 여는 사람이 없었다. 강학청에 비할 정도의 병법 지식을 가진 사람은 묵담향 정도인데, 그녀는 강학청의 의견에 동감하고 있었기 때문이었다.

물론 계획을 세부적으로 구상하려고 할 때 하고 싶은 말은 많았지만.

"그런데, 혹 다른 소식은 없소이까?"

경청만 하고 있던 간명이 뭔가 하고 싶은 말이 있다는 듯 당주와 강학청을 번갈아 쳐다보며 물었다.

"간 보주는 따로 궁금한 점이라도 있으시오?"

"한 가지가 있습니다."

"무엇이오?"

"남하하고 있는 거룡성의 무리에 추귀 잔혹마가 있는지 궁금하군요."

나름 사기가 올라 뜨거웠던 장내의 분위기가 한순간에 싸늘하게 가라앉았다. 거룡성이 한창 패권 싸움에 열을 올릴 때, 중요한 싸움마다 가장 앞장섰던 인물이 바로 잔혹마 금명이 아니던가.

패배하고 멸문당한 문파들에겐 절대 간과할 수 없는 존재인 것이다.

강학청이 고개를 내저었다.

"그에 대한 이야기는 없습니다."

"하지만 그를 상대할 방도는 생각해 두어야 하지 않겠습니까?"

기본 전력의 고하도 문제지만, 모든 싸움을 승리로 이끌었던 천하의 고수 잔혹마에 대한 대비를 하는 것 또한 매우 중요한 일임은 분명했으니까.

당원들 모두 그의 말에 깊이 공감하고 있기에 고개를 끄덕이고 당주와 강학청의 대답을 기다렸다.

그러나 강학청은 크게 신경 쓰고 있지 않다는 반응을 보였다.

"모두 알고 있다시피 경가장이 패했던 그날 이후로 잔혹마의 모습을 보았다는 이는 아무도 없습니다. 또한 거룡성이 팔공산으로 이전을 한 이후로 소장오 소협이 쭉 감시를 해왔음에도 그의 종적이 묘연하기는 마찬가지였습니다."

소장오가 그의 말에 덧붙여 잔혹마에 대한 소문들 몇 가지를 전해주었다. 그가 폐관수련에 들었다는, 그리고 거룡성 성주에게 제거당했다는 등의 확인되지 않은 소문들에 대해서.

"모든 걸 종합해볼 때, 잔혹마가 이번 싸움에 나타날 가능성은 높지 않고, 그에 대한 걱정은 크게 가질 필요가 없다고 봅니다. 물론 지난날 거룡성의 굵직한 싸움들마다 가장 앞에서 이끌었던 자였으니 경계심을 모두 지울 수는 없겠지요. 어쩌면 그 모든 것들이 그의, 혹은 거룡성 수뇌들의 농간이었을 수도 있으니까요. 허나, 설사 그렇다고 해도 걱정할 필요는 없다고 봅니다."

"……?"

"우리에게도 그와 대적할 고수가 있지 않습니까."

순간 모두의 시선이 반악에게로 향해졌다.

'민망스럽군.'

반악은 무덤덤한 표정을 지으려고 애썼지만, 내심으로는 어색하기 그지없었다. 자신이 바로 잔혹마인데, 그 잔혹마를 상대할 인물로 당원들이 자신을 믿고 있다는 너무도 모순적인 상황이었으니까.

이때, 당주가 반악에게 모아진 이목을 자신 쪽으로 돌리게 만들었다.

"험, 잔혹마의 문제는 그리 알고들 있으면 될 것 같소. 이제 다른 문제들에 대해 이야기해봅시다."

이후 회합은 길게 이어지지 않았다. 중요 계책이 정해지고 몇 가지 이야기들이 오가고 나서 이렇다 하게 논의할 거리가 없어지자 당주가 바로 회합을 끝내버린 것이다.

그러나 완전히 끝난 것은 아니었다. 실질적인 세부 논의는 조금 뒤 소수 몇 명만을 불러 다시 할 생각이었으니까.

*   *   *

"당주, 물어볼 말이 있소."

모두가 회의실을 나갈 동안 제자들과 함께 마지막까지 남아 있던 하 당주는 반악이 혼자서만 자신에게 다가와 물어볼 말이 있다고 하자 내심 잘되었다고 생각했다.

그도 반악과 할 이야기가 있었던 것이다.

하지만 조금 전 작심하고 질책하려다가 오히려 반악의 존재감만 부각시킨 경험이 있었기에 먼저 무슨 말을 하는지에 대해 들어보기로 했다.

"물어보게."

"둘이서만 말하고 싶소."

"반 소협, 우리가 남도 아닌데 무얼 꺼려하시오?"

공추걸이 노골적으로 반감을 드러냈다. 하지만 반악은 꿈쩍도 하지 않았고, 하 당주는 제자들에게 자리를 비켜달라고 말했다.

그의 옆을 거의 떠나지 않는 소장삼은 내키지 않는다는 기색이었지만, 당주의 손짓에 두말 않고 다른 제자들과 함께 밖으로 나갔다.

"이제 말해보게."

반악은 의자에 앉으며 물었다.

"당주께선 언제까지 진가장과 관계를 유지할 생각이시오?"

"그건 왜 묻는가?"

"내가 그들을 끌어들인 것과 다름없기에, 솔직히 마음이 편치가 않소."

당주는 반악과 부용설에 대한 소문을 떠올리고, 실제로도 둘 사이에 뭔가가 있다는 걸 확신하게 되었다.

그것도 단순하게 볼 수 없는, 매우 깊은 뭔가가.

'어떤 식으로 설득해야 하나 고민스러웠는데, 마침 잘 되었군.'

"난 이해가 가지 않는구만. 결과적으로 자네가 끌어들인 셈이 되었다고는 하지만 내 듣기로 부 장주가 먼저 손을 내밀었고, 지금까지 별다른 문제없이 잘 지내고 있질 않은가."

"문제가 없다는 건 약간의 어폐가 있는 듯하오. 지난번 하북삼귀가 부 장주를 죽이려고 했고, 마침 승선포정사사의 고위 관료로 부임한 부 장주의 오라비가 직접 거룡성을 찾아가 압력을 주지 않았다면 위협은 계속되었을 것이오. 또한 이번에 사령곡의 무리와 싸울 때 그곳에서 하북삼귀의 나머지 둘을 만나게 되었소. 그리고 그자들은 반드시 부 장주를 죽이겠다면서 복수심을 드러냈소. 그중 하나를 처리해 이제 한 놈밖에 남지 않았지만, 그렇다고 해서 부 장주가 안전해졌다고 볼 수는 없는 일이 아니오."

"그렇다면 더더욱 진가장과 관계를 끊을 수 없는 일이 아닌가."

"……?"

"이미 거룡성과 척을 졌고, 부 장주에게 악심을 품고 있는 자까지 있는데, 우리가 손을 떼겠다고 한다면 누가 진가장과 그녀를 지켜줄 수 있단 말인가. 아무리 오라비가 고위관료라고 해도 한계가 있어. 법보다 주먹이 가깝다는 말이 괜히 있는 것은 아니니까 말이야. 또한 그녀는 강북을 떠나 강남에서 새로운 상권을 확보하기 위해 노력하는 시점이고, 우리와의 관계에 만족하고 있으니, 누이 좋고 매부 좋은 격이라 할 수 있겠지. 게다가 우린 진가장과 관계를 끊으면 곤란하다네. 이제 강남에 자릴 잡은 상황에서 금전적으로 많은 도움을 받고 있거든. 솔직히 말하면 우리 쪽이 더욱 절실하다네. 특히 지금과 같은 위기상황에는 말이야."

반악은 망설임 없이 그 점에 대한 해결책을 제시했다.

"돈이 필요하다면 내가 주겠소."

하 당주는 어리둥절한 표정으로 물었다.

"자네가 어찌 줄 수 있다는 건가? 뭔가 착각을 하는 모양인데, 지금 반룡복고당의 운영에 필요한 금액은 개인으로선 상상도 하기 힘들 만큼 크네. 자네가 얼마를 생각하는지 모르겠지만, 일이백 냥 정도로 감당할 수준이 아니란 걸세."

"알고 있소. 그리고 출처와 사정을 묻지 않는다고 한다면, 반룡복고당이 최소 삼 년은 넉넉히 쓸 만큼의 자금을 구해주겠소."

동릉 봉황산 동굴에 숨겨놓은 재물을 주려고 하는 것이다.

"삼 년?"

"그렇소, 최소 삼 년이오."

"언제까지 말인가? 우린 지금 당장 돈이 필요하네."

회합에서는 말하지 않았지만, 사실 당주는 부 장주에게 이미 적지 않은 금액의 자금 지원을 요청한 상태였다. 대대적인 싸움이 벌어지기 전에 조금이라도 당의 전력을 상승시키기 위해서 낭인들을 대거 고용할 생각인 것이다.

반악은 문제될 것이 없다고, 삼 일 안에 구해올 수 있다고 대답했다.

하 당주는 고심에 빠졌다. 반악이 이렇게까지 제안할 것이라고는 예상하지 못했으니까. 더구나 부 장주에 대한 반악의 마음은 깊은 관계라고 정의내리는 수준 이상의 느낌을 주고 있었다.

'이런 반응이라면 더욱 수월하게 설득할 수 있겠군.'

"쉽게 믿기지 않지만, 자네가 허튼소리를 할 사람이 아니니 믿어보도록 하지. 그리고 외인보다야 동고동락하는 당원에게서 받는 돈이 더 나으니까."

"그럼 당주께선 진가장과 관계를 끊는 데 동의한 것으로 알아두겠소."

이야기가 끝났다고 생각한 반악은 일어났다. 그러나 하 당주는 아직 할 말이 남아 있었다.

"기다리게. 난 아직 자네의 요구를 받아들이겠다고 말하지 않았네."

반악의 표정이 굳어졌다. 그럼 지금까지 나눈 대화는 무엇이고, 믿어보겠다는 말은 또 무엇이란 밀인가.

"한 가지 더 자네가 해줄 것이 있네. 자네 요구가 아니라도 자네에게 맡기려고 했던 일이지만, 위험 부담이 큰 일이라 망설이고 있었지."

"그게 무엇이오?"

"강 문공이 말했던 계책의 첫 번째 임무를 자네가 맡아주게."

"……."

"그러나 그냥 맡는 것으로는 안 되네. 강 문공은 적당히라고 했지만, 내 생각은 달라. 놈들이 강을 넘기 전에 공격하는 게 더 낫다고 보네. 강북에서는 공격당하지 않으리라 믿고 있을 테니까 말이야. 그러니 기회를 잘 포착해서 큰 타격을 입히게. 약간 무리수를 두는 한이 있더라도 과감하게 공격을 하란 말일세. 자네의 실력이라면 믿어도 되겠지?"

반악은 내심으로 쓴웃음을 지었다.

'날 견제하려고 하는군.'

회합을 시작할 때 그의 행적을 추궁하고, 칭찬으로 포장해서 질책에 가까운 말을 늘어놓을 때부터 뭔가 이상한 느낌을 받았었다.

하지만 정확히 어떤 느낌인지는 몰랐었는데, 지금은 확실하게 알 수 있었다.

'잔혹마 시절과 같은 상황이 또 일어나다니.'

이런 상황이 처음도 아니라 바로 알아챌 수 있었다. 상관 성주에게 지겨울 만큼의 차별과 견제를 받았고, 결국 철저하게 배반을 당했었으니까.

그런데 이상하게도 화가 나지 않았다. 예전이었다면 아마도 살기를 주체 못해서 당주를 죽인 뒤 미쳐 날뛰었을 텐데, 지금은 전혀 그러고 싶은 마음이 들지 않았다.

허탈감 때문에 반응할 힘도 없다고 할까.

'결국 그 바닥이나 이 바닥이나 같은 바닥이라는 건가.'

어떤 목적을 가졌고, 또 어떤 성향을 추구하는 것인가에 상관없이 세력을 거느린 수장들이 생각하는 것은 별다른 차이가 없는 것이다.

자신이 중심이 되고, 자신만이 추앙을 받고, 또 자신만이 영웅이 되어야만 만족하고 안심하는 게 그들의 속성인 모양이었다.

'이런 게 무림의 잔혹한 생리겠지.'

상대적으로 자유롭게 독행하는 이들이 천하의 고수로 많이 뽑힌 이유를 이제는 알 것만 같았다.

어쩌면 그에 준하는, 혹은 그 이상의 고수들이 있을지라도 각자의 직위와 처지에 맞게 행동하고 눈치를 보며 실력을 드러내느라 능력만큼의 명성과 인정을 받지 못한다고 할까.

그리고 그럴수록 실력은 늘지 않고 답보하며 뒤처지게 되는 것이다.

하지만 상대적으로 독행하는 무림인들은 환경에 구애를 받지 않고 최고가 되길 추구하면서 더욱 강해지고, 자연스럽게 명성을 쌓아갈 수밖에 없지 않겠는가.

'변한 것인가, 아니면 원래 이런 인물이었던가.'

반악은 하 당주에게 실망할 수밖에 없었다.

그리고 한때 괜찮은 정파인이라고 생각했던 사람이 지금은 그렇게 느껴지지 않는다는 데 대한 안타까움도 일었다.

"물론, 그 막중하고 위험한 임무를 자네와 자네 종자들에게만 맡기겠다는 뜻은 아닐세. 의리파를 이끌게. 실력은 부족하지만 그 정도 숫자면 꽤 도움이 될 것이야."

반악은 코웃음이 나오려는 걸 간신히 참았다.

아무리 숫자가 많으면 뭘 하는가. 상대는 안휘 최강의 세력이고, 의리파는 실력보다 악과 깡으로 살아가는 하오배의 무리인 것을.

당주가 정확히 어떤 의도인지는 모르겠지만, 반악의 입장에서는 형식적인 지원이라고밖에 볼 수 없는 것이다.

하지만 상관없었다. 어차피 의리파를 붙여주지 않는다고 해도 받아들일 생각이었으니까.

"내가 맡는다고 하면 진가장과 관계를 끊겠다고 약속하겠소?"

"약속하겠네."

"하겠소."

반악은 아무것도 묻지 않았다.

이를테면 몇 명의 당원들을 지원해 줄 것이냐, 하는 등의 조건에 대해서. 위험도가 큰 만큼 그러한 지원들이 매우 중요함에도 개의치 않았다.

그래서 하 당주는 반악을 마땅치 않게 생각하면서도 감탄하지 않을 수 없었다.

'그렇게 부 장주를 생각하고 있단 말인가?'

반악이 이런 종류의 사람일 지는 생각도 못했다.

지금껏 무뚝뚝하고 자기만 아는 인간이라고 여겼는데, 알고 보니 그게 아니었던 것이다.

"되도록 빨리 통보하여 거룡성과 싸우기 전에 진가장의 사람들이 모두 이곳을 떠나도록 해주시오."

"그렇게 하지."

"돈은 내일 총단을 나서고 삼 일 안에 보내도록 하겠소."

"알겠네. 아, 그리고 진가장과의 문제는 우리 둘만 아는 것으로 하세. 이런 이야기가 나돌아 봤자 서로 간에 좋을 것은 전혀 없지 않겠는가."

"그건 나도 원하는 바요. 소문이 나서 괜한 오해가 불거지는 일이 없도록 제자들에게도 이야기하지 마시오."

다른 사람들은 상관없지만 부용설이 사실을 알게 되면 좋은 반응을 보일 것 같지 않기 때문이었다.

반악은 인사도 하지 않고 회의실을 나갔다.

"흠."

혼자가 된 하 당주는 가슴이 답답해지는 느낌을 받았다. 중요한 걸 잃어버린 듯한 공허함 같기도 했다.

죄책감일까?

'내게 아직도 이런 바보 같은 감정이 남아 있던가?'

과거의 잔재일 것이다.

쓰리고 아린 그 감정이 어깨를 지긋이 내리눌렀다. 하지만 곧 고개를 흔들어 감정의 찌꺼기를 강하게 털어버렸다.

'상관없다. 내 이름을 앞세워 거룡성을 무너트리고, 상관모웅을 죽일 수만 있다면……'

그래서 복수를 완벽하게 이룰 수만 있다면 그리고 마안검 선장을 다시 일으킬 수만 있다면 무슨 짓이든 할 생각이었으니까.

'진짜 상관없다!'

이제 하 당주는 정말로 돌이킬 수 없는 길에 들어섰고, 앞만 바라보고 있었다.

*　　　*　　　*

당주와 이야기를 끝낸 반악은 묵씨 남매의 거처로 향했다. 그러나 묵담향은 그곳에 있지 않았다.

"아직 안 왔다고?"

반악의 물음에 책을 읽던 묵담철도 의아하다는 표정을 지으며 고개를 끄덕였다.

"예. 그런데 회합이 벌써 끝난 건가요?"

"조금 전에 끝났다."

"하긴 공격해오면 맞서는 방법밖에 없으니, 길게 논의할 것도 없었겠지요. 그런데, 급한 용무가 있으시면 제가 나가서 누님을 찾아볼까요?"

"그래다오."

당주와 약속을 했으니 서둘러 준비를 하고 총단을 떠나야만 했다. 그래서 그 전에 영초 복용에 대한 문제를 마무리 짓고 갈 생각으로 온 것이다.

묵담철이 밖으로 나가고, 반악은 차를 마시며 기다렸다. 그런데 얼마 있지 않아 묵담향이 혼자 방으로 돌아왔다. 그녀는 반악을 보고 이상할 정도로 깜짝 놀란 표정을 지었다.

"반 소협이 왜 여기에 있죠?"

살짝 흥분한 목소리였다. 낯빛이나 눈빛 등에서는 뭔가 감추고 있는 듯한 기색이 엿보였다.

'무슨 안 좋은 일이 있었나?'

"영초 복용 문제 때문에 왔소. 그런데 담철이는 같이 안

왔소?"

"철이가 왜요?"

"묵 소저를 찾으러 나갔는데, 만나지 못한 모양이군."

헌데, 바로 그때 묵담철이 방 안으로 들어왔다.

"누님, 아무리 찾아도 보이지 않으시던데 어디 계셨었던 거예요?"

"잠시 일이 있었다."

"무슨 일인데요?"

"너는 몰라도 된다."

묵담향이 약간 퉁명스런 반응을 보이자 묵담철은 더는 물어보지 않았다.

반악은 묵담향이 왜 저러나 궁금했지만 지체할 시간이 없기에 얼른 용건을 이야기 했다.

"석태로 가기 전에 내가 한 말을 기억하시오?"

"다른 생각이 있다고 했던 거 말인가요?"

"그렇소. 헌데……."

반악은 그냥 이야기해도 되겠냐는 듯 묵담철을 눈짓으로 가리켰다.

묵담향도 무슨 이야기를 하는 건가 싶어 호기심 가득한 표정을 하고 있는 묵담철을 한 번 쳐다보고 잠시 망설이다가 결심을 굳힌 듯 이야기하라고 했다.

어차피 알아야 할 일, 동생에게도 감추지 않고 모두 드러내기로 한 것이다. 설사 실망하거나 좋지 않은 결과를 얻게 되더라도 감내해야만 하는 일이니 현실을 인정하고 받아들여야 한다고.

"영초를 반으로 나눠 복용을 합시다."

"그러면 효능이 떨어지고 치료 가능성은 현격하게 낮아진다면서요?"

"그렇소. 하지만 영초만 복용하는 게 아니라 영초의 효능을 배가시킬 수 있는 심법을 수련하며 복용하는 거요."

"양기를 축적하는 종류의 심법을 말하는 건가요?"

반악은 고개를 끄덕였다.

그러나 묵담향의 반응은 부정적이었다.

"우리도 무공에 의지해볼 생각을 안 해본 게 아니에요."

선대에서도 무공을 통한 치료를 고민하며 조사를 했었지만, 오래지 않아 포기하게 되었다고 한다.

일단 비전심법을 대가 없이 가르쳐줄 문파와 무림인도 없었지만, 극음에 맞설 만큼 강력한 양기를 축적할 정도의 상승심법을 찾아내는 것부터가 거의 불가능에 가까운 일이란 걸 알았기 때문이었다.

그렇다고 심법을 익히면 효과가 있을 거라 확신도 못하는데, 무턱대고 찾아다닐 수도 없는 일이 아닌가.

"그럼 걱정할 게 없겠군. 내가 대가 없이 가르쳐줄 거고, 딱 알맞은 심법도 알고 있으니까."

"반 소협이 알고 있다고요?"

"화련공이란 무공을 알고 있소?"

"들어본 적이 있어요."

"그걸 가르쳐줄 것이오."

묵담향은 이해할 수 없다는 표정을 지었다.

"반 소협이 화련공을 알고 있다고요? 하지만 내가 듣기로 그건 벽력산장이란 문파가 멸문하면서 맥이 끊겼다고 했어요."

"세상에는 그렇게 알려져 있지만, 사실은 아니오. 물론 그 출처에 대해서는 절대 말해줄 수 없소. 매우 개인적인 이유로 인해 밝힐 수 없기 때문이오. 그러니 궁금해도 알려고 하진 마시오."

"알았어요."

"그렇다고 너무 기대는 하지 마시오. 난 그저 시도해볼 만하다고 생각했기에 권하는 것이오."

"알아요. 알고 있어요. 그리고 설사 잘 되지 않는다고 해도 절대 반 소협을 원망하는 일은 없을 거예요."

"그럼 됐소. 그리고 원래 화련공은 여인의 몸으로 익혀서는 안 되는 무공이오. 하지만 묵 소저는 음기가 워낙 강하니까 상관은 없소. 그러나 너무 성취가 높아지면 곤란하니, 어느 정도 수준이 되면 연공을 멈춰야 할 것이오. 자, 그럼 일단 필요한 건……."

반악은 묵담철에게 문방사우가 필요하다며 가져오라고 했다. 하지만 묵담향이 잠시 기다려달라고 했다. 우선 묵담철에게도 설명을 해줘야 하기 때문이었다.

묵담철은 두 사람을 빤히 쳐다보고 있었다. 그의 표정엔 불안감과 기대감이 동시에 떠올라 있었다. 뭘 이야기 하고 있는지 약간은 눈치채고 있는 모양이었다.

묵담향은 먼저 의자에 앉으라고 말했다.

그녀도 그의 앞에 의자를 끌어다 앉고서 이야기를 시작했다. 자신들이 태어나 자랐던 마을의 문제점에 대해서, 반악이 알아낸 것들에 대해서, 그리고 치료를 위해 어떤 방법을 써보려고 하는지에 대해서.

"결과가 어떻게 될 지는 지금 당장 확실하게 말해줄 수는 없어. 잘 된 것인지, 잘 안 된 것인지 알려면 아마도 많은 시간을 기다려봐야 할 거야. 어쩌면 금방 알게 될 지도 모르겠지만."

치료가 효과가 없으면 두 사람은, 특히 묵담향은 오래 살지 못할 테니까.

"차라리 이대로 짧은 삶을 받아들이는 게 나을 수도 있다는 걸 알아. 몸은 약해도 고통스럽지는 않으니까. 하지만 난 시도는 해봐야 한다고 생각한다. 그러나 나 혼자 결정할 일은 아니지. 그러니 네 생각을 말해다오. 난 네가 어떤 결정을 내리든 간에 네 말대로 할 거야."

설사 묵담철이 영초를 혼자 복용하고 싶다고 말해도 받아들일 준비가 되어 있었다.

묵담철은 잠시 멍한 눈으로 누이의 시선을 마주하다가 벌떡 일어났다. 그리고 탁자로 달려가 종이와 붓 등을 가져와 탁자에 내려놓았다.

"반 소협이 무얼 시도하려고 하시든 간에 서둘러 시작해주세요."

반악은 기특하다는 듯 묵담철의 어깨를 두드려주고는 앉아서 먹을 갈았다. 그리고 종이에 인체 그림을 그린 다음 혈도를 찍고, 그 옆에 화련공의 구결을 적었다.

"두 사람의 머리가 좋다는 건 알고 있지만, 무공을 배워본 적이 없는지라 그리 쉽게 익힐 수는 없을 것이오. 또한 심법 수련 중에 잡생각을 하고 집중력이 흐트러지면 매우 좋지 않은 결과가 생길 수가 있으니, 지금부터 내 설명을 잘 듣고 따라야 하오."

위험성을 재삼 강조한 반악은 인체 그림을 보여주고, 구결을 읽으며 어떤 식으로 기를 유도하는지 등에 대해서 자세히 설명을 해주었다.

그런 다음 가부좌를 하도록 하여 두 사람의 몸에 직접 내공을 주입하고 길을 잡아주기까지 했다.

반악은 그렇게 한 시진가량 공을 들여 꼼꼼하게 화련공을 전수해주고, 영초 복용을 어떻게 할지에 대해서도 심도 있게 대화를 나누었다.

"이 정도면 된 거 같소. 아까도 이야기했지만 시간과 양을 철저하게 지켜서 복용해야 함을 잊지 마시오. 그리고 화련공에 대해서 누구든 절대 알게 해선 안 되오. 아무리 당주라고 해도 예외가 아니오. 이 무공은 무림에서 천금 이상의 보물처럼 여겨지는 것이니, 욕심을 부릴 자가 매우 많소. 무림에 알려지면 나뿐만 아니라 두 사람에게도 매우 위험한 일이 생기게 될 거요. 그러니 인체 그림과 구결을 남에게 보여서는 안 되오. 완전히 외웠다는 확신이 들면 바로 태우도록 하시오."

"알겠어요."

"그럼 난 이제 떠날 준비를 하러 가야겠소."

묵담향은 의아하여 물었다.

"떠나다니요?"

"강 문공이 내놓은 계책의 첫 번째 임무를 내가 맡기로 했소."

"거룡성이 강을 넘기 전에 기습하는 거 말인가요? 하지만 회합에서는 아무 이야기도 없었잖아요?"

"회합 후에 당주님과 개인적인 면담을 하고 결정된 거요."

묵담향은 의구심 섞인 표정으로 물었다.

"당주님의 생각인가요?"

"그건 중요하지 않소. 누가 생각하고 제안한 것이든 내가 하기로 마음먹었으니까."

"하지만……."

"그 이야기는 그만합시다. 난 이제 가봐야겠소."

반악은 더 이상의 대화를 원치 않았기에 두 사람에게 인사를 하고 방을 나갔다.

'고맙다는 인사도 제대로 못했는데…….'

묵담향은 그가 방금까지 서 있던 자리를 멍하니 바라보다가 한숨을 내쉬었다.

구결이 적힌 종이를 읽고 있던 묵담철은 표정이 좋지 않은 누이를 의아한 시선으로 쳐다봤다. 결과야 어떻게 될지는 모르지만, 어쨌든 두 사람에게는 병을 치료할 수 있는 가능성이 생겨서 기쁜 날이 아니던가.

"누님, 왜 한숨을 쉬세요?"

"아니다."

묵담향은 어색한 미소를 지으며 묵담철의 옆에 앉아 같이 화련공의 구결을 읽기 시작했다.

*　　*　　*

묵씨 남매의 거처에서 나온 반악은 강학청을 만나기 위해 오른쪽 길을 따라 걸음을 옮겼다. 당주와 합의된 이야기를 해주어야 하기 때문이었다.

그런데 가는 중에 당주의 셋째 제자 공추걸과 마주치게 되었다. 아니, 그가 반악을 발견하고 다가왔다는 게 더 정확한 표현이리라.

"묵 소저의 거처에서 오는 길이오?"

반악이 나오는 걸 본 것도 아닐 텐데 그가 어찌 알았을까?

아마도 그가 거처가 있는 방향에서 왔기 때문에 그리 생각한 모양이었다.

하지만 문제는 공추걸의 질문이 아니라, 그의 표정과 목소리였다. 딱 봐도 분노 혹은 불쾌감이 짙게 묻어 있었던 것이다. 게다가 말투도 죄인을 앞에 둔 포두처럼 공격적이었다. 뭔가 단단히 기분이 상해 있는 게 분명했다. 하지만 영문을 알 길이 없는 반악으로서는 어이가 없는 태도였다.

그러나 반악은 불편한 속내를 드러내지 않고 그렇다고 대답해 주었다.

"거긴 왜 갔다 온 거요?"

"개인적으로 볼일이 있었소."

"반 소협이 묵 소저와 무슨 사이라고 개인적인 볼일이 있다는 거요? 무슨 용무였는지 말해보시오."

슬슬 인내의 한계를 느낀 반악의 대꾸하는 말투는 자연히 통명스러워질 수밖에 없었다.

"그건 당신이 알 바가 아니오."

"우리 솔직해집시다."

"……?"

"반 소협은 묵 소저를 어찌 생각하시오?"

"무슨 소리요?"

"묵 소저를 여자로서 좋아하는지, 만약 그렇다면 그녀를 책임지고 지켜주며 살 수 있느냐고 묻는 거요."

"……."

"왜 대답을 못하시오?"

반악의 얼굴이 딱딱하게 굳어지고, 눈동자에 차가운 기운이 어렸다.

"대답할 이유가 없으니까."

공추걸은 내심 당황했다. 반악의 표정과 분위기가 확연하게 바뀌었기 때문이었다.

지금 기분이 틀어지고 흥분한 상태라 앞뒤 보지 않고 다그쳤지만, 이러다 분위기가 진짜 험악하게 변해 칼이라도 뽑는 상황이 되면 냉정하게 따져 다칠 사람은 그 자신이 아닌가.

공추걸은 대화 방식을 약간 바꾸기로 했다.

"난 묵 소저를 좋아하오. 그것도 아주 많이 좋아하오."

"……."

"그래서 아까 그녀에게 내 마음을 받아달라고 했소. 하지만 그녀는 대답조차 하지 않더이다. 아무 말도 않고 그냥 자리를 떠나버렸소."

'아까 묵 소저의 분위기가 그래서 이상했던 거군.'

다만 그녀가 공추걸의 고백을 받고 어떤 심정이었는지는 짐작하기 어려웠다.

반악은 그런 방면으로는 둔한 사내였으니까.

'그건 그렇고……'

반악은 공추걸 때문에 어이가 없고 짜증이 났다.

설사 그런 일이 있었다고 해도 왜 이런 이야기를 자신에게 한단 말인가.

그러나 곧 그 이유를 알 수 있었다.

"내 생각엔 그녀의 태도가 반 소협 때문인 것 같소. 그래서 묻는 거요. 솔직하게 말해주시오. 반 소협도 묵 소저를 좋아하시오?"

공추걸의 표정만으로 판단하자면 진짜 절박해 보였다.

거룡성이 남하하고 있다는 소식에 모두 혼란과 두려움에 빠져 대책을 마련하기 위해 고심하고 있는데 혼자 이러고 있다는 건 그만큼 심각하다는 의미일 것이다.

그리고 반악은 그의 이런 솔직함이 대단하다는 생각도 들었다.

'하지만……'

여전히 공추걸이 마음에 들지 않았다.

"난 당신에게 대답해줄 게 없소."

반악은 공추걸을 그대로 지나쳐갔다.

그러다 몇 걸음 안 가서 돌아보지도 않고 말했다.

"다른 건 모르겠고, 한 가지는 확실하오. 묵 소저는 모든 원인을 다른 곳에서만 찾는 사내에겐 과분한 여자요."

공추걸의 얼굴이 굳어졌다.

그는 반박하고 싶었지만 할 말을 찾지 못해 입술만 우물거렸다. 그리고 그사이에 반악의 모습은 시야에서 완전히 사라져버렸다.

*　　*　　*

반악이 집무실 안으로 들어오자 종이에 뭔가를 열심히 적고 있던 강학청이 기다렸다는 듯 일어나서 고개를 내저으며 말했다.

"안 됩니다."

반악은 그와 마주한 자리에 앉으며 물었다.

"뭐가?"

"조금 전에 섭 소협이 찾아와서 모든 걸 이야기해 주었습니다."

당주가 제자들을 시켜 강학청을 비롯한 각 무리의 수장들에게 강북에서의 활동을 반악이 맡기로 했다는 이야기를 전하도록 한 것이다.

물론 반악과 당주 사이에 있었던 비밀 합의 내용은 알지 못했다.

"다 들었다면서 뭐가 안 돼?"

"우선 책략적인 측면에서 말씀드리겠습니다. 강북에서 거룡성의 무리를 기습하려면 소수 정예를 구성해서 보내야 합니다. 주군께서 이끄신다면 더할 수 없이 좋겠지요. 하지만 상대는 안휘 최강의 문파에서 단련받은 무림인들입니다. 그리고 무리의 숫자도 매우 많죠. 아마도 남궁세가와의 싸움 이후 최대 규모일 게 분명합니다. 게다가 최근 평화로운 나날들을 보내기는 했어도, 그 전까지는 지겹도록 싸우면서 실전 경험까지 축적한 숙달자들이 매우 많습니다. 그런 자들을 상대로 빠르고 효과적인 기습을 하려면 최소 삼십 명 이상의 고수들이 필요합니다. 그것도 잘 단련된 고수들로 말입니다. 객관적이고 냉정하게 평가하자면, 의리파의 당원들은 오히려 방해만 될 겁니다."

"너무 부정적이네. 의리파 당원들의 실력이 부족한 것은 맞지만, 그래도 나름의 장점도 가지고 있어."

"그게 뭔가요?"

"응?"

"어떤 장점을 말씀하시는 겁니까?"

"내가 만나본 당원들이 몇 명되지 않으니까 지금은 알 수가 없지. 이번에 가서 꼼꼼하게 살펴보며 찾아볼 거니까 걱정하지 마."

강학청은 한숨을 내쉬었다.

"어떤 장점들을 찾으시려고 하시는지 모르겠지만, 거룡성을 상대로는 크게 쓸모 있을 만한 장점을 찾기 어려우실 겁니다. 제가 볼 때는 주군께서도 별달리 기대하고 계시지 않으리라 생각되는데요?"

반악은 어깨를 으쓱이는 것으로 대답을 대신했다.

긍정도 부정도 아닌 애매한 반응이었지만, 강학청은 동감한다는 의미로 이해했다.

"두 번째로 반대하는 이유는 주군께 임무를 맡긴 당주님의 의도입니다."

반악은 내심 움찔했다.

혹시 강학청이 그가 조건으로 내건 진가장의 문제를 알고 있는 건가 싶어서였다.

"무슨 의도?"

"제가 추측해볼 때, 당주님은 주군을 견제하려고 하는 것 같습니다."

"……."

"주군께서도 짐작하고 계시겠지만, 이번 석태에서의 일은 주군과 남궁세가의 이름을 당원들을 비롯한 안휘 남방 무림인들에게 깊이 각인시키는 동시에 당주님의 판단력과 통솔력에 의구심을 갖게 만들었습니다. 사실 저도 처음엔 석태에 도착하여 당주님의 표정이 굳어져 있던 걸 보고 그냥 노파심 비슷한 우려만 갖고 있었습니다. 그런데 오늘 회합에서 사령곡을 격파하고 굴복시킨 주군의 영웅담은 일언반구도 거론하지 않고, 상관미조의 죽음을 핑계 삼아서 몰아세우려고만 하던 당주님의 언행을 보니 노파심이 확신으로 바뀌게 되더군요. 즉, 주군께 첫 번째 계책을 맡긴 의도는 주군을 최대한 멀리 보내 당원들과 접촉하는 상황을 차단하려는 것 같습니다. 몸이 멀어지면 마음도 멀어진다는 이치는 꼭 남녀 간에만 해당되는 것은 아니니까요."

반악은 내심 강학청의 눈치에 감탄하면서도 겉으로는 모르는 척 되물었다.

"그런가?"

"분명합니다. 그렇지 않고는 당주님의 의도를 달리 설명할 수가 없습니다. 최소한 열 명 정도의 고수들을 선별하여 함께 보내도록 조치를 취했다면 저도 이렇게까지 생각하진 않았을 겁니다."

"내 종들이 강하니까 따로 당원들을 붙여줄 필요가 없다 생각한 건 아닐까?"

강학청은 단호하게 고개를 내저었다.

"아닙니다. 견 소협 등이 강한 것은 사실이지만, 기습할 상대를 생각하면 과도한 믿음입니다."

"……."

"이런 말씀까지 드리고 싶진 않습니다만, 혹시 과거 군자검이라고 불리었던 당주님이 사사로운 감정 때문에 대의를 그르칠 분이 아니라고 생각하시고 계신다면 그러지 마십시오. 이런 말까지 해야 하는 저도 힘들고 실망스럽기 그지없습니다. 하지만 이미 당주님은 과거의 군자검이 아닙니다. 제 생각에는 가문이 멸문하고 시력까지 잃게 되면서 변하신 듯합니다. 복수심은 사람을 완전히 달라지게 만들기도 하니까요. 어쩌면 애초부터 당주님의 그릇이 그 정도밖에 되지 않는 것일 수도 있습니다. 어쨌든, 무조건적으로 그분의 말씀을 따르진 마십시오."

"그래서, 하지 말라고?"

"그렇습니다. 어느 쪽으로 생각하든 주군께 이롭지 못합니다."

"나보고 지금 상황에서 손익을 따지라는 거냐?"

"아닙니다. 손익은 수하이자 책사인 제가 따지는 것이죠. 전 제 역할에 맞는 조언을 드리고, 주군께선 이를 가려들으시고 판단을 하시라는 겁니다."

반악은 웃었다.

"강 문공, 자넨 좋은 책사야. 그리고 두말할 필요도 없이 매우 훌륭한 수하고."

강학청은 내심 기쁘면서도 의아했다.

반악의 웃는 얼굴이나 말투 등이 예전과는 달라졌다는 느낌을 받았기 때문이었다.

'왠지 부드러워지신 것 같은데⋯⋯.'

하지만 명확하게 집어낼 순 없었다. 그냥 그런 느낌이라는 정도랄까.

"과분하신 말씀입니다."

"진심이야. 이제껏 자네를 제대로 보지 못하고 곁에 두지 않은 자들이 한심스러울 정도라고. 이번 일도 자네 말대로 하는 게 옳을지도 몰라. 누가 봐도 내 결정이 어리석게 보일 거야. 하지만 이번에는 자네 말대로 할 수가 없어. 난 이 임무를 맡기로 마음을 굳혔거든."

강학청은 안타깝다는 듯 한숨을 내쉬었다.

'밝힐 수 없는 개인적인 이유가 있는 모양이시구나.'

꼭 해야겠다고 하면서 제대로 설명을 해주지 않는 건 그 때문이 아니겠는가.

그러나 곧 실망스런 표정을 지우고 고개를 끄덕였다.

"주군께서 그리 결정하셨다면 따라야지요. 다만, 조심하십시오. 전 저를 인정해주고 더불어 능력까지 있으신 주군을 잃고 싶지 않습니다. 아마도 제 평생에 이런 소중한 인연을 다시 찾기 어려울 테니까요. 그러니 꼭 무사히 돌아오십시오."

"낯간지러운 소리를 잘도 하는군."

강학청은 그냥 웃었다. 그리고 반악도 마주 웃었다.

이때 밖에서 누군가 반악을 찾는 소리가 들려왔다. 강학청이 일어나 문을 여니 금장거가 서 있었다.

"무슨 일인가?"

"반 소협께 드릴 말씀이 있어 왔습니다."

반악은 안으로 들어오라고 말했다. 하지만 금장거는 잠시 밖으로 나와 달라고 하는 게 아닌가.

"잠깐이면 됩니다."

반악은 의아해하면서도 강학청과 함께 금장거를 따라 건물 입구로 나갔다.

"⋯⋯!"

반악은 어리둥절해 하며 입구에 멈춰 섰다.

마당에는 거의 오십 명에 이르는 당원들이 모여 있었다. 그들은 려강 시절에 같이 일을 도모했던, 그리고 얼마 전 정덕에서 함께 싸웠던 당원들이었다. 심지어는 거룡성의 간자 고변책을 축출하는 과정 중에 다쳐 아직까지 몸 상태가 정상적이지 않은 뇌혁강까지 섞여 있었다.

'이들이 여긴 왜 온 거야?'

당원들 중 절반이 정덕에서 부상을 입은 몸들이었다. 어떤 이들은 잘 걷지도 못해 부축을 받고 온 것으로 보였다.

"무슨 일로 이리 다 모여 있는 거요?"

반악의 물음에 금장거가 아래로 내려가 당원들 앞에 서며 포권을 취했다.

"반 소협, 저희도 이번 임무에 데려가 주시길 부탁드립니다."

뒤이어 뇌혁강을 비롯한 당원들도 포권을 취하며 비슷한 의미의 말들을 했다.

"작은 힘이나마 도움이 되고 싶습니다."

"반 소협과 함께한다면 거룡성의 무리 따위는 조금도 두렵지 않습니다."

"저희도 함께 싸울 수 있게 해주십시오."

반악은 어찌 반응을 해야 할지 몰랐다. 강학청은 진정 감격한 표정으로 웃고 있었지만, 그에겐 너무나 낯설고 어색한 상황이었기 때문이었다.

'날 돕고 싶다고? 강요도 하지 않았는데 나를 따라 싸우고 싶다고?'

진심인 걸까?

아마도 그런 것 같았다. 그렇지 않고서야 몸 상태도 좋지 않은 이들이 이렇게 찾아오진 않았을 테니까.

하지만 왜?

반악은 중얼거림처럼 물었다.

"왜 날 따라가려고 하는 거요?"

당원들은 예상치 못한 반응이라 여겼는지 잠시 멍하니 쳐다만 보다가 웃으며 말했다.

"반 소협께서 또다시 어려운 임무를 맡아 떠나신다고 들었습니다. 그래서 돕고 싶었습니다. 반 소협은 저희의 동료이고, 저희의 은인이니까요."

반악은 여전히 당황스럽고 혼란스러웠다.

"위험한 임무요. 살아 돌아올 수 있다 보장할 수 없는 일이오."

"우리도 잘 알고 있소. 그래도 따라 가고 싶소이다. 반 소협과 함께라면 당당히 싸우다 죽을 수 있으니, 그것도 나쁘지 않은 최후가 아니겠소."

뇌혁강의 말에 당원들 모두 크게 고개를 끄덕이며 반악을 열망어린 시선으로 바라봤다.

바보인가?

멍청이인가?

반악은 당원들의 어이없는 대답과 시선에 할 말을 잃었다. 그리고······.

'가슴이 뜨겁다.'

불덩어리를 품에 안은 것처럼 화끈거렸다.

절세의 미녀를 보기라도 한 듯 심장이 거세게 뛰었고, 고지대에 올라선 것처럼 숨이 가빠왔다.

'이것이······.'

감동인 모양이었다.

진심으로 인정받고, 존경받고, 마음을 받는 게 이런 기분인 모양이었다.

그가 과거와 다른, 새로운 삶을 살고 있음이 증명되고 있는 것이다.

반악은 포권을 취하며 머리를 숙였다.

"모두 고맙소."

간단하지만 반악이 보여줄 수 있는 최고의 반응이었다.

당원들은 기쁜 표정을 지었다. 려강에서의 경험으로 그가 얼마나 무뚝뚝한 사내인지를 잘 알기 때문이었다.

"그럼 저희도 데려가 주시는 겁니까?"

반악은 고개를 흔들었다.

"여러분들과 함께 갈 수 없소."

"혹 당주님이 반대하실 게 염려된다면 걱정 마십시오. 저희가 모두 함께 찾아가서 반 소협을 따라가겠다고 한다면 말리지는 못하실 겁니다."

"그 때문이 아니오."

"……?"

"이곳에서 거룡성과의 싸움에 대비하는 것이 더욱 중요하기 때문이오."

물론 그게 진심은 아니었다.

실상은 몸이 온전치 못한 이들이 대부분이라서 크게 도움이 되지 않는다고 생각하기 때문이었다.

하지만 반악은 진짜 속내를 밝힐 수 없었다. 죽기를 각오

하고 자신과 함께 가고자 하는, 돕고자 하는 마음에 차가운
비수를 꽂고 싶진 않아서였다.

'내가 남의 기분까지 염려하며 말을 가려서 하다니, 기분
이 묘하군.'

그러나 쓸데없는 짓이란 생각은 들지 않았다.

반악은 얼마 전까지 이러한 말들이 가식이라고 생각했다.
또한 배려심은 자신과 전혀 어울리지 않는 감정이라고 여겼
다. 하지만 지금은 가식이 아닌 선의의 거짓말이고, 배려심
도 때론 필요하다고 믿게 된 것이다.

반악은 당원들이 쉽게 승복할 것 같지 않아서 추가적인
설명을 이어갔다.

"모두 짐작하고 있듯이 강북에서의 임무가 위험하긴 하
오. 여러분들이 도와주신다면 큰 보탬이 될 것이 분명하오.
하지만 진짜 중요한 싸움은 적들이 도강하여 남쪽으로 넘어
오고 나서부터 시작일 것이오. 사실 강북에서 기습하는 임
무는 책임의 무게가 덜해서 오히려 마음이 편하다고 생각했
소. 하지만 여러분들이 날 따라오게 된다면 부담으로 작용
하여 마음이 편치 않을 것이오. 그러니 내 개인적인 욕심에
따른 결정이라 이해하시고, 여러분들은 여기 남아주길 부탁
드리겠소."

반악이 심정을 자세히 설명하고 정중하게 부탁을 하자 당
원들은 아쉬움을 느끼면서도 어쩔 수 없다는 듯 고개를 끄

덕였다.

"반 소협께 짐이 될 수는 없는 일이지요. 알겠습니다. 이 곳에 남아 최선을 다해 준비하고, 반 소협이 무사히 돌아오길 기다리겠습니다."

살짝 힘이 빠진 표정의 당원들은 인사를 하고 돌아섰다. 그런데 반악이 잠시 망설이다가 그들을 불러 세웠다.

"잠시 기다려주시오."

"……?"

"이번에 총단을 떠나고, 또 그 이후로 싸움이 치열해지면 언제 또 여러분들과 지금과 같은 시간을 얻게 될지 알 수 없는 일. 그러니 상황에는 맞지 않지만 오늘 저녁 술 한잔으로 이제까지 어려운 가운데에서도 동고동락하며 살아남았고, 또 그렇게 함께하며 쌓아둔 우의를 돌이키며, 앞으로의 싸움에서 승리하길 바라는 마음으로 축배를 드는 것이 어떠하겠소?"

당원들의 얼굴이 환해졌다.

무엇보다 반악이 그들에게 우의를 논하고, 처음으로 술을 마시자고 청했다는 점이 기분을 좋게 만든 것이다.

"술이라면 사양할 일이 없지요!"

"오히려 지금이 술을 마실 시기라 생각합니다!"

"반 소협이 마시자는데 누가 거절을 할 수 있겠습니까!"

"당장 준비하도록 하겠습니다!"

당원들은 시끌시끌하게 떠들며 술은 어디서 구해오고, 음식은 어디서 가져오는지에 대해 이야기한 뒤 각자의 몫을 정해 급하게 사방으로 흩어졌다.

모든 광경을 흐뭇하게 바라보던 강학청이 반악에게 말했다.

"견 소협 등과 묵 소저를 이리로 데리고 오겠습니다."

강학청은 자리를 떠났고, 반악은 기이한 감정에 젖어들며 다시 건물 안으로 들어갔다.

                    *   *   *

반악의 제안으로 시작된 술자리는 예상치 못하게 커져버렸다.

당원들이 이리저리 돌아다니며 인맥을 동원해 술과 음식을 구하다보니 친분이 있는 이들까지 더불어 모여들고, 보주 간명을 비롯한 패왕보의 중진들, 그리고 몇몇 무리의 수장들도 소식을 듣고 합류하면서 백 명도 넘는 당원들이 한자리에 모이게 된 것이다.

하지만 그게 끝이 아니었다. 원래는 건물 안을 술자리 장소로 잡았으나, 너무 많은 인원 때문에 넓은 마당으로 변경되었고, 다섯 마리의 돼지가 통째로 구워지고 열 개의 커다란 술동이가 개봉되어 군침 도는 향기가 주변으로 널리 퍼져나가면서 자연스럽게 사람들이 늘어나 버렸다.

결국 술시(戌時: 밤7~9시) 쯤에 이르러서는 넓은 마당 안이 꽉 들어찰 만큼 남녀노소를 가리지 않고 사람들로 그득해지게 되었다.

그리고 그 중심에는 반악이 자리하고 있었다.

"제 잔 받으십시오, 반 소협."

당원들은 마치 이때를 기다렸다는 듯 너 나 할 것 없이 반악에게 다가와 술을 권하고, 그가 보여주었던 여러 놀라운 영웅담을 이야기하고, 진심을 담아 칭송했다. 여인들은 그의 얼굴을 보려고, 아이들은 그의 옷깃이라도 건드려보려고 주변을 서성였다.

반악은 그런 당원들의 이야기를 듣고, 때론 간단하게 대꾸하면서, 여인들의 시선과 아이들의 장난스런 손짓에도 짜증 한 번 내지 않고 미소를 지으며 어울렸다.

'재밌네.'

이전과 달리 반악은 즐거웠다. 친해지고 싶다면서 다가오는 사람들에게 거부감을 느끼지도 않았다.

그는 이제야말로 진정 반룡복고당의 일원이 된 것 같았다.

그리고 그러한 기분은 견일 등도 마찬가지였다. 반악에 못지않을 만큼 당원들의 관심과 이목을 끌어 모으며 즐겁게 어울리고 있었다.

헌데, 견이가 술을 받아 마시던 반악에게 가까이 다가와 담문 쪽을 눈짓으로 가리켰다. 반악은 담문 쪽을 돌아보고는 깜짝 놀랐다.

'용설.'

담문에 부용설이 서 있었다.

그와 시선이 마주친 그녀는 잠시 그대로 있다가 돌아서서 사라졌다. 마치 그에게 따라 나오라는 듯이.

반악은 조용히 일어나 담문으로 향했다. 의아해하며 그를 쳐다보던 사람들은 소피를 보러 가는 거라 생각하고 더는 신경 쓰지 않았다.

다만 부용설이 담문에 나타났다가 돌아서서 떠나는 걸 우연히 목격한 묵담향만이 얼굴에 호기심과 씁쓸함을 동시에 드러내며 반악이 담문 밖으로 사라지는 걸 끝까지 지켜보았을 뿐이었다.

*　　　*　　　*

저 앞쪽 어둑한 길을 따라 부용설이 걸어가고 있었다. 그러다 잠시 멈춰 서서 뒤를 돌아보고는 다시 걸어갔다.

따라오고 있는 걸 확인하려던 것일까?

반악은 걸음을 빨리하여 그녀를 뒤쫓았다. 부용설은 멀리 가지 않았다. 꺾어진 길을 따라 조금 더 걷다가 멈춰 서서는 움직이지 않고 있었다.

반악은 그녀와 이 장의 거리를 두고 섰다. 그리고 그를 외면하듯 서 있는 부용설의 작은 등을 빤히 바라보기만 했다.

침묵은 무거웠다. 반악은 먼저 말을 꺼내볼까 고민하면서도 계속 기다렸다.

부용설이 돌아섰다. 달빛이 그녀의 아름다운 얼굴을 비추었다.

차가웠다.

달빛으로 인해서 창백해진 느낌이 아니라, 그녀의 시선과 표정이 그러했다.

그리고 그녀는 표정만큼이나 서늘한 음성으로 물었다.

"당신이죠? 당주를 움직여 우리와 관계를 끊게 만든 게 당신이죠?"

반악은 혹시나 하는 짐작이 맞았다는 생각을 하면서 고개를 숙이고 시선을 피했다.

똑똑한 여인이기 때문에 내막을 알아챌지도 모른다는 우려를 했었지만, 막상 진실을 추궁당하자 미안한 마음부터 드는 것이다.

그러나 곧 마음을 굳히고 고개를 들었다.

"맞소. 내가 당주에게 그리해달라고 요청을 했소."

부용설의 눈동자에 분노가 어렸고, 흥분한 듯 뺨이 붉어졌다.

하지만 목소리는 상대적으로 차분했다.

"왜 그랬어요?"

"이제 곧 거룡성과 싸우게 될 거라는 걸 알잖소."

"싸움이야 예전부터 계속 해오던 거잖아요. 왜 새삼 그런 이유를 들어 날 방해하려는 건가요?"

"그때와 지금은 다르오. 이번엔 정면으로 맞붙게 될 거고, 어느 한쪽의 씨가 마르기 전까지는 끝나지 않을 거란 말이오. 그러니 당신이 여기 있으면 우리와 마찬가지로 표적이 될 거고, 진가장도 안전할 수가 없소."

"이미 나와 진가장은 개입되었어요. 그래서 당신들과 손을 잡은 거잖아요."

"아니오. 그건 잘못 생각한 거요. 당신의 오라비가 있기 때문에 지금이라도 손을 떼면 거룡성은 당신과 진가장에 상관하지 않을 거요. 그러나 지금처럼 계속 반룡복고당의 자금줄 노릇을 하려고 한다면 당신의 오라비를 제거하는 무리수를 쓰더라도 끝장을 보려 할 거란 말이오. 거룡성은 그런 곳이오. 아니, 무림은 그렇게 무섭고 잔혹한 곳이오."

"그러니까, 날 위해 끊게 했다는 말인가요?"

반악은 작게 고개를 끄덕였다.

부용설은 고개를 숙였다. 그리고 다시 시선을 올리며 소리쳤다.

"이제와 날 걱정한다고 말하는 건가요! 당신이 너무나 필요했을 때는 매몰차게 떠나버려 놓고, 이제 와서! 그냥 처음부터 날 만나지 말았어야 했다고 하지 그래요! 나와 술도 마시지 말았어야 했고, 이야기하지도 말아야 했고, 잠자리도 갖지 말아야 했다고요! 그랬다면 이렇게 신경 쓸 필요도 없었을 거라고, 그럼 내가 귀찮게 굴지도 않았을 테니 후회한다고 말이에요!"

"……."

"싫어요! 이젠 당신 말을 듣지 않겠어요! 당신 때문에 바보가 되지 않을 거예요! 그러니 난 여기에 있을 거예요! 당주가 관계를 끊겠다면 그러라고 해요! 난 장원 밖 마을에 있을 거니까! 거기에 상점을 열고, 집을 짓고 살겠어요! 그러니까 당신은 나에 대해서 상관하지 말아요!"

부용설은 돌아섰다.

하지만 그녀는 떠날 수 없었다. 반악이 성큼 다가와 그녀의 손을 잡았기 때문이었다.

"이거 놔요!"

부용설은 손을 빼기 위해 힘껏 당겼다. 하지만 반악은 꼼짝도 하지 않았다. 그래서 다른 손으로 반악의 팔을 때렸다. 하지만 그래도 반악은 손을 놓지 않았다.

철썩!

뺨을 때렸다. 부용설은 자신이 때리고도 당황하여 눈을 크게 떴다. 분명 그럴 능력이 있으니까 반악이 피하리라 생각했는데 그러지 않았기 때문이었다.

그녀는 반악의 시선을 마주 쳐다보았다.

그의 눈동자엔 슬픔이 어려 있었다.

"왜 그렇게 봐요! 왜 당신이 그런 눈으로 날 보냐고요! 슬퍼해야 하는 건 나잖아요! 아파야 하는 건 나잖아요! 근데 왜 당신이 나보다 더 슬프고 아픈 것처럼 날 보냐고요!"

부용설은 너무나 화가 난다는 듯 소리쳤다.

하지만 그러면서도 눈동자엔 눈물이 맺히고, 뺨을 타고 흘러내렸다.

반악은 그녀를 끌어당겼다. 부용설은 저항했다. 다리에 힘을 주고 버텼다. 팔과 가슴을 다른 손으로 때리며 놓아달라고 울며 소리쳤다.

하지만 반악은 끝내 그녀를 놓지 않고, 두 팔로 꼭 감싸 안았다.

"당신이 미워요! 난 당신이 밉단 말이에요!"

부용설은 품에서 벗어나기 위해 몸부림쳤다.

하지만 그러한 저항은 길지 않았다. 그녀는 더욱 크게 울었고, 점점 그의 품에 기대기 시작했다. 그리고 그의 앞섶을 양손으로 꽉 움켜잡고 얼굴을 가슴에 비비면서 밉다고, 너무 미워서 미칠 것 같다는 말만 반복했다.

시간이 흘러 눈물은 멈추고, 흐느낌은 잦아들었다.

그때서야 반악은 부용설의 귓가에 속삭이듯이 말했다.

"모두 내 잘못이오. 내가 어리석고 바보 같아서 당신을 힘들게 했소."

"……."

"그게 나와 당신을 위하는 길이라 생각했소. 하지만 결국 모든 건 나의 이기심이었던 거요. 후회했소. 하지만 후회를 부정하기도 했소. 내가 잘못했다는 걸 인정할 수가 없었소. 그러나 한순간도 당신 생각을 하지 않은 적이 없었소. 어딜 가든, 무엇을 하든 당신의 모습이 떠올랐고, 너무나 그리웠소. 하지만 어떻게 해야 할지를 모르겠소. 이번도 당신을 방해하려고 한 게 아니오. 그저 당신이 안전하길 바랐기 때문이오. 위험 속에 놔둘 수가 없었소. 당신이 조금이라도 다치면 견딜 수 없을 테니까. 나 자신을 용서할 수 없을 테니까."

"……."

"미안하오. 정말 미안하오. 난 당신을 좋아할 자격도 없는 남자요."

부용설은 품에서 살짝 떨어져 나와 고개를 들었고, 울음기가 가시지 않은 음성으로 말했다.

"나는 진심으로 나를 위해줄 사람이 필요해요. 무슨 일이 있더라도 나만을 진정으로 좋아해줄 사람, 그리고 믿을 수 있는 사람이요."

"나도 그런 사람이 되고 싶소. 꼭 그렇게 되고 싶소. 난 당신을 너무 좋아하니까."

부용설의 눈동자에 다시 눈물이 아른거렸다. 하지만 이전과 같은 슬픔의 눈물이 아니었다. 그녀의 시선은 너무나 부드러웠으니까.

부용설은 따뜻한 눈길로 반악의 시선을 마주하며 양손을 올려 그의 뺨을 감싸 쥐었다.

"당신은 바보예요. 하지만 자격 같은 건 따지지 말아요. 날 좋아하면 그것으로 되었잖아요. 나도 당신을 좋아하는걸요. 그러니까 자신에게 상처 입히는 말은 하지 말아요. 알았죠?"

반악은 마치 어린아이라도 된 듯이 크게 고개를 끄덕였다.

부용설은 웃었다. 그리고 그의 얼굴을 당겼다. 두 사람은 자연스럽게 입을 맞추었고, 하나로 합쳐질 듯이 서로를 꼭 끌어안았다.

*　　　*　　　*

달빛조차 막아버린 담벼락 아래에 기대어 서 있던 묵담향은 입술을 깨물었다. 그녀의 시선에 긴 입맞춤을 끝낸 부용설이 반악의 손을 잡고 끌어당기는 모습이 들어왔다. 그리고 반악은 미소를 지으며 그녀를 따라 움직이고 있었다.

묵담향은 양손으로 얼굴을 감싸 쥐고 주저앉았다.

우는 걸까?

어느 사이엔가 그에게로 흘러가던 마음이, 지금 자신의 마음이 어떤 감정인지 깨달았기 때문에?

자신의 마음을 휘몰아치는 슬픔과 후회의 감정이 너무나 아파서?

잘게 떨리는 그녀의 어깨는 그렇다고 말하고 있었다.

묵담향은 그렇게 한참 동안 어둠 속에 웅크리고 앉은 채로 슬픔 속에 잠겨 있을 수밖에 없었다.

그리고 그녀로부터 조금 더 뒤쪽 담벼락 아래 어둠 속에선 공추걸이 상처 입은 표정을 한 채로 지켜보고 있었다.

*   *   *

한 대의 마차가 총단을 떠났다.

견일 등이 마부석에 앉았고, 안에는 반악과 염서성, 그리고 떠나기 직전 갑작스레 합류한 서문유강이 타고 있었다.

"서문 공자는 왜 우리와 함께 가려 하시오?"

염서성은 아까부터 궁금해 하고 있던 질문을 했다. 그냥 이곳에 남아 있어도 되는데, 굳이 위험스런 임무에 함께 가려고 하는지를 이해할 수 없었던 것이다.

물론, 이곳에 남아 있어도 결국 큰 싸움에 휘말리게 될 테지만.

"내가 함께 가는 게 불편하시오?"

"전혀 아니오. 서문 공자와 같은 고수가 함께 간다면 천군 만마를 얻은 것과 다름없는데, 어찌 싫어할 수가 있겠소."

"날 그리 높이 평가해주니 고맙소."

"없는 말을 하는 것도 아니니까. 그런데 진짜 왜 우리와 같이 가려는 것이오?"

"특별하고 대단한 이유가 있어서는 아니오. 그냥 여러분들과 함께하는 게 더 마음이 편하기 때문이랄까. 총단에 남아 있으면 외부인이란 생각 때문에 겉돌기만 할 것 같았소. 그리고 반 소협과 함께하면 배울 게 많을 것 같기도 하고, 무얼 하기 위해 떠나든 많은 것들을 보고 싶다는 마음도 있고, 솔직히 나도 잘 모르겠구려. 그냥 떠나고 싶었던 모양이오."

명확한 답변은 아니었지만, 염서성은 이해할 만하다고 생각했다.

막내 동생을 잃고 그 책임을 짊어진 채 어쩔 수 없이 집을 떠난 그가 아니던가. 겉으로는 별다른 내색을 하지 않지만, 속으로는 여러 가지로 마음이 복잡할 것이다.

그러니 이럴 때는 한곳에 머무는 것보다 정신없이 돌아다니며 머릿속을 단순하게 만들어두는 게 좋을지도 몰랐다.

"이왕 같이 가게 되었으니, 서로 돕고 지냅시다."

"……?"

"시간이 되면 같이 비무도 하면서 실력과 경험도 키우고 뭐, 그러자는 거요. 물론 서문 공자가 내키면 말이오."

"오히려 내가 부탁하고 싶구려. 앞으로 잘 해봅시다."

두 사람은 갑자기 의기투합하여 이러저러한 이야기를 나누기 시작했다.

두 사람이 자라온 환경과 인생을 비롯하여 겉으로 보기에는 전혀 어울릴 것 같지 않은데도 의외로 맞는 구석이 꽤 있었던 것이다.

'날 귀찮게 하지 않게 되었으니 잘 됐군.'

반악은 진지하게, 때론 웃으면서 이야기를 나누는 두 사람을 보며 내심 웃음을 지었다.

그는 고개를 돌려 창밖으로 시선을 돌렸다. 이제는 보이지 않을 정도로 총단이 멀어졌지만, 그의 마음은 아직도 그곳에 있는 듯했다.

부용설 때문이었다.

어젯밤 서로에 대한 마음을 새삼 확인하고, 뜨겁고 열정적인 밤을 보내며 반악은 더 그럴 수 없을 만큼 행복하고 즐거웠다.

떠나는 길이 더욱 아쉬운 건 그 때문일 것이다. 그녀를 안전하게 할 목적으로 맡은 임무를 위해 가는 것이지만, 그녀와 같이 있을 수 없다는 이유 때문에.

하지만 이대로 끝나는 게 아니질 않은가.

'곧 다시 볼 테니까.'

부용설은 그의 설득에 따라 구화산을 떠날 것이다. 그리고 반약은 모든 것이 마무리되고 나서 그녀를 찾아가기로 약속을 했다.

'꼭 살아서 당신에게 돌아가리다.'

반약은 떠나온 지 얼마 되지 않았음에도 가슴에 가득 차는 그리움을 애써 외면하며 스스로를 다독이고, 가부좌를 하고 운기와 명상에 집중하기 시작했다.

第五十章

　팔공산을 출발한 거룡성의 무리는 모두 셋으로 나뉘어 일룡대(一龍隊), 이룡대(二龍隊), 삼룡대(三龍隊)로 명칭을 정하고 지정받은 길을 따라 이동했다.

　굳이 셋으로 나눈 이유는 수백이나 되는 무림인들이 한꺼번에 움직인다면 그동안 적지 않은 뇌물을 받고 이번 움직임에 대해 비공식적으로 미리 통보를 받은 관과 관인들이라고 해도 그냥 모른 척할 수가 없을 것이기 때문이었다.

　특히 최근 승선포정사사의 분위기가 많이 경직되어 있어서 함부로 자극을 할 분위기가 아니었던 것이다.

　그래서 홍문한은 성주를 필두로 한 보룡대와 거룡대, 적룡대 일부가 섞인 무리를 일룡대, 백룡대와 은룡대를 합해 이룡대, 그리고 적룡대와 흑룡대를 뭉쳐서 삼룡대로 명명하고, 개개인의 실력과 경험, 명성이 특출한 호법들을 따로 세 무리로 나눠서 각 무리에 배정했다.

또한 천문당의 당원들이 보이지 않는 가교 역할을 맡아 각 무리가 서로의 위치를 확인하고 일사불란한 행동력을 유지하며, 성주의 명령이 내려질 시에는 최대한 빠르게 접수하고 반응할 수 있도록 조치를 취해두었다.

＊　　　＊　　　＊

오시(午時: 오전11~1시)를 조금 넘은 시각.

팔공산에서 이틀 거리, 합비의 서쪽으로 하루 거리에 위치한 육안현.

현에서 삼 리 정도 떨어진 평야에 백 명에 이르는 무리가 모여 있었다. 상관 성주가 직접 선두에서 이끄는 일룡대였다.

헌데, 이르거나 늦은 시각이 아님에도 불구하고 왜 이동을 하지 않고 있는 것일까.

그렇다고 근방에 객잔과 같은 곳이 있는 것도 아닌데 말이다.

이때, 저 멀리서 몇 마리의 말과 마차 한 대가 빠르게 달려왔다.

마차와 말들은 일롱대로부터 사 장 앞에서 멈춰 섰고, 마른 몸매에 염소수염이 특징적인 오십 대의 장년인을 시작으로 말에 타고 있던 이들이 연달아 땅에 내려서자 마차 안에서도 열 명 정도가 묵직한 상자 하나를 들고 밖으로 나왔다.

그들은 긴장된 표정을 하고 있었다. 하지만 그럴 수밖에 없을 것이다. 바로 눈앞에 안휘 최강 세력의 수장이 백 명에 이르는 무사들을 뒤에 거느리고 그들을 주시하고 있었으니까.

오십 대의 장년인, 육안현에 근거지를 둔 육안약부의 부주 보문엽은 수하들에게 기다리라 하고 혼자서 상관 성주를 향해 걸어갔다.

그는 먼저 정중하게 포권을 취하며 인사를 건넸다.

"상관 성주, 개파식 이후 처음으로 뵙소이다."

"그렇구려."

일어서지도 않고 가볍게 고개를 끄덕이며 인사하는 성주의 태도는 대단히 오만했다.

하지만 보 부주는 조금도 기분 나빠하지 않았다. 아니, 설사 그렇다고 해도 내색할 수가 없었다. 상대는 안휘 최강의 문파의 수장이고 천하의 고수로 지명된 인물이었으니, 충분히 그럴 만한 자격을 갖춘 것이다.

게다가 자신은 현격한 차이가 날 만큼 세력이 작은, 무공보다는 의술로 더 잘 알려진 문파의 수장이지 않은가.

보 부주는 우선 애도의 뜻을 표하기로 했다.

"상사에 얼마나 애통하시오. 망극한 일을 당하셔서 어떻게 말씀드려야 좋을지 모르겠소이다."

"신경 써주어 고맙지만, 갈 길이 바쁘니 허례적인 인사에 시간을 낭비할 틈이 없소."

"아, 물론 그러시겠지요."

퉁명스런 반응에도 보 부주는 웃음을 지으며 흘려 넘겼다. 허나, 등줄기에는 식은땀이 흐르고 있었다. 혹시 성주가 자신과 육안약부에 대해서 불만을 가진 것은 아닌가 걱정이 되었기 때문이었다.

단순히 딸의 죽음 때문에 기분이 안 좋은 걸 수도 있지만, 최근 반룡복고당의 활동에 대해서 거룡성을 지지하는 의사 표현을 하지 않은 것과 이렇게 찾아오기 전에 알아서 먼저 지원 움직임을 보이지 않았다는 것에 화가 난 것일 수도 있는 것이다.

'하지만 나만 그런 것이 아니질 않은가.'

거의 대부분의 문파들이 이렇다 할 움직임을 보이지 않은 채 사태의 추이를 지켜보고 있는 중이었다. 처음엔 비웃음이나 받던, 얼마 버티지 못하고 괴멸당할 것 같았던 반룡복고당의 기세가 워낙 예사롭지 않기 때문이었다.

'역시 딸이 죽은 것 때문인 거야……'

그러나 확신이 없었기에 불안감은 사라지지 않았다.

가만히 지켜보고 있던 홍문한이 눈치를 살피는 보 부주를 구해주겠다는 듯 앞으로 나섰다.

"보 부주님, 가져온 걸 보여드리시지요."

보 부주는 얼른 뒤쪽으로 손짓을 했고, 상자를 든 사내를 필두로 하여 도합 열 명의 사내가 그의 뒤쪽으로 와서 섰다.

"말씀하신 황금 오백 냥과 약부에서 실력만을 보고 골라 뽑은 부원 열 명을 데리고 왔소이다. 물론 요구하신 대로 무공 실력보다는 부상을 치료하는 데 더 뛰어난 재능을 가진 수하들입니다."

일룡대가 이곳에서 멈춘 이유가 바로 이것이었다.

반룡복고당의 갑작스러울 정도의 약진과 활동으로 흔들리고 있을 안휘의 문파들을 다잡자는 의미로 남하를 하면서 충성 맹세를 받기로 한 것이다.

하지만 직접적으로 무릎을 꿇리거나 문서를 작성하게 하는 등의 방법은 오히려 반발을 살 수가 있었기에 황금 오백 냥과 수하 열 명을 제공받는 것으로 대신하고 있었다.

당연히 육안약부 뿐만이 아니라 남하하며 거치게 될 모든 지역의 중소문파들에게도 똑같은 걸 요구할 것이다. 또한 다른 길로 이동하는 이룡대와 삼룡대도 성주를 대리하여 같은 방식으로 맹세를 받고 있었다.

"돈은 도로 가져가십시오."

"⋯⋯?"

"요즘 워낙 시국이 어수선한지라 얼마나 성의를 보이는지 알고자 하는 의미였을 뿐, 진짜로 받을 생각은 애초부터 없었습니다."

황금 오백 냥, 은으로는 일만 냥이나 되는 돈은 거룡성의 규모와 자금력을 감안하면 큰돈이라 할 수 없었다. 하지만 육안약부 정도의 중소문파들에게는 꽤 큰 출혈이고, 그래서 돈을 준비하는 것만으로도 성의 표시가 되는 것이다.

"그렇다면 부원들도⋯⋯?"

"아, 부원들은 아닙니다."

보 부주는 내심 아쉬운 한숨을 토해냈다. 하지만 돈이라도 다시 돌려받는 것에 만족할 수밖에 없는 일이었다.

홍문한은 수하를 시켜 약부 부원들을 뒤쪽으로 데리고 가게 했다.

"부원들은 안휘를 혼란케 하는 적당들을 격멸한 뒤에 곧바로 돌려보낼 것이니 염려하지 마십시오."

물론 그때까지 살아 있어야 한다는 전제가 필요했지만.

"작은 힘이나마 도움이 되었다고 하니 다행이오."

보 부주는 홍문한에게 포권을 취하며 상관 성주의 반응을 살폈다.

하지만 여전히 별다른 반응도 보이지 않는 무표정 그대로였다. 그러나 이제는 그 모습이 압박으로 다가오기보다는 약간 한심하게 느껴졌다.

'예전에는 제법 호방한 모습을 보였는데, 지금은 완전히 딴사람이 되어버렸군. 딸의 죽음이 그렇게도 큰 영향을 주었단 말인가? 자식이 딸 하나뿐이기는 했지만…….'

그러나 한 지역의 패자라는 인물이 그 정도로 충격을 받고 힘들어한다는 것은 썩 믿음직스러워 보이지 않았다. 특히나 욱일승천의 기세로 강남을 휘어잡아가고 있는 반룡복고당과 일전을 앞에 둔 상황에서는 더더욱.

"우리가 더 도와드릴 건 없소?"

보 부주가 묻자마자 상관 성주가 벌떡 일어났다.

"홍 당주, 쓸데없이 너무 지체했다."

"예, 성주님."

홍문한은 뒤에 선 대주들에게 눈짓을 보내고, 대주들은 즉각 뒤로 움직여 각각 통솔하는 대원들을 준비시켰다.

"이만 출발해야겠습니다. 돌아오는 길에 다시 자리를 만들 테니, 그때 다시 뵙도록 하지요."

"아, 연락을 기다리고 있겠소이다."

보 부주는 인사도 않고 말에 오르는 상관 성주와 백 명에 이르는 무리들이 시야에서 완전히 사라질 때까지 꼼짝도 않고 지켜보았다.

그리고 혼잣말처럼 중얼거렸다.

"권불십년 화무십일홍이라 했는데……."

갑자기 권력은 십 년을 가지 못하고, 꽃은 열흘을 붉지 못한다는 말이 왜 떠오른 걸까?

'전대 방주는 분명 인물이었지.'

실질적으로 지금의 거룡성이 가능할 수 있도록 거룡방의 기반을 다진 것이 그였으니까.

무엇보다 모두가 꺼려하던 잔혹마를 받아들여 천하의 고수로 키워낸 것도 그가 아니던가.

'그에 비해 상관모웅은······.'

애초부터 크게 될 재목이 아니었던 자였으나, 부친의 유산을 물려받아 패자가 될 수 있었다는 생각이 드는 것이다.

그 증거로 잔혹마의 부재를 들 수가 있었다.

일 년이 넘도록 모습이 보이지 않아 폐관 중이라느니, 제거당했다느니 하는 등의 소문이 무성했으나 아직까지 안휘의 무림인들은 거룡성하면 잔혹마부터 떠올리고 있었다.

그러나 이번처럼 중요한 출정에서도 보이지 않는다면, 진실이 무엇이건 간에 앞으로 거룡성과 그를 하나로 생각할 수 없다는 인식을 심어주게 될 것이다.

그리고 거룡성 자체보다 더욱 존재감이 컸고, 실제로도 과거 패권 싸움에서 엄청난 능력과 성과를 보여주었던 잔혹마가 사라진다는 건 거룡성의 무게감이 절반으로 줄어들었다는 의미였다.

게다가 충성맹세를 이유로 자신들과 같은 작은 문파로부

터 인원을 지원받는 것 또한 그러한 인식을 더욱 분명하게
만드는 데 영향을 줄 것이고.

'죽었는지 떠났는지 내막은 알 수 없지만, 잔혹마를 잃은
건 당신의 가장 큰 실수요.'

"아무래도 꽃이 질 때가 된 것 같구만."

오백 냥의 금이 들어 있는 상자를 집어 들던 수하가 그 소
리를 듣고 의아하여 물었다.

"부주님, 그게 무슨 말씀이십니까?"

"아무것도 아니다. 그만 돌아가자꾸나."

*　　*　　*

이룡대는 안휘 동쪽의 정원을 거쳐, 함산으로부터 오 리
정도 떨어진 근방을 지나고 있었다.

선두에서 말을 타고 가던 백룡대 대주 강첨은 찌푸린 얼
굴로 함산현이 있는 쪽을 바라보았다.

'장용, 이제야 자네의 원한을 갚으러 갈 수 있게 되었네.
늦어서 미안하이.'

반룡복고당의 갑작스런 기습을 받아 궤멸된 함산 분타의
분타주 고장용은 강첨의 가장 친한 친구였다.

죽마고우는 아니었으나, 거룡방 시절 비슷한 시기에 입방
한 뒤로 동고동락하면서 형제보다 더 가까운 사이가 되었던

것이다.

그래서 함산 분타가 무너진 이후 그는 바로 반격을 해야 한다고, 반룡복고당을 공격해 씨를 말려야 한다고 강하게 주장을 했었다.

그것도 좀처럼 반응을 보여주지 않는 성주와 신중론을 이야기하는 홍문한에 대한 불만을 노골적으로 드러내기까지 하여 동료 대주들의 우려를 사기까지 할 정도였다.

그런데 또다시 비슷한 사건이 일어났으니, 동료 대주 정모권과 그 휘하 백룡무사들이 상관미조를 호위하던 중에 공격당해 죽은 것이다.

만약 이번 합비의 사건에도 대응하지 않았다면 강첨은 독단적으로라도 백룡대를 움직여 복수할 기회를 찾으려고 했을 게 분명했다.

하지만 다행스럽게 성주가 반격을 결정하고, 약간 늦긴 했어도 홍문한이 이를 수용하면서 바라던 대로 출정을 하게 된 것이다.

게다가 불만을 터트리며 분위기를 어수선하게 만들었던 그에게 이룡대를 맡기기까지 했으니 더 무얼 바랄까.

그러나 지금 강첨의 마음은 편치 않았다.

'쉴 틈 없이 달려도 모자랄 판에……'

지나는 지역마다 그곳에 근거지를 둔 문파들에게 통보하여 인원과 돈을 요구하고, 다시 돈을 돌려주는 답답하기 그지없는 짓을 하며 아까운 시간을 흘려보내야만 한다는 것이 너무 짜증났기 때문이었다.

'그깟 놈들이 뭐가 무섭다고 이 짓을 해야 하냔 말이다.'

홍문한은 뒤쪽을 탄탄히 다지지 않고는 앞쪽에 집중할 수 없다는 논리를 내세워 성주를 설득하고 무력대 전체에 이런 짓을 하도록 명령했지만 강첨의 눈에는 시간 낭비로밖에 보이지 않았다.

한 번 밀고 들어가면 반룡복고당은 그대로 끝날 것이고, 거룡성의 힘에 의문을 품었던 문파들은 겁을 먹고 알아서 머리를 숙이게 될 테니까.

하지만 하기 싫어도 해야 하는 것이 남의 밑에 있는 자의 숙명이 아니던가.

'이번 일만 끝나면 총단에서 멀찍이 떨어진 곳에 분타를 세우고 거기를 맡게 해달라고 요청해야겠어.'

아니면 그냥 은퇴하는 것도 나쁘지 않다는 생각이 들었다.

이후로는 무림을 독행하며 젊을 적의 호승심을 떠올리고, 누구의 방해도 받지 않고 자유롭게 하고 싶은 것을 하며 살아가는 것이다.

"대주님, 뒤쪽에서 웬 무리가 다가오고 있습니다."

옆에 있던 은룡대 대주가 경계하라는 지시를 내려야 하지 않겠냐고 말했지만, 강첨은 아무런 명령도 내리지 않았다.

이 근방에서 위협이 될 만한 세력이 없다는 확고한 믿음을 갖고 있기 때문이었다.

'홍 당주가 여기 있었다면 이런 자만이 화를 부르게 될 거라고 노발대발했겠지.'

하지만 강첨은 그런 생각을 하며 코웃음을 쳤다. 설사 반룡복고당이 기세를 떨치고 있다는 강남 지역에 들어서더라도 자신의 태도는 지금과 별반 달라지지 않을 테니까.

그의 자신감은 안휘 전체에 걸쳐 해당되는 것이었다.

그래서 강첨은 은룡대 대주의 찌푸린 표정에도 전혀 개의치 않고, 당당함이 넘치는 시선으로 그들을 향해 다가오는 무리를 바라보았다.

검정 일색으로 의복을 맞춘 오십여 명이 넉 대의 마차에 나눠 탔고, 중년인이 홀로 말을 탄 채 선두에서 무리를 이끌고 있었다.

"오행궁이군."

강첨은 선두의 중년인을 알고 있었다. 예전 홍문한을 호위하여 오행궁에 갔었다가 한 번 만난 적이 있는 사궁주 육관명이었던 것이다.

"오랜만이오, 강 대주."

말을 몰아 혼자 앞쪽으로 다가온 육관명은 일면식이 있는 강첨에게 포권을 취하며 먼저 인사를 건네고, 은룡대 대주와 그 뒤로 모여 있던 호법들과도 간단히 통성명을 하며 짧게 인사를 나누었다.

"사궁주께서 직접 올 줄은 몰랐소. 그것도 본진으로 가지 않고 이쪽으로 올 줄은 더욱 예상하지 못했소이다."

"가장 빠른 길을 잡다보니 이곳으로 오게 되었소."

"그러셨구려. 헌데, 저 인원이 끝이오? 아니면 추가로 더 따라오는 무리가 있는 거요?"

강첨의 불만어린 물음에 육관명은 쓰린 속내를 감추고, 이게 끝이라고 말하면서 어색한 미소를 지었다.

'싸가지 없는 새끼.'

물론 강첨의 반응이 이해는 되었다. 정식으로 지원 요청을 했는데 고작 오십 명 정도만 데려왔다는 건 거룡성의 입장에서는 충분히 불만스럽고 기분 나쁠 수가 있는 일인 것이다.

하지만 그러한 기색을 드러낸 강첨은 무력대 대주에 불과하고, 육관명은 명색이 일파의 수장급인 궁주가 아니던가.

상관 성주나 홍문한이라면 모를까, 강첨이 이런 식으로 물어보는 것 자체가 사궁주, 더 나아가 오행궁을 무시하는 것과 다름없었다.

물론 육관명이 지금은 궁주 자리에서 물러나 이제는 요월홍과 함께 부궁주로 격하되어 불리고 있었지만, 강첨이 이러한 사실을 모르고 있다는 걸 감안하면 문제가 있는 발언임이 분명했다.

하지만 역시나 그러한 속내를 드러낼 수는 없는 일.

"인원이 적다 볼 수는 있지만, 내 수하들 중에서도 고르고 골라 뽑은 아이들이라오. 충분히 도움이 될 것이니 실망하진 마시구려."

"사궁주께서 그렇다는데 내가 더 무슨 말을 하겠소."

강첨의 퉁명스런 반응에도 육관명은 대꾸하지 않고 흘려 넘겼다.

물론 표정과 달리 속은 썩어 들어가고 있었다.

'빌어먹을, 내가 대주 따위한테까지 이런 수모를 당해야 하다니.'

허나, 괜한 다툼이 생기지 않도록 하고 궁도들을 모두 희생시키는 한이 있더라도 최대한 협조하라는 백염비의 당부, 아니, 명령 때문에 함부로 성질을 부릴 수도 없었다.

"다시 출발한다!"

강첨이 손을 번쩍 지켜들고 소리치자 무리는 멈췄던 걸음을 움직여 이동을 시작했다.

육관명은 수하들이 있는 뒤쪽으로 가려는데, 강첨이 물었다.

"소궁주의 상태는 어떻소?"

"많이 좋아졌소이다."

"그때는 금방이라도 죽을 것 같은 얼굴이라 걱정했는데, 참으로 다행이오."

비아냥이었다.

그러나 육관명은 이해하지 못한 척 고맙다고 말하고는 뒤쪽으로 말을 몰아갔다.

'저자가 이상할 정도로 참고 있군.'

강첨은 짙은 의구심을 느꼈다.

처음엔 그냥 짜증이 나서 퉁명스럽게 굴었지만, 나중에는 뭔가 이상함을 느끼고 고의로 자극을 했음에도 육관명은 계속해서 순둥이처럼 대응하고 있었다.

깊이 알지는 못해도 육관명이 지금처럼 인내심이 강한 자가 아니라는 건 분명했기에, 아니, 오행궁의 궁주들 중에 이 정도로 얌전한 자가 없다는 걸 잘 알기에 의문을 가지지 않을 수 없었다.

'뭔가를 감추고 있다. 분명 다른 속셈이 있음이야.'

강첨은 앞으로 꼼꼼하게 살펴보기로 결심했다.

육관명이, 아니, 오행궁이 무슨 수작을 부리고 있는지를 알아내기 위해서.

*   *   *

청양에서 견일 등과 따로 떨어진 반악은 곧장 동릉으로 갔고, 수십 번이나 봉화산 동굴을 오가며 재물을 모두 가지고 내려와 마차에 싣고서 다시 청양으로 이동했다.

그리고 그곳에서 미리 만나기로 약속한 소장오에게 마차를 넘긴 뒤, 배를 타고 장강을 건너 견일 등이 기다리고 있을 려강으로 빠르게 움직였다.

*　　　*　　　*

"이쪽입니다, 주인님."

반악은 려강에 도착해 만나기로 정한 다관에 들어섰고, 차를 마시며 기다리고 있던 견삼의 안내를 받아 비밀 장소로 이동했다.

비밀 장소에는 먼저 와 있던 염서성 등과 강학청의 대리자로서 연락을 주고받으며 의리파를 이끄는 임무를 수행중인 육중포와 그를 보좌하는 육청우와 육청모 형제, 그리고 모정배를 비롯한 은당원 세 명이 있었다.

"어서 오시오, 반 소협."

반악 역시 반갑게 인사를 건네는 육중포에게 마주 포권을 취한 뒤, 당원이 이들밖에 없는 거냐고 물었다.

육중포는 고개를 내저으며 웃었다.

"당연히 이보다는 많소. 정확히 말하자면 모두 삼백삼십이 명이 의리파의 당원으로서 열다섯 개 현의 뒷골목을 관리하고 있는 중이오. 또한 직간접적으로 연관된 자들까지 합하면 그보다 세 배 이상 더 많은 인원이라 보면 될 거요."

하지만 의리파의 당원들 중 자신들이 반룡복고당의 하부 조직이라는 걸 명확히 아는 이들은 모정배 등의 은당원 셋 뿐이었다.

의리파의 속성상 비밀 엄수를 우선으로 하고 있기 때문에, 특히 열혈당 시절 그 존재가 거룡성에 포착된 이후 더욱 강력하게 은밀성을 추구하면서 철저한 점조직의 방식으로 세력을 확장해왔기 때문이었다.

물론 이번에 거룡성의 무리를 공격하게 되면 많은 당원들이 의리파의 본질과 목적이 무엇인지 대략 눈치를 채게 되겠지만.

어쨌든, 의리파는 이제 외형상 인원의 규모만 따지면 총단을 능가할 정도로 성장한 것이다.

강학청의 계책이 그만큼 효과적이었고, 직접 몸으로 뛰며 관리하는 육중포와 두 조카, 그리고 은당원들이 잘 해왔다는 의미였다.

"강 문공이 보낸 서신은 읽어 보셨소?"

육중포는 모두 읽어보고 육 씨 형제와 은당원들에게도 작금의 상황을 설명해주었다고 대답했다. 그리고 살짝 찌푸린 표정으로 물었다.

"의리파의 힘만으로 거룡성의 주력을 기습하라는 게 진정 당주의 생각인 거요?"

육중포의 우려는 당연했다. 무림의 싸움은 숫자만 많다고 되는 게 아니었으니까.

게다가 하늘과 땅 차이라고 해도 이상할 게 없는 전력의 고하를 감안하면, 이번 지시는 의리파의 당원들에게 자살을 하라고 명한 것과 다름없는 것이다.

은당원들의 얼굴에 수심이 가득한 것도 그때문이리라.

"뭘 염려하는지는 잘 알고 있소. 그러나 난 그 지시를 말 그대로 따를 필요는 없다고 생각하오."

"반 소협은 당주의 지시를 따르지 않겠다는 말이오?"

"그보다는 상황과 처지에 맞게, 능동적으로 해석하여 방법을 찾자는 의미로 생각해주시오."

"난 골치 아프게 생각하는 사람이 아니란 걸 알잖소. 복안이 있다면 속 시원하게 이야기해주시오."

"외형상 거룡성의 일부분이기는 하지만, 제거해버리면 전체 전력에 치명적인 영향을 줄 수 있는 부분을 집중적으로 노려 공격하는 것이오."

"그게 어떤 부분이오?"

"천문당이오."

"아!"

거룡성의 이인자인 홍문한이 거느리고 있는 천문당은 규모는 크지 않지만 거룡성 내에서 매우 중요한 위치를 차지하고 있었다.

지난날 패권 싸움에서 겉으로 드러나지 않으면서도 가장

중요한 싸움마다 개입해 활약했고, 특히 객관적 전력에서 우위에 있었던 남궁세가를 무너트리는 데 가장 큰 공헌을 했다고 알려진 게 천문당원들이었다.

"하지만 모습을 드러내지 않고 활동하는 그들을 무슨 수로 제거한단 말이오?"

"육 동주가 파악하기로 거룡성이 세 무리로 나뉘어 움직이고 있다던데, 맞소?"

"그렇소."

"허면 그 세 무리 사이를 오가며 소식을 전할 자들이 필요할 텐데, 그 역할을 누가 맡을 것 같소?"

"천문당원!"

"바로 그거요. 또한 무리 사이를 오갈 내용은 성주나 홍문한의 지시사항이 대부분일 터, 그 둘이 섞여 있을 무리 주변을 잘 감시하면 천문당원들을 찾아내는 데 큰 어려움이 없을 것이오."

물론 그게 다는 아니었다.

반악에게는 천문당원들에 대해서 잘 알고 있는 견일 등이 있지 않은가.

지난번 합비에서도 그들이 천문당원들을 미리 제거함으로써 상관미조와 백룡대의 귀와 눈을 차단하는 효과를 얻었고, 결국 피해 없이 목적을 이룰 수 있었다.

"하지만 천문당원들을 처리하는 건 나와 내 종들이 맡을 것이오."

"그들의 숫자가 많지 않다는 이야기는 들었지만, 반 소협과 수하분들만으로 가능하겠소?"

"가능은 하오. 단지 시간이 필요할 뿐. 그리고 의리파가 맡아야 할 부분이 바로 우리가 천문당원들을 제거할 수 있는 시간을 만드는 것이오."

"……?"

"거룡성의 이동을 최대한 느려지게 해주시오."

"하지만 의리파의 힘으로 그들을 공격하는 것은 섶을 지고 불길에 뛰어드는 것일 뿐이오."

"꼭 그들과 직접 맞붙어 싸울 필요는 없소."

"그럼 어떻게 그들의 이동을 늦추란 말이오?"

"그들이 지날 길목에 미리 가서 잘린 나무를 던져두거나, 바위를 옮겨 막는 거요. 찾다보면 방법은 더 많이 있을 거요. 명심할 것은 직접적으로 그들과 부딪치진 말아야 한다는 것이오. 또한 방해를 받다보면 먼저 척후를 보내 길목을 살필 수도 있으니, 감시와 경계를 소홀히 해서도 안 되오."

잠시 생각에 잠겨가던 육중포는 알겠다며 고개를 끄덕였다. 듣고 있던 육 씨 형제들과 은당원들도 몇 가지 생각나는 방법이 있다며 자신감을 드러냈다.

반악은 처음부터 가장 궁금했던 점을 물었다.

"일성파와 접촉해보셨소?"

"며칠 전에 마 두목과 회합을 가졌소."

지금 합비 근방을 감시하며 거룡성에 대한 정보를 보내는 것도 일성파라고 했다.

"놈들이 합비 근방을 지나치면 그도 수하들을 데리고 우리와 합류하기로 했소이다."

반악은 설명을 모두 듣고 일어섰다. 견일 등도 따라 일어났다.

"늦장 부릴 틈이 없으니, 우린 지금 바로 출발을 해야겠소."

"우리도 준비를 갖추고 오늘 안에 출발할 것이오. 혹 다른 정보가 들어오면 연락을 드리겠소."

반악은 육중포 등과 가볍게 인사를 나누고 밀실을 나왔다.

"서두르자."

반악과 무리는 육중포가 준비한 말에 올라서 거룡성의 본진이 이동 중에 있다고 하는 합비의 서쪽 방향으로 달려갔다.

*　　　*　　　*

안휘 서쪽 무호 부근 선착장.

부용설은 시녀 두 명과 짐꾼 세 명, 개인적으로 고용한 호위무사 다섯 명, 반악의 부탁을 받고 따라온 금장거를 비롯한 열 명의 당원들과 함께 도착했다.

"여기까지 호위해주신 것에 감사드려요."

부용설은 당원들에게 머리를 숙여 인사하고, 이제 그만 돌아가도 된다고 말했다.

"반 소협께 약속했으니, 부 장주께서 배를 타시는 것까지 보고 가겠습니다."

"그러지 않으셔도 되는데요."

"약속은 약속. 특히 반 소협과의 신의를 지키는 일을 가벼이 처리할 수는 없습니다."

부용설은 입가에 살포시 미소를 지었다.

금장거와 당원들이 반악을 얼마나 중요하게 여기는지, 그를 얼마나 믿고 따르는지를 확연하게 느낄 수 있었기 때문이었다.

그녀는 좋아하는 남자가 인정받고 존경받는 것만으로도 너무나 흐뭇했고, 또 그렇게 흐뭇해할 수 있는 자신의 모습이 만족스럽고 기뻤다.

"장주님, 이제 곧 배가 출발을 한다고 합니다."

그사이 선주에게 뱃삯을 치르고 온 시녀의 말을 듣고 부용설은 금장거 등에게 작별 인사를 했다.

"상황이 여의치 않아 이렇게 떠나게 되었지만, 곧 좋은 상황에서 다시 뵙기를 바랄게요."

"려강으로 가십니까?"

"아니에요. 사태가 정리될 때까지 합비에 계신 오라버니에게 신세를 지고 있을 생각이에요."

원래 려강 장원에 가려고 했으나, 반악이 하북삼귀 중 한 명이 아직 살아 있어 위험할 수 있으니 오라비가 머물고 있는 승선포정사사의 관사에 가 있으라 했던 것이다.

"먼 길이 되시겠군요. 괜찮으시다면 합비까지 모시고 싶습니다만."

"중요하고 시급한 문제를 당면하신 분들을 계속 붙잡을 수는 없는 일이지요. 말씀만 감사히 받도록 할게요."

부용설은 금장거와 당원들에게 공손히 허리를 숙이고 일행과 함께 배에 올랐다.

금장거와 당원들은 배가 출발할 때까지 지켜본 뒤에야 안심을 하고 다시 구화산으로 가기 위해 서둘러 발길을 돌렸다.

하지만 반악에게 부탁받은 걸 잘 끝냈다 생각하고 떠난 그들은 모르고 있었다. 부용설이 탄 배에 매우 위험한 인물이 같이 타고 있다는 것을.

'크크크, 드디어 귀찮은 놈들이 떨어져나갔군.'

털모자와 두꺼운 장삼으로 얼굴까지 가린 하북삼귀의 유일한 생존자 이귀 상조면은 선미 난간에 기대고 서서 저 멀리 사라지는 금장거와 무리를 노려보며 내심 비웃음을 지었다.

그는 정덕에서 홀로 도주한 이후로도 복수를 포기하지 않고 구화산 근방에 숨어 기회를 찾고 있었다. 그리고 반악이 떠나는 걸, 다음으로 부용설이 떠나는 걸 보고 그녀를 이곳까지 몰래 뒤쫓아 왔던 것이다.

상조면은 돌아서서 선실로 내려가고 있는 부용설 등을 쳐다보며 사납고도 음흉한 미소를 지었다.

'이제 네년은 내 손아귀에 들어온 것이야.'

* * *

육안현에서 서성현으로 가는 길목.

마차 한 대가 지나갈 정도의 폭을 가진 길 한쪽으로 가지를 뻗듯 갈라졌다가 다시 모이기를 반복하는 시내가 흐르고, 그 반대쪽으로는 낮은 구릉이 완만하게 솟구쳐 작은 숲을 이루고 있었다.

중소문파들로부터 강제적으로 무사들을 지원받으며 어느새 백 명이 훌쩍 넘게 불어난 일룡대가 그 길을 꽉 채워 길게 늘어선 채 이동하자, 마주 오던 사람들과 마차들은 멀리서부터 부리나케 좌우로 움직여 지나갈 공간을 열어주었다.

정확히 일룡대가 어떤 무리인지는 몰랐지만, 무기를 찬 행색이나 매서운 인상과 눈빛만 봐도 보통 사람들은 두려움을 느낄 수밖에 없으니까.

반 각 전에 근방에 이른 반악과 견일 등은 십 장의 거리를 둔 구릉 위 숲에 몸을 감추고 일룡대를 관찰하고 있었다.

'상관모웅, 홍문한⋯⋯.'

반악은 당장이라도 뛰어나가 두 사람을 향해 박도를 휘두르고 싶은 마음에 손이 근질거렸다.

하지만 그렇게 앞뒤 보지 않고 죽기를 각오하고 날뛸 생각이었다면 진작 거룡성을 찾아갔을 것이다. 그래서 숨을 길게 내쉬며 끓어오르고 있던 살심을 저 아래로 꾹 억눌렀다.

그리고 보다 냉정한 시선으로 무리를 살펴보기 시작했다.

'확실히 작정을 하고 나섰군.'

반악의 눈에 익숙한 이들이 꽤 많이 보였다.

무력대 대주들뿐만이 아니라, 중간 중간에 박혀 있는 호법들은 과거 그와 같이 선봉에 서서 거룡성의 패권에 크게 일조한 자들이었다.

두말할 필요 없이, 그들 모두 만만치 않은 실력을 가진 고수들이었다. 더구나 이전에는 본 적이 없었던 자들도 있었는데, 그가 떠난 이후에 영입한 고수들일 게 분명했다.

"특히 조심해야 할 자들은 누구냐?"

"에~ 누가 있냐하면요. 그러니까⋯⋯."

견일 등은 반악이 이미 알고 있는 자들부터 시작해서, 그가 모르는 고수들의 이름과 별호, 그리고 명성을 얻게 된 이유와 특징까지 자세히 설명해주었다.

그들의 설명에 의하면 반악이 얼굴을 모르는 자들도 결코 무시할 수 없는 실력의 고수들이었다.

"지금 한 번 본 것만으로도 단번에 정체를 알아볼 수 있다니, 세 분은 참으로 대단한 식견을 가지셨구려."

함께 어울리며 한두 번 겪은 것이 아닌지라 그러려니 하고 듣고 있던 염서성과 달리, 서문유강은 신기하단 시선으로 견일 등을 쳐다봤다.

견일 등은 내심 찔끔했지만 겉으로는 담담한 척 대꾸했다.

"무림의 식자들이 들으면 코웃음을 칠 정도에 불과한 거 가지고 식견이라고 치켜세워주니 민망스럽소이다. 우린 그냥 쓸데없이 귀가 얇아서 가리지 않고 들어두고 기억해 둔 것들이 많을 뿐이라오."

하지만 내심으로는 다음부터 아는 척은 적당히 해야겠다고 생각했다.

그럴 가능성은 높지 않지만, 혹시라도 서문유강이 견일 등의 과거에 대해서 의구심을 품으면, 또 뭔가 이상한 점을 눈치채면 곤란하니까.

견일은 서문유강이 또다시 궁금증을 드러낼까 싶어서 얼른 화제를 바꾸었다.

"주인님, 이제 어떻게 합니까? 놈들이 명령을 받고 움직이지 않으면 처리하기 불가능한데요."

합비의 경우처럼 목표를 향해 움직이고 있거나, 혹은 예상하기 쉬운 곳에 은신하고 있다면 모를까, 지금처럼 대규모 무리 속에 정체를 감추고 있을 천문당원들을 찾아 제거하는 건 매우 힘들었다.

그러니 상관 성주나 홍문한으로부터 뭔가 지시를 받은 그들이 움직일 때까지 기다릴 수밖에 없는 것이다.

하지만 반악은 그렇게까지 여유 부릴 생각이 없었다.

"웅크리고 나올 생각을 않고 있다면 풀숲을 흔들어 뱀을 놀라게 해야겠지."

"저들을 공격해서 경각심을 일으키게 하고, 혹 다른 무리도 공격당했는지 알아보도록 홍문한과 천문당원들을 자극하자는 겁니까?"

"다 알아들었으면서 꼭 그렇게 자세히 설명해서 아는 척을 해야겠냐?"

"죄송합니다."

"어쨌든 그 말대로다. 놈들을 흔들어야겠어."

염서성이 우려 섞인 표정을 지었다.

"하지만 우리 여섯 가지고 어떻게 자극을 줍니까? 그냥 육 동주가 움직일 때까지 기다리죠. 그들이 무슨 방법을 쓸지는 모르지만, 조금이라도 저들의 진로를 방해하면 자연스레 천문당원들이 움직이지 않겠습니까."

"그때까지 기다리고 싶지 않다."

"하지만……."

"겁나냐?"

"솔직히 겁나죠. 아무리 우리 개개인의 실력이 뛰어나도 한 손이 열 손을 당해내기는 어렵잖습니까. 특히 저들 속에 무시할 수 없는 고수들이 부지기수라면 더더욱 그렇죠."

반악은 염서성을 빤히 쳐다보았다.

염서성은 혹시 겁쟁이처럼 굴고 있다고 질책을 받는 게 아닌가, 해서 슬며시 시선을 피했다.

하지만 반악은 그를 탓할 생각이 없었다. 그의 우려는 합당한 이유를 근거로 나온 것이니까.

"네 말이 맞다."

"그죠?"

"하지만 우리가 무식하게 생각도 않고 달려들 경우에 그렇다는 거다. 내가 미쳤다고 그 짓을 하겠냐? 지금까지 날 겪어보고도 몰라?"

"그렇기는 한데…… 그럼 어떻게 하시겠다는 겁니까?"

"약 올리는 정도로만 해야지."

반악은 견일 등에게 흩어져서 천문당원들이 명령을 받고 움직이면 쫓아가서 제거하는 데만 집중하라고 지시했다. 그리고 세 사람이 은밀히 숲 밖으로 나가자 서문유강과 염서성에게 자신의 계획을 말했다.

"서문 공자, 내가 몇 명 정도 이쪽으로 올라오게 유인할 거요. 그러면 그놈들을 조용히 처리하시오. 혹시 죽이기 싫다고 하면 강요는 하지 않겠소. 하지만 확실히 기절시키시오. 그리고 다시 저들에게 돌아가 전력이 되지 않도록 무공을 파훼하시오. 이 요청은 이번에만 해당되는 게 아니오. 앞으로 어떤 싸움에서든, 어떤 상대든 간에 마찬가지요. 죽이지 않는 건 상관없지만 단호하게 손을 써야 하오. 어떻게 하겠소? 할 수 없다면 지금 포기하고 떠나시오. 그게 서로를 위해 더 나을 것이니까."

잠시 말이 없던 서문유강은 고개를 끄덕였다.

"반 소협과 함께하리라 마음먹었고, 이번 싸움에 반룡복고당의 일원으로서 싸우리라 결심했으니 더 무슨 말이 필요하겠소. 불살생의 계를 벗어나지 않는 한도 안에서 단호히 대처하겠소이다."

"고맙소."

"헌데, 그런 다음엔 어떻게 하겠다는 것이오?"

"그 다음엔 자연스럽게 일이 진행되어 따로 계책을 마련할 필요가 없을 거요."

가만히 듣고 있던 염서성이 물었다.

"헌데, 어떻게 유인해 오실 생각이십니까?"

"그거야 간단하지."

반악은 주위를 둘러보며 주먹만 한 돌멩이 몇 개를 찾아서 주워들었다.

'설마?'

염서성과 서문유강은 뭘 하려고 하는지 짐작이 되면서도 미심쩍은 시선으로 반악을 주시했다.

"흡."

반악이 호흡을 들이마시며 팔에 힘을 주었다. 그리고 십 장여 거리에서 이동 중인 일룡대의 뒤쪽을 겨냥하고 돌멩이를 힘껏 던졌다.

*　　*　　*

반악의 손을 떠난 돌멩이는 화살처럼 빠르게 날아갔다. 그리고 일룡대 무리의 끄트머리 쪽에서 걸어가고 있던 무사의 머리를 정확히 맞췄다.

퍽!

"뭐야!"

"무슨 일이야!"

"누가 쓰러졌다!"

갑자기 무사 한 명이 머리에서 피를 뿜으며 고꾸라지자 그 주변이 소란스러워졌다. 마침 주변에 있었던 육안약부 부원이 달려와 상세를 살피고는 고개를 내저었다.

"죽었소."

주위로 몰려든 무사들은 어떻게, 왜, 누가, 라는 의문을 연달아 떠올리며 죽은 무사의 모습을, 특히 피가 나는 머리를 뚫어질 듯 쳐다보았다.

"돌에 맞아 죽은 거 같소."

두개골을 뚫고 들어가 안쪽에 깊이 박혀있는 돌멩이를 가장 먼저 발견한 건 무사의 옆에 쪼그려 앉아 있던 육안약부 부원이었다.

이때, 앞쪽에서 적룡대 부대주 송유범이 말을 몰아 다가왔다.

죽은 무사는 거룡성의 무사가 아니라 여기까지 오며 중소 문파들에게서 지원받은 무사들 중에 하나였고, 주변에 있던 무사들도 마찬가지였다.

그래서 송유범의 얼굴에서 걱정이나 급박함이 보이지 않는 것이다.

사실 그는 누가 죽었다는 걸 알고 온 것도 아니었다. 그냥 소란이 생기자 형식적인 차원에서 무슨 일인지 알아보기 위해 왔을 뿐이었다.

"무슨 일이냐?"

"사람이 죽었소!"

"죽어?"

송유범은 갑자기 무슨 소리냐는 표정으로 빼곡하게 모여

있던 무사들을 뒤로 물러나게 했고, 그제야 무사가 죽어 있는 걸 보게 되었다.

"어떻게 죽은 건가?"

송유범은 심각한 표정으로 육안약부 부원에게 물었고, 그는 돌에 머리를 맞고 즉사했다고 대답했다.

"돌? 누구냐! 누가 돌을 던진 거냐!"

송유범은 성난 시선으로 주변에 모여 있는 무사들을 둘러보았다.

"우리가 한 게 아니오!"

"다른 곳에서 날아온 것이오!"

"다른 곳?"

송유범은 어리둥절한 표정을 지었다. 앞쪽에서 마주 오다 옆으로 비켜선 사람들을 제외하고 근방 십 장 안에서는 머리카락 하나 보이지 않았다.

그런데 어디 다른 곳에서 날아왔다니.

'게다가……'

십 장 밖에서 던진 돌로 사람 두개골을 부수고 즉사시킨다는 건 상상하기 힘든 일이었다.

설사 주변에 누군가 숨어 있고 적의를 가진 채 암습을 한 것이라고 해도 왜 하필 돌멩이란 말인가. 최소한 작심을 하고 암습한 것이라면 활이나, 창, 혹은 비수 같은 무기를 사용했어야 한다는 게 송유범의 생각이었다.

그래서 송유범은 버럭 화를 냈다.

"무슨 말도 되지 않는 소리인가! 잘못을 숨기려고 단체로 거짓을 늘어놓다니! 돌멩이를 던진 자는 당장 앞으로 나서서……!"

송유범이 말을 끝맺지 못한 것은 갑자기 그의 뒤쪽에 있던 무사 하나가 머리에서 피를 뿜으며 나동그라졌기 때문이었다. 게다가 쓰러지는 그의 머리에도 돌멩이 하나가 박혀 있는 게 눈에 들어왔다.

하지만 그게 끝이 아니었다. 돌은 계속해서 날아오고 있었다.

"감히!"

송유범은 자신을 향해 날아오는 돌을 감지하고 다급히 칼을 뽑아 휘둘렀다.

퍽!

돌멩이를 쳐낸 송유범은 또다시 자신을 노리고 날아올지도 모른다는 생각에 말에서 뛰어내렸다. 돌멩이를 막은 순간 칼에 전해지는 반탄력이 꽤 컸던지라 안이하게 대처할 수가 없었던 것이다.

퍽!

히히힝!

송유범이 타고 있던 말이 고통스런 울음을 터트리며 쓰러졌다. 이번엔 돌멩이가 말의 옆구리를 맞힌 것이다.

"돌이 저 숲에서 날아왔다. 너희들은 얼른 저기로 가서 확인해 봐라."

송유범의 지시를 받은 무사들은 떨떠름한 표정을 지었다. 하지만 힘이 없어 남의 싸움에 방패막이로 뽑혀온 그들의 처지를 생각하면 따르지 않을 수도 없었다.

지목받은 자들은 셋이었지만, 같은 소속 문파의 나머지 동료 일곱도 같이 가겠다며 함께 나섰다. 그들은 내키지 않는 걸음을 움직여 구릉 위쪽으로 올라가기 시작했다.

"부대주, 무슨 일인가?"

소란이 계속되고 열 명의 무사들이 구릉 위로 올라가자 적룡대 대주 법풍악이 말을 몰아서 뒤쪽으로 왔다.

그리고 시체를 보고는 깜짝 놀라 어찌된 일이냐고 물었다.

"암습을 받아 죽었습니다."

"뭐라?"

법풍악은 무사 둘과 말 한 마리가 돌에 맞아 죽었고, 송유범도 공격을 당했다는 말에 다급히 앞쪽으로 말을 몰아갔다.

그는 상관 성주의 옆으로 가서 뒤쪽의 사정을 알렸다. 하지만 성주의 반응은 무덤덤했다. 그는 길게 생각하지도 않고 명령을 내렸다.

"본진의 이동은 멈추지 않는다. 법 대주는 적당들을 모두 제거하고 늦지 않게 뒤를 따르라."

"복명!"

명령을 받은 법풍악이 두말 않고 수긍하며 다시 뒤로 달려가자 홍문한은 가볍게 손짓을 했다. 그러자 어디서 나타났는지도 모르게 모습을 드러낸 천문일호가 그의 가까이로 다가왔다.

"이룡대와 삼룡대로 당원들을 보내서 이동 중 적들의 기습에 대비하라고 전해라."

"알겠습니다."

천문일호는 조용히 뒤로 물러나 감쪽같이 모습을 감추었고, 그를 주시하고 있던 무사들을 깜짝 놀라게 했다.

천문당원들의 능력에 대해 알고 있으면서도 그들의 시야에서 순식간에 사라지는 걸 볼 때마다 놀라지 않을 수 없는 것이다.

하지만 그들과 달리 그러한 움직임이 눈속임이라는 걸 알고 있는 누군가에게는 그리 놀랄 일도 아니었고, 멀리서 지켜보고 있었지만 종적을 놓치지도 않았다.

*   *   *

일룡대로부터 다섯 장의 간격 안으로 접근하여 완벽히 모습을 감추고 있던 견일이 옆에 있던 견이와 견삼에게 입만 움직여 물었다.

『봤냐?』

『봤지. 넌?』

『나도. 하지만 천문일호를 제외하고 둘밖에 안 보이네. 주인님이 더 크게 흔들어야 나머지 녀석들도 볼 수 있을 거 같다. 분명 이 근방에 죄다 숨어 있을 텐데 말이야.』

『아니, 두 명이면 충분해. 너무 많이 움직여도 우리 셋으로는 손이 부족하니 곤란하지 않겠냐.』

『하긴. 그럼 누가 움직일래?』

『난 홍문한과 천문일호를 계속 주시해야 하니까, 너희 둘이 맡아.』

『대형이랍시고 명령만 하겠다고?』

『너희들이 대형하든가.』

『쳇..』

『죽이지 말고 잘 잡아서 알아낼 거 다 알아내.』

『말하지 않아도 우리도 그 정도는 알아. 하지만 놈들이 입을 열려나 모르겠다.』

『족쳐보면 알겠지. 얼른 움직여. 녀석들이 흩어지잖아.』

견이와 견삼은 곧바로 자리를 떠났다.

견일은 뒤쪽으로 몇몇 호법들에게 지시를 내리고 있는 홍문한을 주시했다.

'홍 당주, 이번에 천문당이 망하더라도 우릴 너무 탓하지는 마시오. 당신이 늘 강조했던 게 적자생존 아니었소. 우린 배반을 하는 게 아니라, 우리만의 새 길을 찾았고 강해졌기에 천문당과 맞서려는 것이오. 게다가 오늘 당신들의 안이한 반응을 보니 망하더라도 할 말이 없을 것 같소. 말 그대로 적자생존이오, 적자생존.'

견일은 뒤쪽에 적룡대와 세 명의 호법들까지 함께 남겨두고 계속 이동해가는 일룡대 무리를 따라 움직이며 홍문한과 천문일호를 한시도 눈에서 떼지 않았다.

* * *

반악은 손에 들고 있던 세 개의 돌멩이를 뒤로 던지고 서문유강에게 말했다.

"저들만 처리하고 빠지는 거요. 아까 내가 한 말 잊지 마시오. 빠르고 단호하게 손을 써야 하오."

염서성이 의아하여 물었다.

"저기 떼거지로 남아서 다가오는 놈들은 그냥 두는 겁니까?"

"죽기 살기로 싸우면 어떻게 처리를 할 수도 있을 것 같지만, 일이 틀어져서 도리어 포위되면 곤란해지잖아."

그냥 계속 이동하는 무리도 다시 돌아와 그들을 잡아 죽이는데 치중할 것이고, 그렇게 되면 아무리 반악이라도 힘겨운 상황을 맞게 될 가능성이 매우 높기 때문이었다.

사실 천문당원들만 처리하고 다른 무리가 있는 곳으로 떠나야 하는 것에 가장 아쉬움이 큰 사람은 반악이었다. 마음 같아서는 앞뒤 보지 않고 뛰어들어 상관모옹과 홍문한을 베어버리고 싶은 마음이었으니까.

"난 오른쪽 다섯을 맡을 테니, 서문 공자는……."

반악은 두 사람에게 처리할 몫을 정해주고 나무 위로 뛰어올라 몸을 감추었다. 그리고 염서성과 서문유강도 각자 선호하는 위치로 숨어서 불안한 눈동자를 이리저리 움직이며 숲속으로 들어서는 무사들이 가까이 다가오기를 기다렸다.

*　　*　　*

"아무래도 모두 당한 것 같습니다."

송 부대주는 굳어진 얼굴로 숲을 노려보고 있는 법 대주에게 공격하라는 명령을 내리느냐고 물었다.

"언제까지 기다리고만 있을 수 없으니, 그래야겠지."

"이럴 때 천문당원이 움직여주면 좋을 텐데 말입니다."

"홍 당주가 이런 일에까지 수하들을 빌려줄 리가 없지."

"그렇기는 하지요. 모두 숲으로 간다!"

송 부대주의 외침에 오십 명의 적룡무사들이 이 열로 넓게 간격을 벌리며 포위하듯 숲을 향해 올라갔고, 법 대주는 세 호법과 함께 천천히 말을 몰아 그 뒤를 따랐다.

하지만 숲에 들어선 그들은 운신이 불가능할 정도로 중상을 입고 기절해 있는 열 명의 무사들 외에는 아무도 찾을 수 없었다.

게다가 기절한 자들을 억지로 깨워 물어봤음에도 이렇다 할 이야기를 듣지 못했다. 상대를 제대로 볼 틈도 없이 얻어맞고 기절했기 때문이었다.

그나마 상대를 봤다고 하는 무사는 동자승에게 당한 것 같다는 어이없는 소리를 해서 법 대주 등을 분노하게 만들었다.

"뭐 이런 정신 나간 새끼가 있어! 그럼 소림사의 중들이, 그것도 동자승을 대동하고 나타나 우릴 공격했다는 거냐?"

흐릿한 정신을 가까스로 부여잡으며 이야기했던 무사는 울상을 지었다. 자신은 본 대로 말한 것인데, 왜 화를 낸단 말인가.

'나보고 어쩌라고······.'

무사는 결국 억울함과 허탈함 속에서 부상의 고통을 이겨 내지 못하고 다시 정신을 잃었다.

송 부대주가 조심스럽게 의견을 말했다.

"부상 때문에 제정신이 아닌 모양입니다."

"이런 멍청한 새끼들을 먼저 올려 보내는 게 아니었어."

"죄송합니다. 제 잘못이었습니다."

"됐어. 이제와 잘잘못을 따져서 뭐해. 본진으로 돌아간다."

"이들은 어떻게 할까요?"

"내버려둬. 쓸모도 없는 부상자를 데려가서 뭘 하겠어."

송 부대주는 근방에 있던 지원무사들을 의식하며 난감한 표정을 지었다.

"하지만 이들의 문파에서 그냥 방치했다는 이야기를 듣기라도 하면……."

"그럼 자네가 책임지고 데려가든가."

법 대주가 짜증을 내며 돌아서자 송 부대주는 내심 욕을 하면서 수하들에게 부상자들을 챙기라고 명령했다.

이때, 이들과 함께 왔던 세 호법들은 부상자들을 둘러보며 고개를 내저었다.

"느낌이 좋지 않아."

"나도. 이해 못할 일들이 벌어지면 꼭 나중에 짜증나는 상황으로 번지더라고."

"동자승이라……."

"왜? 뭐 생각나는 거 있어?"

"그건 아니고, 혹시 저 녀석은 동자승이라고 착각할 만큼 작은 놈에게 당한 것이 아니었을까, 하는 생각이 들어서."

"흠, 그럴듯한데. 하지만 그런 외양을 가진 녀석에 대해서는 들어본 게 없는데."

"난 최근에 한 명 들어봤지."

"그래? 누구?"

"만봉철벽이라고 불리는 놈인데, 천이서생이 오인잠룡 중한 명으로 꼽았지. 몸이 자라지 않는 병에 걸렸대. 소인증이라고 하던가. 하지만 그놈은 아닐 거야."

"왜?"

"하남에 있는 놈이거든. 게다가 소림의 속가제일문인 녹류산장 장주 서문열홍의 자식이야."

"팔성의 하나인 진성?"

"그래. 호부에 견자가 없다는 말에 딱 부합하는 부자간인 거지. 어쨌든, 그런 놈이 여기까지 와서 우릴 공격할 리가 없잖아."

"하긴 그러네."

"그만 가자. 법 대주가 빨리 오라고 하네."

"저 새끼, 노려보는 것 좀 봐. 예전에는 저렇게 싸가지 없는 놈이 아니었는데 말이야. 우리를 보면 실실거리면서 잘좀 도와달라고 했던 놈이라고."

"이젠 우리가 그때만큼 안 필요하잖아."

"젠장. 그럼 예전만큼 대우받으려면 반룡복고당이 더 크게 날뛰어주길 바라야 하는 건가?"

"그럴지도."

"빨리 걷자. 저 새끼 또 노려본다."

세 호법은 자신들의 처지를 씁쓸한 미소로 대신 표현하며 적룡무사들의 뒤를 바짝 쫓아 걷기 시작했다.

*　　　*　　　*

천문일호는 내심 고개를 갸웃거렸다.

'이상한데?'

일룡대와 적당한 간격을 유지하며 따라 움직이는 천문당원은 그를 제외하고 열세 명이었다. 연달아 명령이 떨어질 수 있기 때문에 다른 무리와 원활한 소통을 유지하기 위해 충분한 숫자를 데려온 것이다.

그런데 주기적으로 자신의 위치를 그에게 알려야 할 천문당원들이 신호를 보내지 않고 있었다. 그가 신호를 보내도 반응하는 자가 없었다.

천문일호는 잠시 고민하다가 홍문한에게 다가갔다.

"당원들에게 문제가 생긴 듯 합니다."

"무슨 소리냐?"

"아무도 자신의 위치를 알리지 않고 있습니다. 신호를 보내도 반응하지 않고 있습니다."

"아무도?"

"예."

"그럼 모두 죽었다는 거냐?"

천문일호는 부정도 긍정도 하지 않았다. 직접 확인해보지 않는 이상에는 알 수 없는 일이고, 확신할 수 없는 내용에 대해서 추측성의 보고를 하는 건 그의 방식이 아니었으니까.

아니, 천문당원이라면 누구나 그와 같이 반응했을 것이다. 그들은 철저하게 명령에 따라 움직이는 존재들이기 때문이었다.

하지만 홍문한은 아무런 대답이 없음을 가능성이 높다는 의미로 받아들였고, 그래서 매우 당혹스럽다는 듯 미간을 찌푸렸다.

만약 문제가 생겼다면 지금껏 눈치채지 못할 리가 없어서였다. 은신과 매복에 있어서는 최고의 수련을 쌓은 그들이 신음 한 번 지르지 못하고 당했다는 건 그에게 있어서 너무나 비현실적이었으니까.

게다가 누구의 짓이란 말인가.

'혹시……'

돌로 두 명의 무사를 죽게 만들고 종적을 감춰버린 자들의 짓일까?

"당원들이 마지막으로 신호를 보낸 위치를 기억하고 있느냐?"

"예, 당주님."

"그럼 송 부대주에게 지원무사들만 이끌고 가서 그 모든 위치를 확인하게 해라."

"알겠습니다."

천문일호는 즉시 송 부대주에게 홍문한의 지시를 전하고, 위치를 안내하기 위해 앞장섰다.

*   *   *

"도대체 뭘 찾으려고 하는 거요?"

천문일호는 자신을 주목하는 송 부대주와 지원무사들의 시선에도 대꾸 없이 인상만 찌푸리고 있었다.

'어떻게 한 명도 찾을 수 없는 거지?'

열세 곳의 위치를 모두 확인했지만, 당원들의 모습은 어디에도 없었다. 만약 근방에서 은신을 하고 있는 것이라면 천문일호를 보고 모습을 드러냈어야만 했다.

'도대체 어떻게 된 거지?'

만약 누군가에게 공격을 당한 것이라면 시신이라도 나와야 하는 게 아닌가.

천문일호는 의구심에 휩싸였지만, 역시 추측은 그의 몫이 아니었기에 서둘러 홍문한에게로 돌아갔고, 당원들을 찾을 수 없었다는 보고를 했다.

보고를 받은 홍문한은 칼에라도 맞은 것처럼 고통스런 표정을 지었다.

'당했다. 게다가 흉수들은 암습을 하고 시체를 은밀히 옮겨 감출 만큼 주도면밀한 자들이야.'

어떻게 천문당원들이 소리 한 번 지르지 못하고 당할 수 있었는가, 천문당원들이 숨은 위치는 어떻게 파악한 것인가, 흔적조차 남기지 않았다면 그만큼 천문당원에 대해 잘 알고 기습했다는 건가, 라는 의문들이 계속해서 생겨났지만 지금은 그런 문제를 따질 때가 아니었다.

그것보다 누가, 왜, 라는 두 가지 의문에 집중해야만 했다.

홍문한은 문득 아까 다른 무리로 보냈던 두 당원들의 생사도 불확실해졌다는 걸 깨달았다.

'설마 그들까지 당했을 리가…….'

하지만 그들이 떠난 시점이 소란이 생긴 이후라는 걸 감안하면 안심할 수 없었다.

"성주님."

"……?"

"아무래도 반룡복고당이 우리의 남하를 혼란케 할 목적으로 일단의 무리를 보낸 모양입니다."

"무슨 말이냐?"

"따라오고 있던 천문당원들이 모두 당했습니다."

"모두?"

"예, 한 명을 제외하고 모두 종적이 사라졌습니다. 시체는 찾을 수 없었지만, 죽은 것으로 보입니다."

"천문당원들이란 게 숨어 있는 게 장기 아니었나? 홍 당주가 자신 있어 하던 것에 비해 너무 쉽게 당하는군."

성주의 노골적인 비난에 홍문한은 고개를 숙이고 말았다.

"면목이 없습니다."

"이미 당한 마당에 자네 잘못을 따지겠다는 건 아니야. 그건 그렇고, 그 무리란 것들의 인원은 파악했고?"

"죄송합니다. 지금으로선 알 수가 없습니다."

"그럼 그들이 우릴 공격할 것 같은가? 아직 이 근방에 있어?"

"그것도 모르겠습니다. 일단 지금으로서는 천문당원들만 노린 것으로 보입니다만……."

"그럼 됐다. 계속 이동한다."

홍문한의 얼굴이 굳어졌다.

그는 성주가 이동을 멈추고 주변을 수색, 혹은 적의 종적을 찾으라고 명령할 줄 알았다. 헌데, 천문당원들이 제거당했다는데도 너무 무덤덤하고 간단히 그냥 간다고 결정을 내려 버리다니.

'구화산으로 가는 것 외에 다른 문제는 생각도 않고 계시는구나.'

솔직히 배반감이 들었다.

이제껏 천문당이 거룡성에 이바지한 공로는 예외로 친다고 해도, 천문당원들은 그의 수족들이고, 그가 이인자로서 거룡성 전반에 영향력을 행사할 수 있는 강력한 수단이었다. 그들이 알아온 정보를 가지고 판단하고, 그들을 움직여 크고 작은 일을 진행해 오지 않았던가.

즉, 천문당원이 줄어들면 그의 힘과 영향력도 약해지는 것이다.

그런데 성주는 자신의 문제가 아니라는 듯, 별일 아니라는 듯이 말을 하고 있으니.

'성주님은 천문당의 쓰임새를 너무나 가볍게 생각하고 있어.'

천문당이 거룡성의 패권 싸움 당시와 이후 안휘를 관리하는 데 있어서 얼마나 많은 일을 해왔는지, 그리고 이번 싸움에서도 반드시 필요한 요소라는 걸 그렇게 모른단 말인가?

'설마 고의로 무시하시건……'

혹시 성주가 최근의 여러 일로 인해 자신과 천문당을 불신하게 된 것은 아닐까, 하는 걱정이 되기 시작했다.

하지만 지금은 너무 극단적으로 받아들이지 않기로 했다.

'어쨌든 천문당원들이 없으면 난 눈이 뽑히고, 귀가 막히는 것과 다를 바가 없다.'

홍문한은 성주의 결정에 아무런 반박도 하지 않았지만, 성주가 듣지 못할 만큼 뒤쪽으로 빠져서 천문일호에게 따로 명령을 내렸다.

"팔공산으로 돌아가 남은 당원들과 수련 중인 당원들, 그리고 은퇴한 전 당원들까지 한 명도 빠짐없이 모두 모아서 데리고 와라."

이곳의 당원들이 당했다면 다른 무리를 따르고 있을 당원들도 제거당했을 수 있다는, 혹은 제거당할지도 모른다는 가정하에 내린 명령이었다.

"조심해라. 놈들이 지켜보고 있을지 모르니, 이 근방을 벗어날 때까지는 속도보다 은신에 힘을 기울여야 할 것이다."

"존명."

천문일호는 곧장 모습을 감추었고, 홍문한은 찌푸린 표정을 지우지 못한 채 다시 앞쪽으로 나아갔다.

*   *   *

반악을 눈을 떴다. 그리고 그의 예민한 감각이 보내는 신호에 따라 시선을 오른쪽으로 돌렸다.

보이진 않았다. 하지만 그의 감각은 그 방향에서 누군가 움직이고 있다는 걸 분명하게 알려주고 있었다.

'천문일호, 드디어 움직이는구나.'

반악이 견일 등을 먼저 보내고 혼자 남아 오감을 곤두세운 채 기다리고 있던 것은 이곳에 마지막으로 남은 천문당원 일호를 제거하기 위해서였다.

'흠, 그런데 저놈은 다른 무리가 있는 곳으로 가는 게 아니네.'

방향이 틀렸다.

그리고 북쪽으로 움직이고 있다는 걸 감안하면 아무래도 팔공산으로 돌아가려는 게 분명했다.

'상관모웅에게, 아니, 홍문한에게 무슨 명령을 받은 거지?'

한 가지 짐작 되는 게 있긴 있었다.

'우리가 천문당원들만을 노리고 있는 걸 홍문한이 눈치채고 증원하려는 것 같은데…….'

허면 그렇게 놔둘 수 없었다.

'다른 무리 쪽의 천문당원들은 내가 없어도 알아서 처리할 수 있을 테고…….'

반악은 하늘로 고개를 들어 해의 위치를 확인했다.

'경공을 펼쳐 움직이면 하루 정도면 충분하니, 팔공산에는 어둑해질 무렵쯤에 도착할 수 있겠군.'

그렇다면 혼자서라도 천문일호와 나머지를 처리하는 게 어렵지는 않을 것이다.

생각을 정리한 반악은 곧바로 일어나 조용히 천문일호의 뒤를 쫓기 시작했다.

第五十一章

팔공산 거룡성 총단.

해가 떨어지고 어둑해지자 곳곳에서 횃불과 화롯불을 피워 드문드문 시야를 밝혔다.

"옷을 더 걸치고 나올걸 그랬나봐."

정문 뒤쪽에 화롯불을 피운 흑룡무사는 몸을 부르르 떨며 오만상을 찌푸렸다.

"거봐. 내가 속옷이라도 하나 더 껴입으라고 그랬잖아."

"어제 이맘때는 이렇게 춥지 않았다고."

"자넨 유비무환이란 말도 몰라?"

"오호~ 제법 유식한 말을 하는데그래."

"그럼 내가 자네처럼 무식한 줄 알았어?"

"됐네, 이 사람아. 아, 이럴 때 따듯하게 데운 죽엽청 한잔 마시면 좋을 텐데 말이야."

"배부른 소리 작작해. 우린 그래도 여기서 안전하게 경비를 서고 있지만, 적당들과 싸우러 간 동료들은 개고생을 하고 있다고."

"쳇, 자네가 언제부터 그렇게 동료들 걱정을 했다고 그래? 그리고 우리가 가기 싫어서 안 갔나? 뽑아주질 않아서 못 간 거잖아. 자넨 어떤 마음이었는지 모르겠지만, 솔직히 나는 뽑아주길 바랐다고. 같이 따라가서 싸우고 싶었다고. 반룡복고당 놈들을 잔뜩 베어 죽이면 인정받고 무공도 더 상승의 것을 배울 수 있었을 테니까 말이야."

"자신의 능력을 과신하면 제명에 못 살아. 그냥 여기 남아 있을 수 있다는 것에 감사해."

"감사는 무슨! 그리고 여기에 있다고 꼭 안전하리란 법 있어? 저번에도 어떤 놈들한테 상단과 표국이 당했다잖아. 들리는 말로는 다른 지역에서 알아주는 문파들의 짓이라는 것 같던데, 어쨌든 그놈들이 여길 노릴 수도 있는 거라고."

"어떤 미친놈이 감히 거룡성의 총단을 노려? 그런 간 큰 짓은 반룡복고당도 못할걸?"

"왜 못해? 싸우겠다고 작정을 하면……?"

흑룡무사는 말을 하다말고 뒤쪽을 돌아봤다. 누군가, 아니, 여러 사람이 불빛이 미치지 않아 어둑한 공간 속에서 구름 위를 거닐 듯 사뿐사뿐 걸어오고 있기 때문이었다.

"누구냐!"

두 무사는 즉각 칼의 손잡이를 잡고 경계심을 드러냈다. 하지만 그들의 표정은 곧 부드럽게 풀어졌다. 횃불 아래 모습을 드러낸 건 여인들이었던 것이다.

게다가 무사들은 그녀들이 누구인지도 알아봤다.

"소저들은 오행궁 삼궁주님의 시녀들이구려."

"어머, 무사님들이 저희들을 어찌 아세요?"

시녀들은 깜짝 놀라며 무사들을 빤히 쳐다보았지만, 내막을 알면 그리 놀랄 만한 일도 아니었다.

거룡성 내에서 요월홍의 미모와 요염함은 짝을 찾기 힘들 만큼 명성이 자자했고, 주인에 비해 격이 떨어지긴 하지만 보통의 남정네들에겐 시녀들 역시도 동경의 대상이 될 만큼 충분히 어여뻤다.

게다가 몇몇 운이 좋은 무사들이 요월홍의 시녀들과 꿈같은 하룻밤을 보냈고, 그들의 황홀했던 경험담이 퍼지면서 혹시 자신들에게도 기회가 생길까 하여 틈만 나면 요월홍의 거처 주변을 얼쩡거리는 무사들이 한두 명이 아니었던 것이다.

그리고 경비를 서고 있는 두 흑룡무사들도 그런 이들이었으니, 단번에 알아볼 수밖에 없지 않겠는가.

하지만 그러한 진실을 밝힐 수는 없는 일.

"허험, 경계를 서는 임무를 맡았으니 사람의 얼굴을 기억하는 데도 게을리할 수가 없다오. 그래서 예전에 멀리서 스치듯 보았을 뿐인데도 아직까지 기억을 하고 있는 거요."

"어머, 대단해요! 그렇게 기억력이 좋으니 두 분이 정문을 지키는 중임을 맡으신 거겠죠?"

두 흑룡무사들은 괜스레 우쭐해져서 어깨를 펴고 흐뭇한 미소를 지었다.

그러나 곧 자신들의 임무와 책임을 자각하고 물었다.

"이 늦은 시각에 여긴 무슨 일들이오? 성주님께서 정벌을 떠나시며 유시(酉時: 오후5~7시) 이후로 외출과 출입을 금지하셨다는 걸 모르지는 않을 터."

"성주님이 내리신 명인데 그걸 왜 모르겠어요. 그러나 우리도 어쩔 수가 없어요. 삼궁주님의 명을 받고 왔거든요."

"……?"

두 흑룡무사들이 의아해하며 쳐다보자, 뒤쪽에 서 있던 두 시녀가 앞으로 나서서 손에 들고 있던 쟁반과 항아리를 내밀었다.

"그게 뭐요?"

"무거워요, 얼른 받아요."

지금껏 잘만 들고 있던 시녀들의 앓는 소리에 흑룡무사들은 얼른 손을 내밀어 보자기에 가려진 쟁반과 항아리를 받아들었는데, 쟁반에선 기름진 냄새가, 따끈한 열기가 느껴지는 항아리에선 알싸한 향이 풍겨 올라왔다.

무사들은 저도 모르게 군침을 삼키며, 다 알면서도 모르는 척 물었다.

"이게 뭐요?"

"술과 안주예요."

"우리에게 주려고 가져왔소?"

"당연하죠. 우리 삼궁주님께서는 거룡성을 지키느라 출정을 떠나신 분들 못지않게 불철주야 고생하시는 무사님들에게 고마움을 느끼고 계세요. 그리고 아무런 도움도 되지 못하는 것을 매우 안타까워하셨죠. 그래서 술과 안주를 보내신 거예요. 추운 날씨에 술 한잔으로 몸을 데우시라고요."

"허허, 이거 참 곤란하구만."

무사들은 난감한 표정을 지었다.

"삼궁주님의 뜻은 고마우나, 근무 중에 술을 마실 수는 없는 일이라오."

"물론 우리도 마시고 싶소. 하지만 윗분들에게 걸리기라도 하면……."

후자의 변명이 거절하는 가장 큰 이유였다.

만약 순찰을 도는 대주와 부대주가 자신들의 입에서 술 냄새라도 맡았다가는 그대로 치도곤을 당하거나, 최근 정세의 심각성을 감안하면 파면이나 추방을 당하거나, 혹은 목이 뎅강 잘릴 수도 있는 것이다.

하지만 시녀들은 그런 문제는 걱정할 게 없다면서 환하게 웃었다.

"삼궁주님께서도 술을 준비하도록 시키시며 그 점을 염려하셨어요. 그래서 먼저 대주님들에게 말씀을 드리고 양해를 구했지요. 술도 많이 안 가져왔잖아요. 괜히 취했다가 경계를 서는 데 문제가 생기면 안 되니까요. 그러니 걱정 마시고 딱 한 잔씩들만 따라 드세요."

무사들의 얼굴이 밝아졌다.

"정말이오?"

"그렇다니까요. 어서 다른 분들도 부르세요."

두 무사는 서로 시선을 교환하고 결심을 굳힌 듯 고개를 끄덕였다.

원래 지금쯤 윗사람들이 순찰을 돌 때가 되었는데도 보이지 않는 건 자신들이 마음 놓고 술을 마시도록 배려한 것임이 분명하다고 결론을 내린 것이다.

두 사람은 각기 오른쪽과 왼쪽으로 뛰어가 각자의 위치에서 경계를 서고 있는 동료 흑룡무사들을 불렀다.

곧 정문 뒤쪽에 모인 아홉 명의 흑룡무사들은 시녀들이 따라주는 따뜻한 술을 받아 마시기 시작했다.

"크~ 좋다!"

너 나 할 것 없이 한 번에 들이마시며 기분 좋은 탄성을 지르고, 기름기가 잘잘 흐르는 돼지고기를 빠르게 집어 먹다보니, 술과 안주는 순식간에 동이 나버렸다.

"이럴 줄 알았으면 한 동이 더 가져올 걸 그랬나 봐요."

"아니오, 아니오. 이 정도면 충분하다오."

"미인을 옆에 두고 맛 좋은 술과 안주를 마셨는데 이보다 더 좋을 수는 없는 게 아니겠소."

무사들은 은근슬쩍 수작까지 걸면서 삼궁주님께 고맙다는 말을 전해달라고 했다. 그런데 시녀들은 쟁반과 술동이를 받아들고도 떠날 생각을 하지 않았다.

"왜, 무슨 다른 볼 일이라도 있소?"

많이 마시진 않았어도 술기운이 돌아 한층 풀어진 표정의 무사들은 기대감 섞인 표정으로 물었다. 혹시 자신들의 노고를 보듬어주기 위해 몸으로 보시라도 해주지 않을까 하는 생각을 한 것이다.

세 시녀들은 갑자기 얼굴을 붉히며 부끄러워하는 미소를 지었다. 그러자 무사들의 얼굴에 떠오른 기대감은 더욱 짙어질 수밖에 없었다.

"망설이지 말고 얼른 말해보시오."

"소저들의 말이라면 설사 죽으라고 해도 거부하지 않을 것이오."

무사들의 표정만 보자면 진짜로 죽어줄 수도 있을 것처럼 보였다.

"정말요?"

"그렇고말고."

"그럼 죽어주세요. 지금 당장."

무사들은 농담이라 생각하고 웃었다. 하지만 시녀들의 얼굴은 너무나 진지했다.

그래서 물었다.

"농담이오?"

"아니에요."

봉숭아처럼 붉어져 있던 시녀들의 얼굴이 순간 얼음처럼 차갑게 변했고, 눈동자는 요사스런 기운으로 번들거렸다.

뭔가 이상하다는 걸 느낀 무사들은 퍼뜩 정신을 차리고 뒤로 물러났다. 그런데 한 사람은 물러날 생각을 않고 오히려 앞으로 걸어가는 게 아닌가.

하지만 정상적인 걸음이 아니라 아픈 사람처럼 비틀거리는 걸음이었다. 그리고 갑자기 울컥 피를 토하더니 다리 꺾인 망아지처럼 고꾸라졌다.

시녀들은 쓰러진 무사를 내려다보며 코웃음을 쳤다.

"제일 욕심을 부리며 술을 마시더니, 가장 먼저 반응이 오는군."

"……!"

무사들은 곧바로 깨달았다. 자신들이 마신 술에 독이 들었다는 것을. 어쩌면 안주에도 섞여 있을지 모를 일이었다.

"악독한 년들!"

"오행궁이 우릴 배반했구나!"

무사들은 버럭 고함을 지르며 칼을 빼들었다.

그러자 시녀들은 요대처럼 허리에 감고 있던 연검을 풀어 독 오른 뱀처럼 곤두세웠다. 연검이 풀려 치마가 넓게 퍼지고 한쪽이 트이면서 허벅지까지 훤하게 드러났지만, 그녀들은 조금도 개의치 않았다.

오히려 갑작스런 노출에 당황한 무사들의 얼굴이 붉어졌다. 똑바로 보지 못하고 고개를 돌리는 자도 있었다.

그러나 곧 정신을 차린 무사들은 상황의 위급함을 자각하고, 다른 곳에서 경계서고 있을 동료들에게 알리기 위해 있는 힘껏 소리를 질렀다.

"오행궁이 우릴 배반했다—!"

"삼궁주의 요녀들이 술과 음식에 독을 탔다—!"

시녀들은 코웃음을 쳤다.

"다른 곳의 녀석들도 너희들과 마찬가지 신세란 것을 모르겠느냐? 멍청한 것들."

무사들은 이를 악물며 원독어린 시선으로 시녀들을 노려보았다.

"저년들을 죽이고 해독약을 구하자!"

그리고 대주들에게 사실을 알려야 했다. 하지만 그사이 조금씩 비틀거리던 무사들 중 둘이 또다시 피를 쏟으며 쓰러졌다.

이제 남은 무사는 일곱.

하지만 시녀들도 셋밖에 되지 않으니 독에 중독되었다고
해도 불리하다고만 볼 수 있는 건 아니었다.

'아직 살 방도는 있다.'

그러나 시녀들은 흑룡무사들의 생각을 비웃기라도 하듯
먼저 공격을 했다.

채채챙!

흑룡무사들은 다급히 마주 칼을 휘둘러 막았고, 지금껏
수련을 해왔던 대로 좌우로 흩어지며 세 사람을 포위하는
형태를 취했다.

하지만 중독이 된 건 그들의 생각보다 더 심각한 문제였
다. 움직임이 느려지고, 정신이 몽롱해지고, 집중력이 떨어
지면서 수의 우세에도 불구하고 시녀들의 움직임을 제대로
차단하지 못한 것이다.

게다가 시녀들은 연약해 보이는 외견과 달리 무공이 고강
했다. 일류 고수는 아니었지만 최소한 거룡성 무력대에서
최하에 속하는 흑룡대 무사들보다는 확실히 뛰어난 실력을
가지고 있는 것이다.

"악!"

한 명의 무사가 가슴이 베어져 죽는 걸 시작으로 시녀들
의 공격은 더욱 강하고 매서워졌다. 결국 나머지 흑룡무사

들도 칼에 맞거나, 혹은 중독 현상으로 피를 쏟아내며 빠르게 쓰러져갔다.

흑룡무사들을 모두 제거하자 두 시녀는 굳게 닫힌 정문을 활짝 열었고, 나머지 한 명은 횃불을 가져와 열린 정문 앞에 서서 좌우로 흔들기 시작했다.

신호가 보이기를 기다리고 있던 오행궁의 본진, 새로운 궁주 백염비를 중심으로 한 이백여 명의 궁도들이 비룡지 외곽에서 빠르게 달려와 정문에 이를 때까지, 시녀는 횃불을 흔드는 팔을 한순간도 내리지 않았다.

＊　　　＊　　　＊

거룡성의 외성과 내성을 구분 짓는 것에는 여러 가지가 있었지만, 그중 가장 대표적인 것은 긴 담장과 하나의 건물이었다. 그 건물에서 정문, 그리고 외성과 내성 사이의 경계를 책임지는 무력대 대주가 업무를 보는 것이다.

하지만 지금 건물 안에는 책임을 맡은 흑룡대 대주 황순보만 있지 않았다.

"정말 같이 한잔 안 할 건가요?"

요월홍은 애써 그녀의 시선을 외면하고 있는 황순보를 향해 넘칠 듯이 가득 찬 술잔을 들어 보이며 물었다.

"책임을 맡은 자로서 근무 중에 술을 마실 수는 없다 하지 않았습니까."

"알아요. 하지만 혼자 마시려니 처량하고 적적하여 자꾸 물어보게 되는 걸 어쩌겠어요."

황순보는 하마터면 한 잔만 주시오, 라고 말할 뻔한 걸 간신히 참아냈다. 한숨을 내쉬는 요월홍의 얼굴을 보고 있자니 너무나 미안하고, 같이 술을 마시고 싶다는 마음이 들끓었던 것이다.

'성주의 여자만 아니었다면…….'

정신 멀쩡한 사내라고 한다면 요월홍처럼 육감적이고 매혹적인 미인이 내민 술잔을 마다할 자가 없을 것이다. 게다가 보일 듯 말 듯 드러난 풍만한 가슴선과 길게 뻗은 다리의 곡선을 보고 있으려니 자꾸만 음란한 상상이 떠오르며 하초에 힘이 들어가 난감하기 이를 데가 없었다.

하지만 다른 것은 둘째 치고, 그의 목줄을 쥐고 있는 성주와 은밀하고 내밀한 관계인 여인과, 그것도 비상근무 중에 있을 때 술잔을 주고받을 수는 없는 일이었다.

물론, 참고 외면한다는 게 쉽지 않았다. 그래서 황순보는 업무를 보는 척하며 벌써 몇 번이고 허벅지를 꼬집고, 또 꼬집었다.

하지만 이제는 그것도 슬슬 한계에 다다르고 있었다. 이대로 요월홍이 계속해서 술을 권한다면 더는 참지 못하고 주거니 받거니 하며 만취하게 될 것이고, 결국엔 더욱 강한 유혹에 온몸을 내던지게 될지도 몰랐다.

그래서 황순보는 목소리를 최대한 퉁명스럽게 하여 말했다.

"이제 거처로 돌아가주십시오. 저는 할 일이 많아서 더는 삼궁주님의 상대가 되어드릴 수가 없습니다. 원래는 한 식경 전에 밖으로 나가 수하들의 경계 상태를 살펴야 하는데, 삼궁주님 때문에 움직이질 못하고 있습니다."

"어머, 너무나 무정한 말이네요. 하지만 그게 진심은 아니겠죠?"

"진심입니다. 그만 나가주십시오."

"성주님은 멀리 계시고, 이곳에 상주해야 하는 책임 때문에 오행궁으로 돌아갈 수도 없어서 우울한데, 황 대주까지도 나를 슬프게 만드네요."

"……"

"어쩔 수 없지요. 내 거처까지 데려다 주세요."

"……"

"설마 황 대주는 이 야심한 시각에 술에 취한 나를 혼자 보낼 생각은 아니겠죠? 연약한 나를 홀로 보내는 것이 걱정도 되지 않아요?"

"삼궁주님을 그 누가 연약한 여인이라 생각할 수 있겠습니까. 설사 삼궁주님이 길바닥에 누워 잠을 잔다고 해도 거룡성 내에서는 아무도 손을 대는 사람이 없을 것입니다."

"칭찬인지 조롱인지 헷갈리네요. 알았어요. 하지만 황 대
주처럼 무정한 사내라도 문을 열어주는 예의 정도는 보여줄
수 있겠죠?"

황순보는 한숨을 내쉬며 일어났다. 그리고 문으로 다가가
열어주며 말했다.

"전 책임자로서 규범이 되고자 하는 것뿐이니, 제 말이 기
분 나쁘시더라도 삼궁주님께서 널리 이해해……!"

황순보의 말이 끊긴 것은 문을 완전히 열어젖힌 순간 눈
앞에 나타난 사람 때문이었다.

"소궁주?"

백염비였다.

'돌아왔다는 말은 들어보지 못했는데…….'

지난번 상관미조의 시신과 함께 귀환한 뒤 곧장 오행궁으
로 떠난 사람이 어떻게 여기 나타날 수 있단 말인가.

게다가 최근 출입을 통제하는 책임을 맡은 그가 모르게
거룡성에 들어온다는 건 있을 수 없는 일이었다.

그러나 백염비는 황순보의 당혹감에 전혀 개의치 않는다
는 듯 미소를 지었다.

"잘 있었소?"

"어떻게……!"

황순보의 말은 또다시 중간에 끊겨졌다. 백염비의 뒤쪽,
어둠 속에서 갑자기 모습을 드러낸 수십 명의 흑의사내들

때문이었다.

그리고 깨달았다. 백염비가 정상적인 경로로 들어온 것이 아니고, 그 의도 또한 매우 불순하다는 것을.

'삼궁주에 정신이 팔려 수하들이 당하는 것도 눈치채지 못하고 있었구나.'

황순보는 상황을 깨닫는 순간 칼을 뽑았다. 하지만 백염비를 향해서가 아니라, 그대로 뒤돌아서 몸을 날리며 요월홍을 향해 칼을 휘둘렀다.

생각 못한 반격에 놀란 요월홍은 뒤로 물러나며 양손을 좌우로 휘둘러 칼을 막았다.

파파파팍!

공력이 실려 빳빳해진 소맷자락이 잠시간 칼끝을 막아냈지만, 날카로움에 있어 극명한 차이를 드러내며 얼마 버티지 못하고 넝마처럼 잘려나갔다.

하지만 황순보는 우세를 점했음에도 계속 공격하지 않고 그대로 바닥을 차고 공중으로 뛰어올랐다.

애초부터 그는 이곳을 빠져나갈 생각이었던 것이다.

쾅!

주먹에 격타당한 천장이 꿰뚫리고, 그 틈으로 황순보의 신형이 솟구쳐 올랐다. 그리고 곧장 내성을 향해 몸을 날렸다.

　　　　　*　　　*　　　*

　백염비는 황순보가 빠져나간 천장을 올려다보고, 다시 요월홍을 향해 시선을 내렸다.

　그는 한심스럽다는 듯 고개를 살짝 내저으며 말했다.

　"황 대주를 감당하지 못하다니. 그동안 성주 품에 안겨 주안술에만 신경 쓰느라 실력이 형편없어졌구나."

　요월홍은 내심 화가 났지만 겉으로는 내색 않고 얼른 사과했다.

　"미, 미안하다."

　"미안하다? 요월홍, 아직도 내가 네 제자로 보이나?"

　백염비의 냉랭한 반문에 낯빛이 창백해진 요월홍은 얼른 그의 앞에 무릎을 꿇고 머리를 숙였다.

　"요월홍이 궁주님께 인사 올립니다."

　"일어나라."

　요월홍은 조심스럽게 일어나 눈을 살짝 아래로 내리깔고 백염비의 명을 기다렸다.

　"내성에는 얼마나 있지?"

　"백 명도 넘는 무사들이 있는데, 적룡대를 비롯해서 만만한 전력이 아닙니다. 홍문한이 뭔가 눈치를 챘는지 생각보다 준비를 철저하게 해두고 떠났습니다."

　"그 정도는 걱정할 전력이 아니다. 하지만 황순보가 우리의 침입을 내성에 알릴 테니, 귀찮게 되었어."

요월홍은 내심 욕을 하면서 깊이 허리를 숙였다.

"저의 잘못으로 생겨난 일이니, 다시 기회를 주신다면 목
숨을 아끼지 않고 길을 뚫어 내성을 제압하겠습니다."

이때 눈만 노출시킨 흑의복면인이 백염비의 뒤로 다가왔
다.

그는 원래 일궁조의 조원이었으나, 지금은 대궁조의 조원
으로서 대궁일호라 불리고 있었다.

대궁조(大宮鳥)라 함은 죽은 세 궁주들의 궁조 조원들을
한 무리로 모아 백염비의 직속으로 통합하여 붙인 이름이었
다. 그리고 목숨을 보전하고 부궁주로 격하된 요월홍과 육
관명이 거느린 궁조들은 대궁조에 통합시키지 않았으나, 명
칭은 각각 소궁일조(小宮一鳥)와 소궁이조(小宮二鳥)로 개명
하였다.

"궁주님, 외성을 깨끗하게 청소했습니다."

"살아남은 자는 없겠지?"

"강아지 한 마리 남겨두지 않았습니다."

"그래야지. 그럼 대궁조들은 이제부터 거룡성 내에 남아
있는 천문당원들을 찾아내 제거하는 데 주력하라. 수련 중
인 놈들, 가르치는 놈들, 전 천문당원들까지 모조리 찾아내
죽여라. 아무도 거룡성을 빠져나가지 못하도록 해야 한다."

"존명."

대궁일호는 즉시 뒤로 사라졌고, 백염비는 요월홍에게 따라오라고 손짓을 하며 밖으로 걸어 나갔다.

밖에는 모두 이백여 명의 궁도들이 있었다.

이들은 얼마 전까지만 해도 일궁대니 오궁대니 하며 하나의 세력 안에 있으면서도 각각 모시는 궁주들을 좇아 따로 무리를 이루어 활동하고 있었다.

하지만 지금은 오행궁의 궁도로서 백염비 단 한 명의 명령만을 받고 있는 것이다.

"모두 들어라! 내성에 백여 명 정도의 잔당들이 우릴 기다리고 있다! 요 부궁주가 앞장서서 길을 뚫을 것이니, 모두 그 뒤를 따라 하나도 남김없이 쓸어버려라! 또한 칼을 들지 않아도 사내라면 노소를 가리지 말고 모두 죽이고, 여인이면 원하는 대로 손에 쥐고 마음껏 품어라! 그리고 죽여라!"

궁도들의 얼굴이 붉어졌다. 백염비의 말을 듣고 흥분하기 시작한 것이다.

"오행궁은 달라졌다! 살기를 감추지 마라! 흉포함을 억누르지 마라! 무엇이든 원하면 가지고, 부수고 싶으면 부숴버려라! 오늘 거룡성은 안휘에서 사라질 것이고, 오행궁이 안휘의 주인이 될 것이다! 내성으로 간다! 모두 칼을 뽑아라!"

순간 궁도들은 칼을 뽑아 하늘 높이 치켜들며 함성을 내질렀다.

'무섭다. 너무도 무서운 사람이다.'

요월홍은 궁도들의 함성을 온몸으로 느끼며 마른침을 삼켰다.

등골이 오싹했다. 이마와 가슴골을 타고 식은땀이 흘러내렸다.

사실 그녀는 궁주들 중에서 가장 먼저 백염비의 무서움을 알았다. 무공뿐만이 아니라 더욱 내밀한 기술을 전수해주면서 백염비가 드러내지 않은 잔혹하고 차가운 성향을 읽어냈기 때문이었다.

하지만 알면서도 다른 궁주들에게 이야기한 적은 없었다. 그녀는 이미 백염비의 모든 것에 압도당해 있었으니까.

그러나 잘 훈련된 사냥개에 불과했던 궁도들을 일순간 맹수의 무리로 변모시킨 백염비는 그녀가 상상했던 것 이상으로 무서운 능력을 가지고 있었다.

"요월홍."

요월홍은 백염비의 부름에 퍼뜩 정신을 차리고 그의 옆으로 다가갔다.

"네 능력을 내게 보여라. 널 살려둔 내 결정에 대해서 후회하게 만들지 말아야 할 것이다."

요월홍은 반사적으로 무릎을 꿇고 머리를 숙이며, 그녀가 지금껏 단 한 번도 해본 적이 없는 말로 대답했다.

"존명!"

　　　　　*　　　*　　　*

　천문일호는 거룡성에 당도한 순간 뭔가 문제가 생겼음을 알아챘다.

　'피 냄새다.'

　꼭 닫힌 문 안쪽에서 흘러나오는 혈향은 보통 사람이라 해도 코를 킁킁거리며 고개를 갸웃하게 만들 만큼 짙었다.

　게다가 너무나 조용하지 않은가.

　사위가 어둑한 시각이고 많은 무사들이 원정을 떠난 상황이긴 했지만, 최소한 경계를 서는 무사들의 발걸음 소리, 혹은 잡담을 나누는 소리 정도는 들려와야 하는 것이다.

　거룡성의 분위기 때문에 평소보다 조용하긴 하지만, 그래도 사람들이 살아가는 소리들이 간간이 들려오는 저 뒤쪽의 비룡지와는 너무나 대비된다고 할까.

　천문일호는 가장 어둑한 위치를 골라 벽을 기어올랐고, 높다란 담장을 조용히 넘어가 땅에 내려섰다.

　"……!"

　습관처럼 가장 구석진 곳을 골라 움직인 천문일호는 잠시 간 돌처럼 굳어졌다. 더욱 짙어진 혈향과 함께 많은 시체들이 곳곳에서 보이기 때문이었다.

　'흑룡무사들이다.'

　경계를 서고 있어야 할 흑룡무사들이 죽어 시체가 되었다는 건, 그리고 주변이 매우 조용하다는 건 죽은 게 이들만이 아니라는 뜻이었다.

그리고 외성 곳곳을 오가며 상황을 살핀 천문일호는 상황이 생각 이상으로 심각하다는 걸 알게 되었다.

살아 있는 사람이 아무도 없는, 시신들로 가득한 외성의 을씨년스런 풍경.

그리고 내성 쪽으로 가까워질수록 조금씩 들려오는 소음.

비명과 고함, 쇠붙이와 쇠붙이가 부딪히며 만들어내는 날카롭고 따가운 소리들은 천문일호의 걸음을 지금까지보다 빠르게, 하지만 더욱 조심스럽게 움직이도록 만들었다.

천문일호는 외성과 내성의 경계를 긋고 있는 담장 위로 올라 몇 개의 지붕을 건너면서 목도한 처참한 광경에 할 말을 잃었다.

그래도 외성의 시체들은 깔끔했다. 한두 번 벤 것만으로도 절명시킨 상처들이 대부분이었다. 아마도 빠르게 외성을 제압할 요량으로 조용히, 그리고 빨리 죽이려고 했기 때문이었을 것이다.

하지만 내성의 시체들은 달랐다. 남녀노소를 가리지 않고 처참한 형태로 죽었다. 빨리 죽이기 위함이 아니라 괴롭히고 희롱하다 죽인 것처럼 보였다.

천문일호는 사람이 죽는 것을, 또 죽은 것을 한두 번 본 것이 아님에도 불구하고 눈살을 찌푸리지 않을 수 없었다.

단순히 거룡성이 그가 속한 세력이라서가 아니라, 그만큼 내성의 모습이 처참했기 때문이었다.

'도대체 어떤 놈들의 짓이냐!'

분노와 함께 궁금증은 더욱 커졌고, 천문일호는 싸우는 소리들이 집중적으로 들려오는 곳을 향해 빠르게 이동해갔다.

"……!"

몸을 감추기에 가장 알맞으면서도 시야를 넓게 가질 수 있는 위치에 당도하여 지붕 위로 살짝 눈만 내밀고 내려다본 천문일호는 깜짝 놀랐다.

적룡무사들은 압도적으로 많은 적들에게 완전히 포위되어 가까스로 버티고 있었다. 하지만 천문일호는 그들의 위급한 상황 때문이 아니라 그들을 포위한 자들의 정체 때문에 놀란 것이었다.

'오행궁?'

적들이 펼치는 무공의 특징만 봐도 알 수 있었다.

게다가 구경이라도 하듯 한쪽에 서 있는 백염비의 모습이 확신을 주었다.

'겉으로는 지원을 하는 것처럼 생색을 내고, 뒤로는 몰래 칼을 갈고 있었구나.'

하지만 한 가지 의아한 점은 궁주들의 모습이 보이지 않는다는 점이었다. 원래부터 거룡성에 상주하고 있던 요월홍은 보였지만, 그 외에는 아무도 없었다.

육관명이 이룡대에 합류한 것을 감안하면 나머지 세 명의 궁주들도 보여야 하지 않는가.

'백 소궁주에게 일임을 했다는 건가?'

하지만 거룡성의 총단을 치는, 거룡성과 전면전을 감행하겠다는 의지를 선포하는 이번 기습의 무게감을 생각하면 이해할 수 없는 일이었다.

물론 주요 전력이 성을 떠나 있으니 백염비와 요월홍만으로도 충분하다고 생각했을 수 있었다.

그러나 천문일호는 여전히 이상하다는 생각을 떨치지 못했다.

'지금은 이런 걸 생각할 때가 아니지.'

이러한 사태가 생겼음에도 아무런 연락을 받지 못했다는 건 거룡성에 남아 있던 천문당원들 모두가 빠져나가지 못하고 제거당했다는 의미였다.

그러니 서둘러 본진으로 돌아가 성주와 당주에게 오행궁이 배반했다는 사실을 알려야만 했다. 이제는 반룡복고당을 공격하는 게 문제가 아닌 것이다.

천문일호는 몸을 돌렸다. 그리고 왔던 방향으로 움직이려고 했다.

"넌 뭐냐?"

천문일호는 난데없이 들려온 음성에 돌처럼 굳어져버렸다.

그가 숨어 있던 건물의 오른쪽 처마 끝에 한 사람이 서 있었다. 마치 이 모든 상황과 아무런 상관이 없는 사람인 것처럼 백의무복에 하얀 가면을 쓰고, 허리엔 검을 차고 있었다.

외견부터가 범상치 않았지만, 그것보다는 그의 은신을 눈치채고 그가 알아채지 못한 사이에 삼 장의 간격 안으로 다가왔다는 점이 천문일호를 당혹케 만들었다.

만약 가면인이 말을 하지 않았다면 자신을 지켜보고 있는지도 몰랐을 것이었다.

"모양새를 보니 너도 그 천문당원들이란 것들 중 하나안 모양이구나."

천문일호는 그러는 당신은 누구냐고 묻고 싶었다.

하지만 지금 그가 최우선으로 삼아야 할 것은 살아서 도망치는 것. 그는 즉시 양손을 앞으로 쭉 내밀었다.

오른손으로는 세 개의 표창을, 왼손으론 독 가루가 섞인 연막탄을 던진 천문일호는 결과를 확인도 하지 않고 가면인과 반대쪽 방향으로 몸을 날렸다.

그는 단번에 삼 장을 뛰어 건너편 지붕에 내려서고, 곧장 몸을 뒤집어 처마 밑으로 스며들듯 파고들었다가, 벽을 타고서 빠르게 이동하여 오른쪽 건물의 그림자 속으로 몸을 감추었다.

'아무 소리도 없었다.'

표창이 튕겨나가거나 연막탄이 터지는 소리가 들렸어야

했지만, 마치 애초부터 던지지도 않았다는 것처럼 반응이 없었던 것이다.

'엄청난 고수다.'

그 외에는 설명할 방법이 없었다.

'어떻게 하지?'

다시 움직여도 괜찮은 걸까?

가면인이 자신의 위치를 감지하고 있을까?

주변이 조용해질 때까지, 움직여도 괜찮다는 확신이 들 때까지 꼼짝도 하지 말아야 할까?

천문일호는 머리가 아팠다. 지금처럼 정체도 알지 못하는 엄청난 고수에게 은신을 들켜 도망치고, 구석으로 몰린 적이 지금껏 한 번도 없었으니까.

하지만 어느 쪽이든 결정을 내려야 했다.

'기다리는 것이야 언제까지고 할 수 있지만, 이제 곧 오행궁에게 점령당할 상황을 앞에 두고 기다리고만 있는 건 위험부담이 너무 크다.'

적룡무사들이 버틸 수 있는 시간은 길어봤자 일각이었다.

만약 가면인이 자신의 종적을 놓쳤다고 해도 싸움을 끝낸 오행궁 무사들을 사방으로 풀어 꼼꼼하게 수색토록 하면 큰일이 아닌가.

그래서 천문일호는 다시 움직이기로 마음먹었다. 하지만 그가 발끝을 약간 움직였을 때, 마치 기다렸다는 듯이 가면인의 음성이 들려오며 그의 움직임을 굳어지게 만들었다.

"쇠붙이 몇 개와 냄새나는 덩어리 하나 가지고 상황을 모면하려고 하다니. 천문당원은 안휘 최고의 암살자들이라고 하던데, 너무 과장된 평가였던 모양이군."

진작 종적이 들킨 걸까?

아니면 근방에서 자신이 움직이길 기다렸던 걸까?

'지금 그게 무슨 상관이랴.'

천문일호는 미칠 것만 같았다.

움직여도 도망칠 수 없을 것 같고, 맞서 싸운다고 해도 이길 자신이 없으니, 뭘 해도 문제인 것이다.

천문일호는 눈을 질끈 감았다가 뜨며 어둑한 공간 밖으로 걸어 나왔다. 그리고 지붕 위에서 자신을 내려다보는 가면인, 옥존 초모용을 올려다보며 물었다.

"당신은 누구요? 설마 일궁주요? 아니면 이궁주?"

오궁주는 누구나 알아볼 수 있을 만큼의 몸집을 가졌으니 예외로 친 것이다.

"그걸 알면 조금은 마음 편하게 죽을 수 있을 것 같으냐?"

"그렇소."

"그렇다면 더더욱 말을 해줄 수 없군."

"……?"

"난 남이 좋아할 일은 하기 싫어하는 성격이거든."

"길게 이야기라도 해주었으니, 반쪽짜리 대답은 되었소."

"……?"

"당신의 목소리를 자세히 들어보고 오행궁의 궁주들 중 누구도 해당되지 않는다는 걸 알았소."

"이런, 한 방 맞은 기분인걸."

"이왕 맞은 기분이 드는 김에 정체라도 알려주는 게 어떠하오?"

"죽을 놈이 집요하기도 하군. 천문당원 놈들은 원래 다 너처럼 궁금증이 유별난가?"

"꼭 그렇지는 않소. 하지만 이런 상황에 당신처럼 가면을 쓰고 있는 사람을 마주하면 누구라도 정체가 궁금하지 않겠소? 게다가 당신도 이상하긴 마찬가지 아니오. 아마도 심심해서 날 상대하고 있는 것 같은데, 내 말이 맞지 않소?"

옥존은 대구하지 않았다.

왜?

이상하단 생각이 들기 때문이었다.

'시간을 끄는 것 같은데?'

하지만 시간을 끌어 무엇을 한단 말인가.

거룡성은 얼마 있지 않아 제압될 것이고, 그가 살아날 방도는 전혀 없는데.

'응?'

옥존의 눈빛이 날카로워졌다.

천문일호의 몸이 왠지 조금 전보다 뚱뚱해 보이기 때문이었다. 그리고 유일하게 복면 밖으로 드러난 눈동자가 눈에 띄게 충혈되어 있었다.

옥존은 물었다.

"너, 무슨 수작을 부리고 있는 거냐?"

"내, 내가 무슨 수작을 부린다는 거요?"

옥존은 코웃음을 쳤다.

아니라고 하면서 뭔가를 참고 있다는 듯 음성이 떨리고 있었으니까.

게다가 뚱뚱해보였던 것은 착각이 아니었다. 오히려 시간이 갈수록 더 뚱뚱해져갔다. 마치 있는 힘껏 공기를 들이마시며 고의로 몸을 부풀리고 있는 것처럼.

'가만.'

순간, 옥존의 머릿속에 하나의 기괴한 무공이 떠올랐다.

아니, 무공이라기보다는 기술이라고 불리어도 이상할 게 없는, 기괴하기 이를 데가 없는 수법이었다.

'자폭공!'

지속적인 음독과 특별한 운기를 통해 육체를 독의 응집체로 만들고, 기어이 자신의 몸을 폭발시켜 상대를 죽이는 동귀어진의 수법.

옥존은 생각을 떠올리자마자 곧장 천문일호를 향해 몸을 날렸다.

'젠장, 들켰다!'

천문일호는 내심 욕을 하며 공력의 운용을 더욱 가속화시
켰다. 물러난다고 떨쳐낼 수 있는 상대가 아니었으니까.

하지만 급한 마음만큼 독기가 빠르게 활성화되지 않았다.
원래 십 년을 공들여야 하지만, 그가 자폭공을 수련한 지는
일조장 고변책에게서 수련법을 전해들은 이후 사 년.

완성되지 않은 기공이기에 진행 속도 또한 더딜 수밖에
없었다.

'안 되겠다.'

더는 지체할 수 없었다. 위력은 약하겠지만, 이대로 터트
릴 수밖에.

천문일호는 빠르게 다가오는 옥존을 매섭게 노려보며 단
전의 공력을 격발시켰고, 온몸으로 퍼져가던 독기가 뜨겁게
달아올랐다.

그리고 그 순간 옥존의 검이 검집에서 뽑혀 나왔다.

스사사삭!

"……."

천문일호는 믿을 수 없다는 시선으로 그의 앞에 선 옥존
을 바라보았다.

격발시켰던 공력의 흐름은 끊어졌고, 달아올랐던 독기는
다시 차갑게 식으며 도리어 천문일호의 내부를 잠식해가고
있었다.

옥존이 번개 같은 속도로 검을 휘둘러 단전을 시작으로

각 혈도, 그리고 심장과 장기들을 하나하나 정확히 꿰뚫어서 파괴했기 때문에 생겨난 결과였다.

"간발의 차이로 막았군. 이렇게 진땀나는 상황도 오랜만이야."

내장이 완전히 녹아버리며 절명한 천문일호는 옥존의 말을 들을 수 없었다.

사실 옥존도 그가 들으라고 한 말은 아니었다.

"구경은 재밌었나?"

옥존은 흐느적거리며 쓰러지는 천문일호의 시신을 일별하고 돌아서며 뒤쪽의 건물 지붕 위를 올려다보고 물었다.

그곳에는 아무도 없었다. 하지만 옥존은 조금의 의심도 없이 확신에 찬 시선으로 계속 쳐다보고 있었다. 그러자 한 사람이 찌푸린 표정을 하고서 모습을 드러냈다.

거룡성에 남아 있는 천문당원들을 제거하기 위해 천문일호를 쫓아온 반악이었다.

*　　　*　　　*

반악의 표정이 좋지 않은 것은 두 가지 이유 때문이었다.

첫 번째는 거룡성의 총단이 자신의 손이 아닌 다른 자들에게 무너져가고 있다는 것, 그리고 두 번째는 그냥 조용히 떠나려고 했는데 그렇게 되질 않았다는 것.

'귀찮게 됐군.'

상대가 누구인지 알기 때문에 더욱 그러했다.

가면을 쓰고 있기는 하지만, 지난번 백염비와 손속을 나눈 덕분에 검의 흐름이 눈에 익어버렸고, 그래서 상대가 옥존임을 알아볼 수 있었던 것이다.

옥존은 일단 싸울 생각은 없다는 듯이 검을 검집에 넣었다.

"얼굴이 반반하구나. 몸매도 그 정도면 훌륭하고."

반악은 헛웃음을 지었다.

환골탈태하고 비슷한 이야기를 몇 번 듣긴 했지만, 남자에게 이런 식으로 칭찬을 들은 건 처음이었으니까.

게다가 가면에 가려진 얼굴에서 유일하게 드러난 옥존의 눈동자가 영 마음에 들지 않았다. 그의 시선을 받고 있자니 벌거벗고 서 있는 듯한 기분이 들었기 때문이었다.

"그건 그렇고, 얼굴을 훤히 드러내고 있는 걸 보면 천문당원은 아닌 것 같은데, 넌 뭐하는 놈이냐?"

"내가 누군지 아는 게 중요한가?"

"그래."

"내 이름을 알려주면 당신도 누구인지 알려줄래?"

"그건 일단 네놈에 대해 알고 나서 생각해보마."

"그럼 말해줄 수 없는데. 조금 전의 상황을 보면 당신의 언행에 믿음이 가질 않거든."

"하하하, 역시 다 보고 있었구만."

사실 옥존은 반악이 언제부터 자신과 천문일호를 지켜보고 있었는지 알지 못했다.

그가 반악의 존재감을 눈치챈 건 천문일호를 죽이기 바로 전 시점부터였으니까.

그래서 옥존은 반악에게 흥미를 느끼고 있는 것이었다. 은신이 특기인 천문일호도 속이지 못한 자신의 이목 앞에서 반악은 꽤 오랫동안 몸을 감추고 있었으니까.

"헌데, 네놈이 뭔가 착각을 한 모양인데 말이야. 너한테는 선택권이 없어. 내가 물으면 무조건 대답을 해야 한다는 거지."

"싫다면?"

"그럼 고이 죽지 못할 거야. 우선 내가 만족할 때가지 널 가지고 논 다음에, 그냥 죽여 달라는 소리가 나올 때까지 괴롭히다 죽일 거거든. 음, 가장 먼저 네놈의 그 짧은 혀를 뽑아주도록 하지. 그 다음으로 건방지게 놀리는 주둥아리를 뭉개버리고, 그 다음은……."

옥존은 마치 맛있게 요리하는 법을 설명이라도 하는 것처럼 반악을 어떤 방법으로 죽일지에 대해서 아주 상세하게 설명했다.

그 설명을 들으며 반악은 옥존에 대해 한 가지 결론을 얻었다.

'완전 미친놈이군.'

누구든 감정을 드러내지 않고 살인을 이야기할 수는 있다.

하지만 옥존처럼 즐겁게, 유쾌함이 느껴질 정도로 정성들여 사람을 죽이는 방법을 상세하게 이야기하는 경우는 매우 드물었다.

'삼존의 다른 두 사람도 정상적이라 할 수는 없지만, 그중에 옥존이 가장 심하군.'

반악은 옥존과 싸우지 않는 게 낫겠다는 생각을 굳혔다.

물론 옥존이 무서워서, 이길 자신이 없어서 도망치겠다는 건 아니었다.

단지 상대가 상대이니만큼 치열한 싸움이 될 테고, 그사이 주변을 정리한 오행궁의 무리가 몰려와 포위망을 형성하게 되면 살아 돌아가기가 어렵게 될 가능성이 매우 높기 때문이었다.

'일단 이목을 흐트러트리고…….'

반악은 옥존의 뒤쪽을 힐끔 쳐다보았다. 마치 너무도 이상한 광경이 보여서 고수와 대치한 상황에서도 시선을 돌릴 수밖에 없었다는 듯이.

그러자 옥존은 반사적으로 뒤로 고개를 돌렸다. 그리고 반악은 그 순간을 기회로 삼아 급히 돌아서며 몸을 날렸다.

"어라?"

반악에게 속았다는 걸 깨달은 옥존은 어이없어 하면서도 곧바로 뒤를 쫓았다.

"도망칠 수 있을 것 같으냐!"

쩌렁한 고함이 주변으로 넓게 퍼져나갔다.

그러나 반악은 조금도 개의치 않고 달리는 데 집중했다. 두 사람의 간격은 조금씩 벌어졌다. 다른 것은 모르겠지만, 경공 수준에 있어서는 반악이 옥존을 능가하는 것이다.

하지만 어떤 상황에서든 의외의 변수라는 게 생길 때가 있었다.

반악이 달리는 정면 저 앞으로 수십 명의 오행궁 궁도들이 길을 막아선 것이다.

'젠장, 싸움이 끝난 건가.'

싸움이 끝나서 온 게 아니라, 옥존의 고함 소리를 들은 백염비가 데리고 온 궁도들이었다.

반악은 땅을 박차고 뛰어올라 처마를 밟고 더 높이 솟구쳤다.

좌우로 늘어서서 진로를 막고 있는 궁도들을 뛰어넘을 생각이었던 것이다. 하지만 그가 그렇게 나올 줄 알았다는 듯, 한쪽에 숨어 있다가 기회를 포착하고 솟구쳐 오른 백염비가 그의 다리를 노리고 검을 휘두르는 바람에 목적을 이룰 수가 없었다.

반악은 허리를 뒤틀어 다리를 당기고, 동시에 박도를 뽑아 검을 마주쳤다.

캉─

도와 검이 정면으로 격돌하며 강력한 반탄력을 일으켰고, 반악은 왼쪽으로 백염비는 오른쪽으로 밀려나며 아래로 떨어졌다.

'옥존은?'

반악은 아래로 떨어지면서도 뒤로 고개를 돌려 옥존의 위치를 확인했다.

'공격할 생각이 없어 보이는군.'

조금 전까지만 해도 절대 놓치지 않겠다는 듯, 반드시 자신의 손으로 죽이고 말겠다는 듯 고함까지 지르며 따라왔던 옥존은 지붕 끝에 앉아서 가만히 구경만 하고 있었다.

무슨 의도일까?

그냥 지켜보겠다는 건가?

아니면 저러고 있다가 틈이 보이면 공격을 하려는 걸까?

하지만 반악은 생각을 계속 이어갈 수 없었다. 땅에 내려선 백염비가 즉각 그를 향해 달려갔기 때문이었다.

"개자식, 여기서 널 보게 될 줄 어찌 알았겠냐!"

빠르게 간격을 좁힌 백염비가 쭉 내지른 검 끝에서 새하얀 기운이 삐죽이 튀어나오며 반악의 미간을 노렸다.

'검강?'

반악은 깜짝 놀랐다.

완벽한 수준이라고 할 수는 없었지만, 검강을 만들어 내다니.

지난번 격돌할 당시만 해도 이 정도 수준이 아니었다는 걸 생각하면 믿기 힘든 광경이었다.

반악은 공력을 끌어올려 박도에 응집시키고 검을 향해 올려쳤다.

쩡―

귀가 따가울 만큼 커다란 울림이 퍼져나가고, 두 사람은 서로를 지나치며 자리를 바꾸어 섰다.

그러나 상황은 반악에게 불리한 쪽으로 변했다. 궁도들이 그의 뒤쪽을 완전히 둘러싸버린 것이다.

"지난번의 빚을 갚아주마."

백염비는 득의의 웃음을 지었다.

사실 그는 아직까지 반악을 상대로 홀로 싸워 이길 자신이 없었다. 하지만 주변에 그를 보좌할 궁도들이 가득 있었고, 천하에서 세 손가락에 꼽히는 실력의 옥존이 뒤를 받쳐주고 있었기 때문에 자신감이 충만했다.

게다가 일궁주의 공력까지 흡수하여 무공 실력이 진일보한 상태가 아니던가.

반악은 뒤쪽에 포진한 궁도들과 여전히 꼼짝도 않고 지켜보고만 있는 옥존을 한 번씩 쳐다보고는 한심스럽다는 듯 말했다.

"그때도 미련 없이 도망치는 걸 보고 느꼈지만, 넌 진짜 자존심이라고는 병아리 눈곱만큼도 없는 놈이구나."

백염비는 울컥하여 욕을 내뱉으려다가, 오른쪽에서 수십 명의 궁도들이 그를 지원하기 위해서 몰려오고 있는 걸 보고는 분노를 가라앉혔다.

그리고 여유롭게 비웃음을 지었다.

"죽기 전에 후회하지 않게 마음대로 지껄여봐라."

"죽긴 누가 죽는데?"

겉으로 드러나지 않게 공력을 끌어올리고 있던 반악은 코웃음을 치며 박도를 빠르게 좌우로 휘둘렀다.

스악!

일순간 박도에 맺힌 도기가 길게 늘어나며 백염비의 허리 쪽으로 날아갔다.

갑작스런 공격에 깜짝 놀란 백염비는 뒤로 물러나면서 검을 상하좌우로 휘둘렀다.

카카캉!

백염비는 스스로 두 걸음을, 도기를 쳐내면서 힘에 밀려 다시 세 걸음을 더 물러나고서야 멈춰 설 수 있었다.

그사이 반악은 뒤쪽의 궁도들에게 짓쳐 들어가 박도를 맹렬하게 휘둘렀다.

"죽고 싶은 놈은 내 앞을 막아봐라!"

궁도들은 반악이 누구인지 모르는 데다 실력이 어느 정도인지조차 제대로 파악하지 못하고 있었기에, 조금의 망설임도 없이 앞을 막아서고 칼을 휘둘렀다.

그리고 그 덕분에 반악은 수월한 싸움을 할 수가 있었다.

"악!"

"퀵!"

가볍게 휘두르면서도 요혈만 정확히 찔러가는 반악의 효율적인 움직임 속에서 순식간에 다섯 명의 궁도들이 쓰러졌다.

"정면으로 맞서지 말고 도망치지 못하도록 포위만 해!"

백염비가 빠르게 달려오며 소리쳤지만, 그사이에 다시 세 명의 궁도들이 치명적인 상처를 입은 채 쓰러지고 반악의 정면은 완전히 뚫려버렸다.

백염비는 땅을 박차고 날아올라 막 포위망을 벗어나 본격적으로 달리려고 하는 반악의 머리 위로 떨어졌다.

"도망치게 놔두지 않겠다!"

그의 검이 하얀 빛에 휩싸이며 어지럽게 흔들리기 시작했다.

사사사사사!

검은 순식간에 십여 개로 늘어나고 다시 수십 개로 번져가면서 반악의 머리 위를 장막처럼 뒤덮었다.

검막(劍幕).

변화를 추구하는 검공에 있어 거의 최고 수준이라 해도

무방한 경지였다.

그래서 백염비는 성공했다고 생각했다. 반악이 방어한다고 해도 이미 늦었다고, 지금 그가 할 수 있는 최고의 공격을 막을 수 없을 거라고.

바로 그때, 뒤로 돌아선 반악이 검막을 매섭게 노려보며 박도를 휘둘렀다.

*　　*　　*

옥존은 벌떡 일어났다. 그리고 다급히 지붕을 박차고 뛰어올라 날개 잃은 새처럼 불안한 자세로 땅에 떨어진 백염비의 옆에 내려섰다.

"괜찮으냐?"

백염비는 고개를 끄덕이며 일어섰다.

하지만 겉보기에는 전혀 괜찮아 보이지 않았다. 왼쪽 어깨에 길게 베인 상처가 있었고, 상의를 빠르게 적실 만큼 많은 피가 흘러나오고 있었기 때문이었다.

"지혈을 해야겠구나."

백염비는 아무 말이 없었다.

그의 얼굴에는 고통보다 패배감과 분노가 더 짙게 드러나 있었다. 부상도 신경 쓰지 않은 채 반악이 사라진 방향만을 노려보고 있을 뿐이었다.

옥존은 부상당한 부위의 옷을 찢어내고 점혈해서 출혈을 막으며 말했다.

"이미 끝난 것에 미련을 두지 마라."

백염비는 옥존에게 시선을 돌리며 씹어뱉듯이 말했다.

"놈에게 또 패했습니다."

"네가 죽지 않은 이상 승부는 끝난 게 아니다. 결국 살아남는 자가 이기는 세상이 무림이지."

"전 승리자가 될 겁니다."

"그래, 그런 마음이면 되는 것이다."

옥존은 대견하다는 듯 백염비의 어깨를 두드려주었다.

백염비는 그사이 주위로 몰려든 궁도들을 향해 말했다.

"오늘 밤, 거룡성에 있는 모든 것이 너희들 것이다. 원하는 것이 있다면 손아귀에 쥐고 마음껏 즐겨라."

승리했고 거룡성을 점령했지만 백염비가 부상을 입은 것 때문에 눈치를 보던 궁도들이 일제히 환호성을 내질렀다.

그리고 곧장 삼삼오오 무리를 이루어 사방으로 흩어졌다.

*   *   *

부상 치료를 위해 백염비까지 떠난 뒤, 옥존은 지붕 위에 홀로 앉아 있었다.

사방에서 비명과 고함소리, 뭔가 부서지는 소리 등이 끊

임없이 들려왔고, 높은 곳에 앉아 있기 때문에 궁도들이 패악을 부리는 모습들이 잘 보였지만 그는 신경도 쓰지 않았다.

왜?

그는 완전히 딴생각에 빠져 있었으니까.

'놈의 도법은 지금껏 본 적이 없는 것이었다.'

옥존은 벌써 몇 번이나 반악의 마지막 모습을 떠올리고 있었다.

틈새 없이 뒤덮은 검영의 장막을 일도에 좌우로 갈라버리고 백염비에게 부상까지 입혔던 광경을.

검막 자체가 놀라운 경지인 만큼, 그 검막을 일도에 무용하게 만드는 도법은 천하에서 세 손가락에 꼽힌다는, 그리고 검에 있어서는 최고 수준의 고수라 해도 무방할 옥존에게 있어서도 충격이었다.

'놈이 펼친 일도를……'

어떤 말로 표현할 수 있을까.

무적(無敵).

옥존은 미미하게 어깨를 떨었다.

무적이란 단어가 떠오른 순간, 오싹한 한기가 등골을 타고 올라왔기 때문이었다.

'내가 생각해도 어이가 없군.'

옥존은 피식 웃었다.

말도 되지 않는 단어를 떠올렸다는 생각이 들어서였다.

약간 불리하다 판단되자마자 망설임 없이 도망친 자를 상대로 가당키나 한 표현이던가.

게다가 그 검막은 백염비가 펼친 것이었다. 형태를 구현하긴 했으나, 위력을 비롯한 여러 가지 면에 있어서 아직 한참 부족한 수준인 것이다.

물론 그러한 사실을 따져보아도 반악이 놀랄 만한 고수임은 분명했다.

그리고 한 가지 더 신경 쓰이는 점이 있었다.

'놈의 도법에서 광존, 그 미친 늙은이의 손이 떠올랐어.'

그와 광존 외에는 아는 사람이 아무도 없었지만, 두 사람은 예전에 한 번 손속을 겨룬 적이 있었다.

소문으로만 들어오다가 처음으로 만난 광존은 완전히 딴사람이 되어 있었다. 그동안 무슨 일을 겪었는지는 알 수 없었지만, 형편없이 망가졌다는 말이 딱 들어맞는 모습이라고 할까.

그래서 욕심이 났다. 촌부처럼 변한 모습을 보고 있자니 이길 수 있을 것 같다는, 죽일 수 있을 것 같다는 자신감이 생겨난 것이다.

광존은 사람 좋아 보이는 미소를 지으며 비무 요청을 거절했다. 하지만 그럴수록 옥존의 자신감은 더욱 커졌다. 광존을 난도질하고, 그의 죽음을 바탕으로 천하제일의 고수가 되는 상상을 하기까지 했다.

옥존은 계속 시비를 걸었다. 그리고 검을 뽑아 위협하며 맞설 수밖에 없도록 만들었다.

처음엔 그의 예상대로 흘러갔다. 그러나 시간이 지나도 승부는 나지 않았고, 한 식경쯤 흘렀을 때 광존은 마치 어리광 부리는 제자를 타이르듯이 이쯤에서 그만두자고 말했다.

옥존은 화가 났다. 잔뜩 열이 올라 앞뒤 보지 않고 온 힘을 다해 공격했다. 어느 누가 죽든지 끝을 보자는 생각이었던 것이다.

그리고 옥존은 패배했다.

그가 온 힘을 다해 펼친 검의 장막을 광존은 평범하게 뻗은 손으로 꿰뚫어버렸다.

오늘 반악이 백염비의 검막을 갈라버린 것처럼.

'나는 아직도 미친 늙은이의 수법을 파훼할 방법을 찾지 못했다.'

아니, 자신감이 부족하다는 표현이 더 적절하리라.

광존에게 패배한 이후로 절치부심하며 수련에 매진했고, 무공의 경지를 높일 방법을 찾아다녔으며, 꽤 많은 진전을 이루었다고 자신하고 있었다.

하지만 그 당시의 패배가 워낙 충격이었던지라 광존을 찾아 나설 준비가 되었다는 확신이 생기지 않는 것이다.

'그러나……'

만약 반악을 이기면, 아까의 그 도법을 파훼할 수 있다면 자신감이 생길지도 모를 일이었다.

'미친 늙은이와 놈을 같은 수준으로 볼 수는 없겠지만……'

그래도 한번 시도해볼 가치는 있었다.

'그런데 그놈을 어떻게 찾지?'

반악의 이름조차도 모르고 있지 않은가.

'염비는 알고 있으려나?'

확인할 방법은 한 가지뿐이었다.

옥존은 일어나서 백염비가 치료하러 갔을 의방 쪽으로 몸을 날렸다.

*　　*　　*

팔공산으로부터 빠른 말로 반나절 거리에 있는 산자락.

반악은 작은 개울 옆에 박혀 있는 커다란 바위 위에 반 시진 동안이나 멍하니 앉아 있었다.

그가 이곳에 자리를 잡고 앉은 것은 주변에 길이 없고 사람들이 오간 흔적도 전혀 없어서 아무에게도 방해받지 않을 거라는 점 때문이었다.

헌데, 그는 무슨 생각을 하고 있는 것일까.

지금 반악은 누군가 등 뒤로 몰래 다가온다고 해도 알아채지 못할 만큼 무방비상태였다.

'난 그때 무슨 생각으로 박도를 휘둘렀던 걸까?'

백염비가 펼친 검막을 단번에 갈라버린 일도.

타격을 주겠다는 것이 아니라 피할 시간을 얻겠다는 의도를 가지고 휘두른 것이었다. 하지만 그 일도는 의도한 것 이상으로 엄청난 위력을 만들어냈다.

그러나 어떻게 의도하지도 않은 위력이 생겨날 수 있었던 것일까?

'그냥 평온하다는 느낌이었는데…….'

백염비를 이긴 경험이 있어서 그랬는지는 모르지만, 상황과는 어울리지 않게 부담이 없었고 마음도 가벼웠다.

그리고 그런 마음으로 이제껏 수천수만 번을 반복해온 대로 휘둘렀을 뿐이었다.

'다시 할 수 있을까?'

반악은 자리에서 일어나 박도의 손잡이를 움켜잡았다. 하지만 손아귀에 힘만 주고 끝내 뽑지는 않았다.

'왠지…….'

지금은 할 수 없을 것 같다는 느낌이었다.

아마도 최근 몇 번이나 무공의 새로운 경지를 맛보면서 생겨난 경험 때문일 것이다.

조급히 마음먹는다고 해결되는 것이 아니라, 차분히 기다리고 이전처럼 꾸준하게 갈고닦다 보면 자연스레 펼칠 수 있을 것이라는 믿음이 생겼다고 할까.

'그건 그렇고……'

팔공산의 일을 서둘러 구화산 총단으로 전해야만 했다.

사실 그의 마음 같아선 남하하고 있을 거룡성 무리가 오행궁이 배반한 것을 알도록 해서 혼란을 일으키고 바로 귀환하도록 만들고 싶었지만, 이미 한 번 독단적으로 움직여 당주의 기분을 상하게 만들었으니, 이번엔 자중하기로 했다.

'어차피 강학청이 알아서 그리되도록 유도하겠지.'

지금의 양쪽 전력을 객관적으로 판단해보면 이대로 공격을 받을 경우 반룡복고당에 피해가 더 클 것이 자명하니, 당주도 다른 결정을 내릴 수가 없을 것이다.

'우선 합비로 가자.'

그가 천문일호를 쫓아 거룡성으로 이동하는 며칠 사이에 견일 등이 어디로 움직였는지, 그리고 거룡성의 무리가 어느 정도까지 남하했는지도 알아야 하고, 팔공산에서 일어난 사건을 구화산으로 빨리 전하려면 의리파의 도움이 필요했으니까.

그리고 합비에 갈 이유가 하나 더 있었다.

'그녀가 무사히 잘 도착했는지도 봐야겠다.'

부용설은 지금쯤 승선포정사사에 있는 오라비의 관사에 머물고 있을 것이다. 그러나 만나겠다는 게 아니라, 상황이 어느 정도 정리되고 찾아가겠다고 했기 때문에 몰래 얼굴만 보고 떠날 생각이었다.

부용설을 볼 생각으로 기분이 좋아진 반악은 합비가 있는 남쪽을 향해서 경공을 펼치며 빠르게 달려갔다.

〈12권에서 계속〉

천극지서

天極之書

2010년 무협계가 주목한 작가

권인호 신무협 장편소설

권인호 신무협 장편소설

ORIENTAL FANTASYSTORY & ADVENTURE

일류가 삼류에게 패하는 강호 초유의 사태.
모든 것은 한 소년이 쓴 무공서에서 시작됐다!

재미 삼아 쓴 23권의 얼치기 무공서.
세상에 나타나자마자 천하 무림에 파란을 일으키다!

★
dream
books
드림북스

이환 판타지 장편소설
FANTASYSTORY & ADVENTUR
숲의종족
클로네
『은빛마계왕』, 『정령왕 엘퀴네스』의 작가!
이환이 그려간 신비로운 숲의 종족 클로네!
태곳적부터 이어온 클로네와 마물족 간의 대결.
그리고 그에 얽힌 세계의 종말에 관한 비밀!
세계를 구하려면 클로네의 비밀을 찾아야 한다.
운명의 아이, 세이가 그 끝 모를 모험에 뛰어든다!
books
드림북스